松姫街道

高遠～八王子

鈴木　晴樹

さゆりさんへ

目次

第一話　雪が舞い散る杖突峠

序

天正十年一月下旬。昼間降っていた雪もやみ、星空が見え始めた頃、一騎の早馬が杖突街道を諏訪へ向かって急いでいた。翌朝高遠城より諏訪の上原城へ武田信玄四女松姫が向かうことを知らせる伝令だった。

道の両側を黒い山々が連なり、かろうじて山にかかる月の明かりが、道の脇を流れる藤沢川の流れを照らしていた。しかしあまり早くは走れなかった。まだ雪の残る街道であった。両側に点在する農家も寝静まり。自らの馬の蹄の音だけが聞こえていた。田の中の一本道を抜け、街道きっての宿場町「御堂垣外《みぞがいと》」を駆け抜け、しばらく行くと、緩やかな上り坂の勾配が角度を変え、開けていた道に林が迫ってくる。月の光もまばらになる峠道に入る。と：

「！」

急に伝令が手綱を引いた。馬は突然の手綱さばきに、不平のいななきを添えて脚を止めた。気に入らないといった風にブルブルと唸なっている。細かな脚の動きが、騎上の伝令を揺すっていた。伝令は手綱を器用に操りながら目だけは前方の闇を見つめていた。

「狐火！」

伝令は前方奥に揺らめく青白い火の玉を見つめていた。辺りを見回しても家の明かり一つ無い。谷間の暗闇に空だけが山に隠れた月の明かりを残していた。伝令は右手で刀を抜き放つと左手に手綱を巻き付ける。何が起きるのか、次の事態に備えていた。むやみに斬りかからない冷静さを残していた。

と、狐火はぶるっと震えたかと思うと二つに分かれた。二つに分かれた狐火は左右に一間ほど離れた。ゆっくりと動く狐火の揺らめきが伝令の頭に小さなしびれのような感覚を与えていた。二つの狐火の間に白いもやがかかり、白い影が浮かぶ。白い影はゆっくりと形を整え、白い騎馬武者の姿となった。馬も乗り手も白一色だった。騎馬武者に吸い込まれるようにもやが薄れていった。

騎馬武者の顔を見て伝令の背に冷たいものが走る。人では無かった。人にあらざるもの、白狐が牙をむいたように見えた。

白狐の顔を見たとたん、伝令の理性が飛んでしまったように、刀をつかんだ右手を振りかざすと、騎馬武者に向かって馬を走らせ、すれ違いざまに刀を振り下ろした。何の感触も伝わらない。手綱を引いて馬を止め、切りつけた空間を振り返る。と、そのとき伝令の首がズッとずれ、音も無く路上に転がった。一瞬間を置いて血を吹き上げる伝令の胴体部分が馬の背を落ちていった。

「ふふふふふ。」

耳障りな笑い声が闇の中に流れ、道ばたの木陰から黒い人影が道に現れる。小さな黒い影だった。気がつくと、狐火も騎馬武者も消え失せていた。黒い影は伝令の死体に近寄ると、転がった伝令の首を愉しげに道脇の崖に蹴落とした。同じく転がった伝令の胴体部分を見つめたが、そのまま放っておくことにしたようだった。

「飛騨忍法　闇夜舞。」

男が低いしゃがれた声でぼそっと呟いた。

一

木曽福島城。

天正十年一月。雪に閉ざされた山城に青空のまぶしい一日であった。しかし、木曽谷を吹き抜ける風は、身を凍らせた。謁見の間もふすまが立てられ外気を遮断しているものの、火の気と言えば数個の手あぶりだけで、居並ぶ者の暖には為っていなかった。皆板の間に丸蓙を敷いただけの面々であった。しかし、居並ぶ面々は、上座に座した城主木曽伊予守義昌の目を瞑り額にうっすらと汗を浮かべた姿を、息を呑んで見つめていた。義昌の前には家老の千村掃部助家政と、弟の木曽（上松）義豊が詰め寄っている。

義昌は、大きな決断を迫られていた。これまで、武田軍団の一員として戦働きしてきた木曽一族であったが、織田信長という強大な敵を前にして、義を貫き一族の命運を賭けて戦うか？信長に下り武田家を敵にしてでも一族を守るか？

評定では、武田のお目付役でもある家老の千村家政が、あくまで武田に忠義を尽くすべきと主張し、弟木曽義豊は、木曽谷が生き残るためには織田に付くしかないと主張する。どちらも引かぬ中、評定は荒れていた。

しばしの沈黙の後、義昌はくっと目を見開き、その場に立ち上がった。

「武田を見限る！」

義昌、苦渋の一言だった。

一瞬ざわめきが起こったが、驚きの表情が安堵の表情に変わっていくのを、義昌は見逃さなかった。木曽谷は救われる。しかし、人質に出している母や、嫡男千太郎は、長女岩姫は…。三人の顔を思い浮かべるとやるせない思いに駆られる。しかし、信長と戦えば、木曽一族はおろか民人まで撫で切り（皆殺し）に会うことだろう。

木曽家は遠く木曽義仲の嫡流と言われ、木曽谷を代々守ってきた家柄であった。しかし、数度の戦いの末武田信玄に敗れ、武田に付くことで領地を安堵されてきた。その上、信玄公の娘を義昌の正室に迎えることで、武田家と姻戚関係を結び、親戚衆としてそれなりの地位を戴き、数々の戦で戦功を上げ武田家の重鎮の中に数えられるようになっていた。

しかし、信玄公が亡くなり、家督相続のしっくりいかないまま、勝頼が武田家の軍配を握ることとなり、武田家は変わっていった。

木曽谷は、美濃・飛騨との国境を抱えており、織田信長との最前線に位置していた。戦となれば、最初に侵攻されるのは木曽《ここ》だった。しかも、甲州は遠く、衰退を見せている今の武田に後詰めを当てにすることは出来なかった。

信長方の戦準備が進んでいることは、木曽の尾張口を押さえている苗木城の遠山右衛門佐友忠より、逐一情報が入っていた。信長勢に与する遠山友忠は、この戦いがいかに木曽谷にとって不利な戦いであるかを説いてきた。しかし、武田と姻戚関係の深い木曽義昌にとっては、実の母と息子娘を人質に取られていることもあり、武田に反旗を翻す決定ができないでいた。そのような状況の中、義昌は再三にわたり武田勝頼に後詰めを願う使者を送っていたが、新城建設に心血を注いでいる勝頼は、願いを無視し反対に木曽檜の供出を命じてきた。

誰の目にも、勝頼は韮崎新城での決戦を想定している事が見え見えだった。つまりは、周辺の国人は見捨てられるということだった。いくら木曽が苦戦に陥っても武田の後詰めはない。木曽は破られる。

そんな折りこの正月雪の中を、上松に居城を構えたことで、上松義豊と名乗っている義昌の弟が年賀を名目にやってきた。義昌も面識の無い男を伴に連れてきたが、それが苗木城主遠山友忠の嫡男遠山友政であった。

二人は、木曽の未来は織田にしかないことを切々と説いた。木曽義昌も頭では理解していた。しかし、人質に出した実の母と息子・娘を思う心が決断を鈍らせていた。

木曽家が、代々守ってきた木曽谷の木々とそこで生き働いてくれる住民達。木曽義昌の決断にかかる多くの命を思いやったとき、義昌は涙を呑んで人質に出した肉親達を捨てねばならなかった。武田の親戚衆といっても、もともと武田は敵。武田と心中するいわれは無い。木曽谷が生き残る道は信長に付くこと。木曽義昌はそう決断した。

天正十年一月初旬、木曽義昌のこの決断が、天下無敵とまで言われた武田家滅亡の幕開けだったことに、義昌自身はもちろん、そこに居並ぶ誰もが、気がついてはいなかった。

二

伊那高遠城。

本丸本殿。一月下旬。一日中ちらほらと舞っていた雪もやみ、月明かりが庭に積もった雪の白さを闇に浮かび上がらせていた。見回せば伊那の谷を囲む峰峰の輝く頂が天と地を分かっていた。静寂が戦国の世の一瞬の平和を形作っている。胸に渦巻く焦燥と相容れない風景の違和感がかえって心をかき乱すようだった。そのとき、一瞬星が流れた。

「凶星《まがつぼし》…」

高遠城城主、仁科五郎盛信は正室の咲を脇に盃をあけながら、自らの言葉に苦笑していた。胸の焦燥が具現化したような、恐れと、やはりという思いに駆られる。反対に、そんなことは無いという思いもある。物事を悪くとるのは、盛信の抱いている恐れから来る言葉だ。自らもそれを理解はしていた。しかし、このままでは…の思いは止まらない。盛信は星の流れた西方、木曽の山脈を見つめた。あの山々の向こうは飛騨。たとえ、あれが凶星であったとしても武田ではなく、織田に落ちたのだ。凶星は、織田家にとってのもの、無理にでも盛信はそう信じたかった…。

「殿。」

咲が酒器を差し出していた。盛信は無言で杯をあげ、咲を見つめる。ふと、盛信が四歳の折信州の名跡「仁科氏」を嗣ぐために森城に入城し、初めて同い年の咲姫に出会った日を思い出していた。四歳の子が父信玄の命で甲斐とは遠く離れた信州の北の果てにやってきたのだ、付き家老、養母等武田の人間で守られているとはいえ、城首仁科盛政を倒された後にやってきた武田の子供であった。仁科家を安堵されたという思いはあるものの、反感を抱く者も多かった。

そんな中、仁科盛政の娘咲姫も、最初こそ恐れを抱いてあまり近づかなかったが、子ども同士打ち解けるのにもそれほど時間は要らなかった。幼なじみの様に育ち、後に正室となってからも盛信の心の支えとなっていた。

「もう二十年以上も前か…。」

ふと盛信の声がもれる。

「なんでしょう?」

よく聞き取れなかったのか、盛信に顔を寄せてきた。あのあどけない子どもが…二十半ばとなり艶やかな女となった。愛しさに盛信は咲の肩に片手を回し引き寄せる。

「まあ…。」

盛信は無言で遠い山脈を見やっていた。咲も無言のまま寄り添っていた。こんな『刻《とき》』がこのまま続いてくれたら…。二人とも同じ想いを抱いているようだった。

昨年末、急な城替えに暮れから正月にかけて走り回っていた盛信だった。咲にしても慌ただしい正月であった事だろう。

信玄公亡き後、京をめぐる勢力争いは大きく変化を続けて来た。尾張の弱小勢力であった織田信長も今や天下人にならんとする勢いだった。武田家も次に狙われるのは甲州だ。と警戒していた。そこで、信濃・甲州に侵攻された場合の決戦の城として新府城を築城した。昨年夏からの突貫工事であった。府中の町そのものも新府に移され、古府中は遺棄されていた。この慌ただしさが、勝頼殿の心の乱れ。と、盛信は感じていた。新城を造るための費用・用材・人力…。それが、みな国人衆や領民にのし掛かってしまった。信玄公が築いてきた多くの信頼関係をつぶしてしまった。国人衆でも領民でも、心が離れてしまっては…。

仁科五郎盛信は、その名の通り武田信玄の五男だったが、信玄の信濃侵攻に際し、安曇郡の領主仁科の名跡を継いで、仁科を名乗っていた。信玄の地方取り込み策の一環だった。安曇郡は、越後国との国境であり、その国境を守っていた盛信であった。

甲斐の武田、相州の北条、越後の上杉は、長い間領地争いが絶えなかったが、永禄十一年（一五六八）北条氏康の七男三郎が上杉謙信の養子となることで相越同盟が結ばれた。それから九年後天正五年（一五七七）同じく北条氏康の娘桂姫を勝頼の正室に迎える事によって、ほぼ甲相越同盟がまとまったのだが、翌天正六年上杉謙信が急死し、雲行きが変わった。上杉謙信には子どもが無く、二人の養子を抱えていた。一人は実の姉の子でもある上杉景勝。そして、もう一人が北条から来た上杉三郎景虎であった。家督相続を指名する前の急死であり、暗殺されたという話もあるが、この二人の間で内訌が起きた。三郎景虎は相州北条、甲州武田に援軍を要請するが、北条は雪に阻まれ、武田勝頼軍だけの進軍となったが、相手側景勝から一万両とも言われる金を積まれ、軍事介入はせず、和解の仲介をしたという名目だけで国へ帰ってしまった。そのため、三郎景虎は景勝軍に敗れてしまい、実質的に相甲同盟を勝頼が破った形となってしまった。そして、反対にその後、上杉景勝に勝頼の妹菊姫を嫁がせ、甲越の絆を深める策に出た。

越後の上杉と手を結んだ今、越後方面の護りを解き伊那街道防衛強化策をとることとなった。仁科盛信の高遠城行きもその一環だった。高遠城は伊奈谷の要衝にあり、織田軍との戦いとなれば信濃の要となる城であった。勝頼は、伊那街道を強化し、万が一信長軍が諏訪まで侵攻するような時には、越後に援軍をと考えているのだろうが、上杉景勝が越後から出兵するわけは無い。いや、出られまい。織田軍は越前から越中まで兵を進めている。甲越同盟など役には立たないのだ。今更どうこう出来る訳でも無いが、勝頼の采配に邪悪な奸臣の意が動いているのでは無いかと、盛信の気が騒いでいた。

「嵐の前の静けさとは、こんな夜かのう。」

「こんどの戦は、大事《おおごと》ですか？」

「長篠の戦いで武田家は多くの掛け替えのない武将達を失ってしまった。武田四天王と呼ばれた四人のうちの三人、山県三郎兵衛尉昌景、馬場美濃守信春・内藤昌豊をはじめ法性院様（信玄）以来の雄将・名将をことごとく亡くし、また天下無双の騎馬軍団の名さえ地に落としてしまった。反対に、織田信長は浅井・朝倉・石山本願寺を倒し、今や四国・中国・北陸と戦線を広げ、天下人にならんとする勢い。その上での徳川・北条との連合となれば、今の武田でどれだけ戦えるものか…。これが最後の戦となるやも知れぬ…。」

「私は、いつも殿とともにおります。これまでの二十年の間そうであったように…。」


廊下を足音を押さえながらも足早に近づいてくる近習の気配がした。

取次衆の一人が部屋の外でひれ伏した。

「木曽の真理姫様より繋ぎの者が書状を持参してまいりました。」

すぐさま取次の間へと急ぐと、板敷きの床にまだ年若い侍がひれ伏していた。木曽の山はまだ雪深かろうに、木曽福島城からの使いという男は、濡れた衣の中で荒い息が収まらない様子だった。合わせたように近習の一人が腕に水をもってやってきた。

「まあ、水でも飲んで一息つけ。」

「あ、ありがとうござる。」

男は腕を受け取るとのどを鳴らすように水を流し込んだ。それでも若干息が落ち着いたようだった。

「盛信じゃ、姉上の書状を届けに来たと言うはおぬしか?」

「は、千村備前守が家臣有賀隼人にございます。」

袖口で口をぬぐうと、男は名乗りとともに懐より書状を取り出し、盛信に差し出した。書状を受け取り、もどかしげに書状を包んでいる油紙を取り封を解くと、燭台を近くに寄せさせ書状を広げた。

それは、確かに盛信の姉、真理姫からの書状であった。

真理姫は、盛信と同じ武田信玄側室油川婦人を母に持つ二歳年上の姉であった。また、境遇も盛信と同じように美濃・飛騨と国境を接する戦略的要地を守るために木曽氏に嫁がされていた。

「義昌が謀反！」

数行読むと盛信は有賀隼人を見据えた。二人の目が正面からぶつかり合う。隼人の真剣さが盛信に強く伝わった。

真理姫の書状は、夫木曽義昌が、武田を裏切り織田についたことを知らせていた。戦続きで疲弊しつくした木曽谷に、勝頼の思いつきで築城された新府城普請のために用材の手配を命ぜられ、さらなる賦役、さらなる出費を強いられた。居城木曽福島城の整備もままならず、信長との決戦間近と囁かれる中、これでは籠城戦に備える米の蓄えもできない。また、昨年の徳川との戦で、高天神城を見捨てた勝頼への不信もあり、武田は頼むにあらずとなった事。以前より下話は進んでいたようだが、ここで織田への人質として弟上松義豊を差し出した事。

このうえは、自分は木曽家を離れ出家するが、ただ心残りは人質として躑躅が崎館に置かれている我が子岩姫と千太郎の命。義昌の裏切りとならば首をはねられる定めだが、なんとか命乞いできぬものかと母心が切々と書かれていた。

「姉上。姉上はわかっておられぬ。これは、木曽殿の人質どころの話ではすまぬ。」

盛信は、武田という城の石垣が、音を立てて崩れ始める不吉な絵柄を頭に浮かべていた。始まってしまった。木曽一族だけの話で収まるまい。小さな落石が雪崩を引き起こす事もあるのだ。そのとき、庭木の梢を鳴らす虎落笛があたりを凍り付かせた。滅びの笛…ふと不吉な言葉が盛信の脳裏を過《よ》ぎった。

「あの時…。」

盛信は悔やまれてならない、昨年三月躑躅が崎館での評定を思い出していた。天正八年暮れ、突然徳川家康が動き、駿河の最前線高天神城を五千の兵を持って取り巻いた。それまでに幾度となく高天神城周囲の支城を襲い、甲州に続く高天神城の兵站線を潰しにかかっていることを、勝頼も承知していた。伸びきった戦線の縮小が必要であることも承知していた。しかし、父信玄が数度にわたり戦して落とせなかった高天神城を、父の死の翌年、勝頼が落としたのだ。高天神城こそ勝頼が父信玄を超えた証の城であり、勝頼の武将としての力の象徴であった。しかし、それがゆえ高天神城を手放す決心を鈍らせ、引き際を見誤ってしまっていたのだ。

武田家は、新城新府城の築城と上野・下野の侵攻作戦に追われ、度重なる高天神城からの後詰め要請を無視し、翌三月になって初めて後詰めについて評定を開いた。この時点ですでに、高天神城では三月《みつき》にわたる籠城戦に疲れ果て兵糧も尽きかけていた。

評定で盛信は、高天神城への後詰めを勝頼に進言した。しかし、高天神への援軍は大変不利な状況であり、勝頼は後詰めを躊躇《ため》らった。そこで、駿河を任せていた穴山信君に後詰めの依頼状を送るにとどめてしまった。穴山信君もまた、甲斐南部河内地方の国人衆で、所領が駿河口の重要地点であったため武田信玄の次女見性院を正室とし親戚衆となって武田家の重要な地位にいた。

しかし、この時には北条と結んでいた甲相同盟も勝頼から破る形で破綻しており、穴山信君も背中に北条の影を背負って不利な高天神への援軍は出せなかった。

高天神城への物資輸送が困難になり始めた頃に戦線を縮小し、富士川まで引いていればと悔やんでも悔やみきれなかった。

武田家の後詰めは無い。これで、国人衆の働きを期待できるわけは無かった。織田信長の指示による徹底した高天神城での虐殺は、各地の国人衆の肝を冷やさせるには十分だった。動揺は広がり地滑りを起こしかけていたのだ。

その最初の一石が木曽義昌の謀反だと盛信は思った。

「これは始まりだ。」

「義昌が寝返ったとなれば、木曽口から鳥居峠までを押さえる者は無い。となれば、信長勢は、容易に鳥居峠を越して諏訪に攻め入ることもできる。飯田城・大島城等伊奈路の各城は挟撃の恐れもある。すぐに新府に早馬を送れ！」

「伊那の各城への通達は？」

勝頼から、高遠の副将として送り込まれていた、小宮山備中守昌辰が聞いた。

「いや、無用な動揺は避けよう。雪の中をすぐに伊那へ攻め入ることもできまい。御館様の命を待とう。」

翌日、仁科盛信が送った書状が新府城武田勝頼の元に届けられた。しかし、「木曽殿謀反。」の知らせは、実はすでに半月も前に勝頼の元に届いていた。正月も明けぬ一月六日、早馬が新府城に飛び込んできたのだ。報せをもたらしたのは、弘治元年（一五五五）に信玄の三女真理姫が木曽に輿入れする際、付き人として同行し木曽に移り住んだ千村備前守家晴と、山村新左衛門尉良利連名の書状であった。

この一報を聞き、勝頼はまさか木曽殿が：と信じようとはしなかった。木曽義昌と言えば勝頼の妹が嫁いでいる先であり、親戚衆として、駿河の穴山信君と双璧をなす武田家の柱であった。その木曽義昌が寝返る訳が無い。

この知らせを聞いて、勝頼の腹心である武田典厩信豊、長坂釣閑齋、跡部大炊介などの諸将も、千村、山村の早とちりでは無いかと相手にしなかった。それだけ、親戚衆というものに信頼を置いていたのだ。そのため、その報せはなんの対策もとられず、新府城の整備や戦支度の忙しさに紛れて放って置かれた。

この報せの後にも、木曽義昌から、来る織田軍との戦いのためにも、少し早いが嫡男千太郎に元服させて備えとしたい旨、人質の代替に弟上松義豊を送る故、嫡男千太郎と長女岩姫を一時木曽へ戻すことを許して欲しいとの連絡が入った。すでに弟は木曽福島城を出立しているとのことだった。勝頼は疑うそぶりも無く、要請に応じるつもりでいた。

そして、最初の一報から半月ほどたった一月も末二十八日になって、弟仁科盛信から、真理姫の手紙を添えてまたも木曽義昌謀反の報せが届いた。

それでも信じ切れない勝頼は、事態を把握すべくお伽衆の長延寺実了を木曽福島城への詰問使として送った。しかし一方では、万一の用心にと、翌二十九日には、武田信豊を大将に討伐隊三千を信濃に送った。そして、高遠城の仁科盛信に対しても伊那の警備強化を命じてきた。しかし、信豊は諏訪湖畔の上原城で、戻ってきた詰問使実了たちと会うことになったが、詰問使たちは、適当な木曽義昌の対応にあしらわれ、謀反の結論を得ぬまま引き返して来ていた。信豊は、討伐隊を上原城にとどめてしまった。

三

岐阜城。

月明かりの中。織田信忠の寝所。障子を開け廊下に出た信忠が闇に声をかけた。大きな声ではない。囁く程度の音量だった。近くの間に控えて居るであろう警護の者にも聞こえはしまい。しかし、物の動く気配も感じさせず、庭に一人の男が現れた。片膝着いて固まっている像のようなものだった。白い総髪が顔を隠している。

「寒月齋。直に、武田への総攻撃が始まる。なんとしても松姫をこちらへお連れしろ。けして害してはならぬ。」

「わかり申した。しかし、甲斐の虎武田信玄の娘、おとなしく付いて来るとは思いませぬが。」

「いや、幼少期とはいえ、心を通わせた仲じゃ。儂の呼びかけに応じぬ訳は無い。」

「それなら、よろしいのですが。」

一瞬の間を置いて、寒月齋と呼ばれた男の声が続く。信忠の耳の中にだけ聞こえているのでは無いかと思えるような声だった。

「松姫様はこの正月に仁科盛信殿に呼ばれ、高遠城におられるはず。戦が始まるまでにお連れいたそう。」

四

武田信豊が諏訪の上原城に陣を敷いたことで、仁科盛信の悪い予感は的中してしまった。詰問使が、木曽義昌に言いくるめられて帰ってきた頃上原城に到着した信豊は、進軍を躊躇してしまったのだ。

御館様も典厩殿も現状を把握していない。詰問使など送って無駄な時間を使っている。御館様はまだ木曽義昌の謀反を信じ切れないのだ。いや、信じたくないのだ。親戚衆が武田を裏切るはずが無いと…。妹真理姫の言葉さえ信じられぬとは…。盛信はもどかしさに地団駄踏む思いであった。

「長篠の戦い」以後国力の落ちた武田が高天神城を捨てた時点で、国人衆の謀反は容易に想像がついたでは無いか。今は無駄な時間を割く暇は無い、木曽谷が織田勢に加勢すれば、木曽谷、伊那谷を織田勢が我が物顔で侵攻して来るであろう。信長勢本隊を迎え撃つのに、上原城にいて何ができる。それでは、いつでも新府城へ逃げ込む用意があると宣伝しているようなものだ。せめて奈良井城あたりまで前進し、鳥居峠越えを防ぐべきであろうし、さすれば儂が春日城に援軍を送り、伊奈路を押さえ、信長勢との前線となる飯田城等への兵站を確保出来るというもの。

しかし、諏訪で足踏みしていては、すぐに木曽勢の塩尻、伊那谷への侵攻を許し、大島城・飯田城などは前後を挟まれ、籠城もままならないであろう。はじめから負け戦を想定しているようなものだ。

五

このとき武田勝頼はまだ、事態を飲み込めてはいなかった。甲斐の武田は信玄あっての武田であった。甲斐から信濃へ駿河へと領土を拡張し、主だったところには娘・息子を送り、正室に跡継ぎにと血の関係を固めていた。当然親戚衆は親戚衆としての地位を固め、武田家の中でも重きを置くようになっていた。信玄は嫡男義信の謀反により廃嫡した後、元亀二年（一五七一）まだ五歳になったばかりの勝頼嫡男信勝に跡目を継がせることとし、後見人として勝頼を指名した。そして二年後元亀四年信玄が没し、勝頼の立場は中途半端なものとなってしまった。

「死後三年はそれを隠して国力を蓄えよ。」という信玄の遺言を盾に、武田家の動きを親戚衆の圧力を持って停滞させていた。その、親戚衆の筆頭が駿河の穴山信君であり、木曽の義昌であった。長篠の戦いで多くの旧臣を無くした武田家にとって、彼らの存在はより大きなものとなっていたのだ。

しかし、信豊軍が上原城に入った翌日、代替の人質として新府城に向かった木曽義昌の弟上松義豊が消えた。すぐに捕まるはめとなったが、その上松義豊が偽物と発覚した。そこまで来て、勝頼は容易ならぬ事態に気づき自ら木曽討伐軍を指揮することとなった。

二月一日。まず躑躅が崎館刑場にて木曽義昌の七十になる母親・十三歳の嫡男千太郎・十七歳の長女岩姫を処刑。首桶は木曽福島城に送られた。

そして翌日、勝頼本隊一万五千の騎馬軍団が諏訪へ向けて出陣した。


木曽義昌のもとに三つの首桶が置かれていた。覚悟の上の謀反ではあったが、いくら武田勝頼とはいえ、実の妹の子を‥というかすかな望みを持たないでも無かった。そんな甘い望みも、目の前に突きつけられた現実がすべて打ち壊してしまった。木曽家のため生き延びる道を模索しての謀反であった。義昌にはこの道しか残されては居なかった。しかし、武田の一族であることを誇りとし生きてきた義昌の正室、真理姫には理解のできない事であったろう。城を出て出家したという。

織田に内通したものの、しばらくは積極的には動かぬ腹づもりであったが、ここまで来ては、そうも行かなかった。

「出陣じゃ！出陣の支度をしろ！」

六

「松姫君が参られました。」

廊下から近習の声がした。部屋では、仁科盛信が、宿老原半左衛門に一連の指示を終えたところだった。

「兄上、松参りました。」

障子の影から、颯爽と松姫が登場した。切れ長の目に柔らかな光を放つ黒い瞳、きりっと結んだ唇が意志の強さをあらわしているようだった。それでいてたまらなく可愛いと周囲に感じさせる笑みを抱いている。

しかし、その姿は姫君ともいえぬ出で立ちであった。短く切った髪を後ろで束ね、旅袴にあざやかではあるが男物の着物を着けていた。右手には、これも朱も鮮やかな鞘に収まった一降りの小太刀を下げている。派手な若武者姿であった。

「姫!な、な、な…」

松姫の守り役であった半左衛門が半腰になりながら声を詰まらせた。

「於松、いかがいたした。その出で立ちは。」

「武田家随一の傾奇者。盛信兄者のまねをさせていただきました。」

松姫が、上座に座した盛信の、原色豊かな着物に鹿革をあしらった袴姿を見下ろしながら、さも楽しげな風に答えた。

「儂は男じゃぞ。」

「嫁に行く機会を逃した女子《おなご》は男同然。」

「何を言いよる。」

「織田信忠様との婚約で一時沸いた武田家も、織田家と手切れになって以来、私は織田家に通じた厄介者扱い。他に婚姻の話も無いまま、兄者の安曇野で楽しく暮らさせていただきました。しかし、今ここに来て兄上は高遠城を任され、織田勢との戦の構えに入られました。織田勢は越前・中国・四国と戦線を広げ。それでもなお信忠様本隊は岐阜で待機中、ここで織田との合戦となれば、敵の大将は織田信忠様。私が平然と姫をしておれば、織田に助命を願い出る所存と、お味方衆からも疑われましょう。」

「それで、合戦にでも出陣するつもりか。」

「もちろんのこと。安曇野で鐘巻自斎殿より陰流小太刀を伝授いただきました。」

「剛毅なものよ。お主が男なら戦場《いくさば》で肩を並べて心強いことだろうに。」

「女であっても同じこと。」

「まったく、どう仕様もなく跳ね返り者よのう。」

仁科盛信は松姫から視線を外し、庭の風景を眺めやった。松姫は同じ母を持つ四歳下の妹であった。しかし、松姫が誕生した年、当時四歳の武田五郎は、仁科の名跡を継ぐこととなり、安曇野の森城へと移ったので童時代の思い出はあまりない。松姫は七歳の折織田信長に請われ、信長の嫡男当時十一歳の奇妙丸（信忠）と婚約・結納も交わした。しかし、五年後の元亀三年（一七五三）に徳川家康と闘った三方原の戦いに信長軍が参戦したため、この婚姻話も破談となってしまった。翌年には父信玄も亡くなり、織田の影を背負った松姫は武田家の中でも厄介者扱いされることとなった。

盛信は、武田の兄弟の中でも、同じ油川夫人を母に持った妹を、安曇野の城に引き取って育ててきた。いくつかの縁談話もあったが、織田の影が災いしてまとまる話は無かった。それが不憫でもあり、その境遇を屁とも思わぬ明るさを持った松をいつも楽しげに見ていた盛信ではあったが、自由すぎる嫌いがあった。松姫から外した盛信の顔に渋い笑いが浮いた。

気がつくと見つめている庭には、紅梅が春を匂わせていた。子供時代から守り役を務めてきた原半左衛門一人が、あたふたと二人を交互に見やっていた。

「於松、梅の花が咲いた。もう春はそこまで来ている。」

「織田勢の侵攻が近いと：。」

「そうだ。実は先日、木曽の真理姫より書状が届いた。」

「姉様から：」

「内容は、おまえももう知っているであろう木曽谷の謀反じゃ。木曽義昌が織田についた。しかし、それも無理の無い事。昨年の高天神城の落城に際しての武田の姿を見ては：、木曽谷のような最前線で信長に攻められ、武田本隊の後詰めが期待できないとなれば、一族を守るためにもそうせざるを得ないであろう。親戚筋とは言っても外戚で姉上が嫁に行っているだけのこと。だから、姉上も躑躅が崎館に差し出していた岩姫と千太郎の助命だけを願ってきた。あの織田信長でさえ小谷城攻めの最中、姉のお市の方と三人の娘を救い出しているでは無いか。というような文面であった。儂も添え文をつけて御館様に二人の助命を願ったのだが、昨日岩姫と千太郎、そして義昌の母の三人が処刑されてしまった。首をはねられ、首だけが木曽福島城に送られたという。御館様も気性が激しすぎる。わざわざお味方を敵に回すようなやり方だ。」

「姉上のお子には私も数度、お会いしたことがございますが、あのような元服前の御子を：。」

「そして本日、御館様は自らの兵一万五千を引きつれ新府城を出陣された。これで先陣の信豊殿の三千と合わせ一万八千。これが我ら武田本隊手一杯の戦力だ。それに対し、信長が温存している本隊は五万は下らないだろう。」

「そんなに戦力差が：。」

「木曽義昌も早々に鳥居峠を押さえに出陣するだろう。儂も明朝春日城へ兵を送るが、様子によっては高遠城を固め決戦に備える必要があるやも知れぬ。織田軍が動くとすれば、当然徳川も北条も連携して、それぞれ攻め入るだろう。駿河では穴山信君は東の北条・西の徳川双方を押さえねばならず、上野も真田昌幸《ここ》らが押さえた城を守らねばならぬ、それぞれの陣が手一杯の状態じゃ、信濃に兵は増やせん。高遠城も現勢力の二千を基準に戦略を立てねばなるまい。敵の先陣は寝返った者達と相場は決まっている。とすれば、すでにこちらは人質の老人・子供を殺しているのだ、同じように女子供も皆殺しという前提でかかってくることだろう。」

「そんな：」

「そこで、於松。おまえに頼みじゃ。儂の一人娘四歳になる督姫と八歳になる勝五郎を連れて、新府城へ逃れていて欲しいのじゃ。」

「私は：」

「その出で立ちを見れば、於松の考えていることはわかる。しかし、是非にの頼みじゃ。勝五郎と督姫を安全なところへ：安全なところなど無くなるやもしれぬが、頼む。この原半左衛門に伴をさせる。」

愛らしい督姫の笑顔、そして内気でいつも自信なさげな勝五郎君を思うと、松姫は受け入れざるを得なかった。開きかけた口から返す言葉は無かった。


「サスケ様が見えました」

取り次ぎ役の声が微妙に震えていた。兄妹の話が聞こえていたのだろう。

「お呼びか、盛信殿。」

「おお、サスケ殿どうぞこちらへ。」

武田一の傾奇者と呼ばれる仁科盛信と正反対に質素な衣装をまとった武士がずかずかと入り込んできた。異様にがっしりした鞘の刀を右手に提げている。松姫と原半左衛門が席を空け、左右に分かれた。サスケはそれを受けて盛信の正面に腰を下ろした。

「於松。こちらは真田昌幸殿よりの使いで参られたサスケ殿じゃ。真田家秘蔵の真田十忍衆のお一人じゃ。儂も噂ではよく聞いておったがお会いしたのは初めてじゃ。昌幸殿とは森城の頃から懇意にしていただいておるが、今回の戦について、織田軍の情勢や、武田の伊那路各城の現状などを調べて伝えていただいた。思っていた以上に危うい状態じゃ。明日サスケ殿は沼田城の真田信繁殿の元へ立たれる。そこで、新府まではまだ安全とは思うが、あの織田信忠が於松を狙っているというような噂もある。高遠城もあまり護衛に人を裂けぬ実情だ。ここは半左衛門とともに於松と勝五郎、督姫を新府城まで同行させていただくこととした。」

「サスケにございます。新府城までお供させていただきます。」

飄々とした表情で松姫に笑いかけてきた、笑い顔にまだ少年っぽさが残っている。松姫は自分より一つか二つ若いのかと値踏みした。大丈夫なのだろうか、打ちかかってみようか、などと松姫に遊び心が生まれた。しかし、小太刀を持ち替えようかと、思った瞬間、サスケの気が強くなるのを感じた。ふっと松姫が笑う。できる。納得したようだった。

「於松。明朝、新府へ向かってくれ。杖突街道をまずは上原城を目指すが良い。金沢峠道は雪が深くて越えられまい。杖突街道もまだ、雪が残っているだろうがまだましだろう。道案内に高遠氏の縁者にあたる吉崎孫兵衛を連れて行くが良い。」

「サスケ様は、織田信長をご覧になりましたか？」

仁科盛信の前を退き長廊下を歩きながら、松姫はサスケに声をかけた。一日・二日とはいえ命を預けるかも知れぬ男であった、その人柄を知っておきたかった。二人の他には松姫の侍女およしが顔を伏せてついてくるだけだった。

「はい、遠目ではございますが。」

「どんな男じゃ。」

「体格は特に特徴はありませんでしたが、ものすごい『気』を発しておりました。気後れとよく申しますが、信長殿に近づいただけで気負けしてしまうでしょう。」

「そんなに凄い男か。」

「まー、当代屈指でしょうな。しかし、力の政《まつりごと》は危うさもあります。」

「危うさ？」

「武田家でも、信玄殿の先代信虎殿は力でねじ伏せる方でしたが、ご存じの通り、周りの武将に見限られ、駿河に追われてしまいました。」

「なぜじゃ？」

「侍という者、義を尊ぶからでございます。信長自身でさえ、今回の武田攻めに際しては朝廷に勅書を頂き『武田は朝敵』という大義を掲げております。錦の御旗を打ち立てて攻め入ってくるということです。」

「武田は朝敵？」

「いまや将軍も追い払い、朝廷も信長には逆らえないのです。」

「それほどまでの力を持っておるのか信長は？」

「今のところ、風は信長に吹いております。時の勢いというものかもしれませぬ。」

松姫は、ふいに胸を突かれた様な思いに、黙り込んでしまった。信忠殿と婚約し、あのまま織田に嫁いでいたら、武田を滅ぼす側になっていたやもしれぬ。人の運命など解らぬモノよ。

七

翌二月二日早朝に、松姫一行は高遠城を後にした。出陣でざわめく城の中、ひっそりとした旅立ちだった。曇天の今にも雪になりそうな空の元、先頭に吉崎孫兵衛、その後ろを若武者姿の松姫と原半左衛門、サスケとやっと馬に跨がっていると言った風の仁科勝五郎が続き、そして督姫を乗せた輿が続く。後は足軽十名に侍女三名小者達が荷物を肩に続いた。

大手門を抜け、城下町を杖突街道にでると、正面の岡に満光寺の鐘楼が見えた。天正元年、法性院様（武田信玄）が亡くなった年に京都知恩院の末寺として建立されたものだ。武田氏の衰亡を看取るために作られた寺のようだ。と、不吉な思いで松姫は、鐘楼を見つめていた。

杖突街道は、古代からの街道であり、冬とはいえ基本的な人の動きは続いている街道であった。峠道と言っても揺るやかな勾配で上っていく峠までの道のりは、狭い谷間に畑が並びまばらな農家と、山裾を縫うように連なっていた。まだ、雪の残る畑には仕事が無いが、各家の中では畑仕事の準備が怠りなく続けられていることだろう。平和な風景だった。しかし、農民とて戦国の無情は降りかかる。戦となれば雑兵として狩り出され、村が襲われれば殺されるか掠われるか。生き残ったところで田畑は荒らされ作物はかすめ取られる。そんな思いにふける松姫に、雪解け水なのだろう、街道に沿った藤沢川に流れる瀬音が耳に心地良く聞こえていた。

サスケは高い馬の背に揺られながら、あたりを隙無く伺っていた。前をゆく仁科勝五郎が必死に馬にかじりついている姿が微笑ましかった。しかし、いざというときには抱えて逃げた方が良いかなどと先の心配などもしていた。ふと下を見ると、雪の融けかかった街道は、ぐちゃぐちゃにぬかるんでおり、前をゆく松姫達の馬の蹄の跡が道を乱し、振り向けば、後からの者の足跡がそれに加えられていた。

見る者が見れば、城を抜けた行列がいるということに、すぐにでも気がつくことであろう。そして、その者が「松姫達」であることは、容易に想像が着くことだろう。三人を狙う者があるとすれば良い目印となることだろう。

太陽が中天に上る頃、前方にこんもりした森が山から突き出しているのが見えた。鎮守の森か、昨夜見た絵図面にあった「熊野神社」であろう。

「孫兵衛、あの神社で一休みしよう。様子を見てきてくれ。」

「は。」

原半左衛門の言葉に、孫兵衛が馬を飛ばして神社の下見に向かった。

サスケは、馬を道ばたに止め辺りを見回す。サスケの脇を輿や下僕が行き過ぎる。一行を見送り再び道に戻り馬を進めようとしてふっと、後方に目をとめる。道の中央に濃い茶のつややかな毛並みをした野犬が一匹なにげにちょこんと座ってこちらを見ていた。野犬が一匹いるだけの田園風景に見えた。

しかし、気配を感じなかった事にサスケは驚いていた。犬とはいえ、それなりの気配を出すものだ。サスケに気づかれずに後をとった。ただの犬とは思えなかった。

「さ、あの神社まであと少しじゃ。少し足を速めよ。」

サスケが、声を潜めながら皆の足を速めさせた。馬上のサスケは鞍につるした荷物に右手を突っ込み、浅黄色の巾着のような袋を取り出し、懐に忍ばせる。皆をせき立てながら、十兵衛はあえて後ろを見ないようにしていた。しかし「気」だけは後ろを探っていた。だが気が感じられない。気を消した野犬。「忍び犬」か？サスケも、「忍び犬」の噂だけは聞いたことがあった。しかし、実際に出会うのは初めてだった。たまらずサスケは後ろを振り向いた。先ほどの犬が悠然と後をつけてくる。濃い茶の毛並みは闇に紛れたら判断が付くまい。

足早に一行は神社に近づいた。吉崎孫兵衛が社の中を覗いたり、周囲に目を配っていた。一行に目を向けた孫兵衛が、何かに驚いたように槍の穂先で一行の後ろを指し示した。サスケも後ろの気配が変化したことに気がついていた。が人の気配で無いことも感じていた。ゆっくり馬上で振り返ると、一行に付きそう犬が十匹ばかりに増えていた。

「そろそろ、来るか…。」

サスケは腰の大刀に手を当て、その力強さに心を落ち着け、大声で叫んだ。

「社へ急げ！」

サスケの声に驚いた一行が振り向き、犬の群れを見ると足早に走り出した。サスケは馬を降り大地に構えた。サスケの乗馬は一行の後を駆けていく。無防備のように身体を開き悠然と立つサスケを見て。犬たちは三間ほど離れたところで足を止めた。濃い茶色の毛並みを持った忍び犬は、サスケの真正面で唸っている。他はただの野犬のようだ。相手は一匹か…。と、その時、忍び犬の後ろの風景が陽炎のように揺らめいて、小柄な男が現れた。マタギのような格好で熊の毛皮の羽織を着た、猿面の男だった。猿顔が変にゆがんでいる。笑っているようだった。

「やっとお出ましか。」

サスケは、八方破れの構えで、両腕を両脇にダランとたらし、相手を馬鹿にしたように笑みを浮かべている。

「松姫御料人をお迎えに参った。」

「木曽義昌殿の使いか？」

「いや、彼奴にそんな器量は無い。織田信忠様から直々のお言いつけだ。松姫様にご執心でね。姫を害する事は無い、丁重にお迎えに参ったのじゃ。さ、お渡しくだされい。」

猿顔がさも楽しそうにゆがめた顔を見せている。

「飛騨の畜生丸か？」

猿顔の笑いが止まった。

「なぜそれを！」

「当たったか。飛騨の里に畜生使いの畜生丸という忍びがいるという噂を聞いた事がある。それだけ畜生を引きつれ、それに信忠殿が操れる忍びといえば、飛騨忍群ぐらいのものだろう。」

相手を怒らせたいのか、嘲笑する風な言葉の流れだった。

「ふん、畜生使いの怖さを見せてやろうか？」

「できれば、願い下げなんだが：」

キャッ！

その時、後ろから女の悲鳴が聞こえた。付き人のだれかだろう。後ろを振り向くと、社の前で姫を中心に警護の者達が周囲に槍と刀を向けて臨戦態勢をとっていた。そして、その周りに黒装束の男が5人取り囲んでいる。こちらは、刀も抜かず、立ちすくむような形に見えた。

「姫の御意向をお伺いしようではないか。」

「なに！」

ふいに気を抜くようなサスケの提案だった。

「織田信忠殿は、松姫さまのかつての許嫁、織田・武田が手を結んでおれば、めでたく正室に迎えられたお方じゃや。信忠殿が姫を迎えたいというなら、姫のご意向も伺わなければならぬじゃろう。」

サスケはそう言い放つと、刀を納め、後ろを向きさっさと社に向かって歩き出した。

畜生丸と呼ばれた男も、気をそらされ、仕方なくその後に続いた。サスケはすたすたと一行を取り巻く男達の間をすり抜け一行と、男達の中程で立ち止まった。

「松姫様！」

一行に向かってサスケが叫ぶ。

「なんじゃ、サスケ殿。」

松姫が警護の者をかき分け、前に出てきた。

「此奴らは、織田の小せがれの使いと申しておる。」

「信忠様の：」

「そうじゃ、その信忠が、松姫が欲しいとごねているそうな。」

「な、なにを言う。」

猿面の慌てた声が後ろから聞こえた。

「それで、姫のご意向を伺うこととなった。どうじゃ、織田に下るか？」

サスケが何を言うか、興味げに聞いていた松姫が顔色を変えた。

「馬鹿なことを申すな。松は武田の家の者、今まさに武田に攻め込もうとしている織田になど下る訳もなし言われも無い。帰って信忠殿に伝えるがよい。松は甲斐の虎、武田信玄が娘でござる、とな。」

「と、おっしゃっておられる。ま、そういう訳だ。帰れ帰れ。」

サスケがおどけて追い払うような仕草をした。

「なに！」

畜生丸の目が怒りに燃えていた。数歩前に出て両腕を払う。黒装束の男達が、場所を空けるように数歩下がると、畜生丸と犬たちが前に出てきた。一行と黒装束の間でサスケと畜生丸が向かい合った。忍び犬と十匹ばかりの野犬が、サスケを狙っていた。

サスケは、背中で、松姫が小太刀を抜き、構えに入ったのを気配で知った。さすが、信玄の娘と、サスケの顔に笑みが走る。

「松姫様、話が剣呑に為ってきたが、そちらの責任じゃでご容赦を願おう。」

猿顔をしかめながら畜生丸が怒鳴った。

「怒るな怒るな。姫がいやだと申しておるのじゃ。仕方あるまい。」

「ええい、黙れ！」

猿面が怒りに赤く染まった。その瞬間、サスケのだらりと下げていた左手から光が飛んだ。キンと金属音がして畜生丸の脇に小さな鉄球が転がる。大豆程度の大きさしかなかった。

「ホーっ、受けられたか。次はどうじゃ。」

サスケは、刀を抜かないまま今度は右手を振った。素早い動きだった。が、またキンという金属音がした。

「わっ！」

畜生丸が右目を押さえた。頬を血が伝わっている。

「二弾目は受けられまい。見えぬ球だからのう。『死角打ち』という。」

「おまえも忍びか！」

「おう、真田十忍衆、猿飛サスケ。」

「おまえが、猿飛！」

名前は聞き知っているらしい。畜生丸が指笛をヒュッと吹いた。それに反応するように忍び犬が全面に出てくる。

「それ、三弾目だ！」

サスケの右腕が動いた。畜生丸の刀が、今度は死角を飛んで来るものを的確に叩く。

「わっ！」

畜生丸を黄色い粉が取り巻いた。二回目に死角を狙ったのは、鉄球では無かった。サスケが二度目に投げたのは、先程忍び犬を見て鞍の物入れから懐に移した巾着のようなものだった。巾着は刀で叩かれたとたん破裂して中の粉をまき散らしたのだ。途端に周りの犬たちの様子が変わった。うれしそうに畜生丸に飛びつき、畜生丸をぺろぺろと舐め始めた。

「こ、これは、犬万！」

猫にマタタビ、犬に犬万といわれる、犬を惑わせる薬玉だった。十匹の野犬が畜生丸を取り巻き足を止めさせた。しかし、忍び犬はさすがにびくともしない。サスケは忍び犬に鉄球を投げ牽制した。しかし、意に反して忍び犬は最小の動きで鉄球を避けた。再びサスケと対峙し間合いを計っている。サスケもゆっくりと腰の大刀を抜き、忍び犬を牽制する。

「ええい、邪魔だ、邪魔するな。」

畜生丸は怒りにまかせて寄ってくる犬を滅多切りにしていた。

「お仲間を斬ってしまうのかい。」

サスケは、まだおどけたように無駄口をたたいたが、眼はぬかりなく忍び犬を捕らえていた。脇では原半左衛門、吉崎孫兵衛が黒装束に立ち向かっていた。警護の者も含め乱戦となっている。

畜生丸は、犬の血にまみれた姿で無残に斬り殺された野犬の中に立っていた。片目でサスケを睨みつける表情が硬くこわばっていた。再び指笛を吹く。短く二音の響きが谷間に流れる。忍び犬が身体を低くして臨戦態勢をとった。

サスケは、右足を引き脇構えをとった。大刀を身体の陰に隠す。刀を見せればそれも相手の一部として間合いを捕らえるだろう。刀の長さを見誤れば、間合いも見間違えることとなる。たとえ一分であっても優位差が欲しかった。忍び犬は低い体制を保ちながらサスケの右側に回り込もうとしていた。その後ろでやはり立ち位置を動かす畜生丸を視線のはしで捕らえている。立ち位置に合わせてゆっくり構えを代えていく。サスケは、正面を忍び犬に向けるよう身体をずらすと、。そのまま脇構から、ゆっくり右八相の構えに刀をあげていく。刀はまだ見せない。首に冷たさが走る。忍び犬がサスケの首を狙っているのを感じた。

忍び犬が飛んだ。サスケは左に体を躱しながら刀を忍び犬の頭に振り下ろす。

「グォッ。」

そのとき忍び犬の腹を突き破って小ぶりの槍が飛び出した。瞬間身体をひねったサスケの着物の袖を槍が貫く。

短槍に貫かれた忍び犬がそれでも立ち上がろうと地面でもがいていた。サスケは、左腕の付け根近くに穴の開いた袖を見やりながら、

「月陰の術か！己の忍び犬を雲にするとは。」

月が雲に隠れて見えなくなるように、雲を拵えてその陰から襲う「月陰の術」、畜生丸は忍び犬をその雲に模して槍を投げたのだ。

「さすがに畜生丸よな。やることが畜生以下だ。」

サスケの顔色が変わった。畜生丸のやりようが気に入らなかった。サスケが迫ると、畜生丸はその迫力に押され数歩退いたが、潰された右目から手のひらを離すと、刀を構えた。小さな身体をより小

さく低くして、刀の切っ先は地を擦るような構えだった。十兵衛は、正眼に構える。燃え上がるような気を放っていた。十兵衛はそのまますり足で前へ進んだ。すぐに畜生丸の見切り線を越す。

「キェー！」

畜生丸が仕掛けた。刃を上に向け斬りあげながら一歩前に出た。太刀先の見切りを読んでの一歩だった。サスケはそれを見越し一歩下がった。畜生丸の刀が水平に止まり十兵衛の胸を狙って繰り出される。瞬時の変化だった。と、その変化を待っていたように、サスケの刀が一瞬の中で相手の刀をすり抜け小手を打っていた。畜生丸の刀が右手首ごと落ちる。

畜生丸は、右手首を落とされ、吹き出す血とともに、後ろに飛びすさり、そのまま近くの杉の木に駆け上った。

「ホウ。ホウ。ホウ。」

枝にぶら下がりながら、畜生丸は叫んでいた。その無防備な姿にサスケは、落ちていた畜生丸の刀を投げつける。畜生丸は器用に枝にまたがり刀をよけた。

「ホウ、ホウ、ホウ。」

畜生丸は神社の裏山に向かって声を上げている。と、裏山に何かの気配を感じた。サスケの脇を黒い影がすり抜ける。とっさに振った刀に手応えがあり、道に梟がばたついた。

梟だった。続いて多くの気配を感じ、空を見上げると明るい空に梟の群れが飛び交っていた。不思議と羽音は聞こえない。

「社に隠れろ！」

姫達一行に声をかけると、サスケも社に向かった。羽音はしないが、まだまだ昼日中、梟の姿は見て取れた。刀で一羽二羽と斬り落とすが、一行に襲いかかる梟も多く、梟の攻撃に悲鳴が上がっていた。

悲鳴の中を女声で気合いが響く。松姫だった。小太刀で的確に梟の羽を切り落としていた。サスケは、松姫と肩を並べた。

「姫、なかなかのお手前で。」

「こんな者達は斬りとうは無いのだが。」

しかし、その腕前に、サスケは背中を任せる事ができた。たいした姫だ。梟の来襲とともに黒装束も消え、原半左衛門・岩崎孫兵衛も戻り刀を振るっていたが、姫の前に出るまではゆかず、焦っていた。

「姫、お下がりください。この半左がお守り申す。」

「構うな、こんな鳥ごときには負けんわ。」

サスケは二人のやりとりを聞きながら、辺りを見回す余裕をいただいた。見渡すと急に一行から距離をとり、黒装束が下がり始めていた。そのまま黒装束が消えていく。突然梟の攻撃がやんだ。

数回襲いかかっただけで、それぞれの住処に戻っていったようだった。騒ぎの中、畜生丸とその配下の者達は消えていた。切り倒したはずの黒装束さえ消えている。

「乱心法獣遁の術か。畜生丸らしい。」

「終わったようですね。」

松姫が、額の汗をぬぐいながらサスケに笑いかけてきた。

「ええ、梟は畜生丸が逃げ出すための時間稼ぎだったようです。夜の闇の中では対処できなかったでしょう。油断ならない奴です。」

「信忠様の手の者ですか：」

「そのようですな、姫にご執心のようですので、これで終わりという事は無いでしょう。」

社の中に隠れた者も出てきて、社の外に一行が集まった。見ると数名の者が頭から血を流していた。梟のカギ爪に掻かれたようだ。また、黒装束との戦いで浅手を追った者もいるようだった。歩くのには、差し障りは無いようだ。と、四歳の督姫が社を飛び出て、松姫に飛びついてきた。

「姉様、姉様：」

「督姫。怖かったのう。でも、もう大丈夫じゃ。姫には、この松が付いておる。それに、ほれ見よ、あのサスケを。姫のお父上が手練れと申しておったのに嘘は無い。サスケがいてくれれば大丈夫じゃ。」

松姫の言葉に、サスケは督姫に笑いかけた。社の扉には、勝五郎がまだ扉に張り付いている。

「若君、お怪我ありませぬか？」

原半左衛門が、心配そうに駆け寄っていた。サスケは、ぐるりと周囲の状況を見て取った。とりあえず、一難は去ったようだ。しかし、先ほどの騒ぎの中で馬が消えてしまった事に気づいた。畜生丸が奪っていったようだ。彼らは彼らで目的を一つ果たしたのかも知れない。これからは歩きだ。子どもを二人抱えていては、一日の強行軍で上原城へと言うわけにもゆかなくなった。とにかく先に進まなければならない。まだ、先は長い。

八

守屋山に峯を連ねる岡の上に、畜生丸は身を横たえていた。右目を覆った晒し、右腕に巻いた晒しには血がにじみ、うなり声を上げていた。血止めと鎮痛作用のある薬草を与える位しかできない。

「幽鬼、今夜は俺がやる。」

畜生丸を見下ろしながら、白装束の小柄な男が上目遣いに着流しの武家姿の男に言った。

「いいだろう、狐火。」

狐火は、左頬に大きな刀傷が浮かぶ顔を白狐の面で覆うと、静かに姿を消した。

「信忠め、いい男ぶっていたが、信忠など松姫には眼中にも無いようで、これではただの横恋慕では無いか。まったくやっかいな仕事になってきたな。」

幽鬼は、腰の大小を抜くと畜生丸の脇の木の根に腰を下ろした。

松姫一行は、督姫の輿を中心に、片倉の里まで、なんとかたどり着いた。健気に歩き通した仁科勝五郎も疲れを隠しきれないでいた。ここから先は峠道となる。今晩はこの集落で一泊するしかない。谷間の夜は早い、暗くなる前に宿舎を確保しなくてはならない。それも、この土地に古くから関わりのある吉崎孫兵衛の手配で、当地の土侍、矢立安兵衛の家を借りることができた。

「明日は峠越えだ。明日の昼までには上原城に到着できるだろう。ゆっくりと休むが良い。」

サスケは、松姫・勝五郎・督姫の世話を原半左衛門に任せ庭に出た。昼間の畜生丸の襲撃を考えると、この夜にも次の一手があると考えなくてはならない。

「サスケ様。」

孫兵衛が家の主を連れてやってきた。

「安兵衛殿。今夜は世話になる。」

「なに、武田のお姫様のご用となれば、一族あげてお守り申す所存。何なりとお言いつけくだされ。」

「ありがたきお言葉。痛み入る。」

「サスケ様。ちょっとご覧いただきたいものが。」

孫兵衛が真剣な表情で十兵衛に近づいてきた。その表情にただならぬものを感じ、孫兵衛の後について行く。孫兵衛が案内したのは納屋だった。それも、庭の奥まったところにある古びた壊れかけの納屋だった。軋む引き戸を引くと、夕日の名残の明るさが納屋に広がった。土間の中央に筵が盛ってある。

「今朝、村の者が見つけました。」

納屋の中央に置かれたものから、筵をはぎとった。侍の死体が横たわっていた。甲冑を着けた上半身血まみれの死体であった。添え物のように頭のあるべき位置に首が置いてある。切断された生首だった。

「今朝方、街道の真ん中に首の無い姿で倒れておりました。そのあと河原から首が見つかり、とりあえずこちらに運びましたが、どうしたものかと悩んでおりました。そこへ、姫様一行がお見えになり、何か関わりのあるお方かと：。」

安兵衛が困惑顔で訴えた。

「お！」

生首を見つめていたサスケがうめく。周りの者もサスケの視線を追って同じくうめいた。

生首が目を開いた。薄闇の中に光り輝くような目だった。

「ふふふふふ：。」

生首が笑った。生首が小さく飛び、死体の胸に乗った。

「松姫を置いて早う旅立て。さすれば死ぬこともあるまい。」

地獄の底からでも聞こえてきているような不気味な声であった。しゃべる生首が笑っているように見えた。

「トゥ！」

かけ声とともにサスケが飛んだ。刀を引き抜き屋根板に突き通うした。とたんに生首が死体から転げ落ちる。刀を持ったまま地上におり立ったサスケは、そのまま納屋を出、小屋の屋根に飛び上がった。なんの姿も見えない。納屋の周りにいた者も何の異常も感じていないようだった。屋根に飛び上がったサスケを驚いたように見つめている。サスケは屋根付近まで枝を張っている枯れ木の林の奥に黒い影を一瞬見たような気がしたが、刀を収めると屋根を飛び降り納屋に戻った。

孫兵衛、安兵衛ともに転がった生首を見つめたまま固まっていた。十兵衛は屍の脇に跪き、生首を検分した。生首には何も変わったところは無かった。

「傀儡の術か。畜生丸とは違う新手と言うことか。」

サスケがため息交じりに、そうつぶやいた。

そのまま生首を両手に持って、くるりと回してみる。傷口を見た。切り口は、刀や刃物でできた傷では無かった。刀等の刃と違う何か鋭利なものできれいに切断されている。何を使ったのか。サスケには想像がつかなかった。孫兵衛達に生首を見せ、

「この男は、高遠城の早馬の者だろう。昨夜、上原城への知らせを送ったはずだからな。闇に紛れて襲われたのだろう。傀儡を操る相手のようだ。安兵衛、すまぬが早馬を上原城へ走らせてもらえぬか？」

「それなら韋駄天の佐吉を送りましょう。馬よりも目立たず、馬よりも足の速い男です。夜目も利いて暗闇を走れます。」

「それはありがたい、原殿に一筆書いていただくから、それを上原城の勝頼殿に届けていただきたい。それと、高遠城にも明日知らせておいてくれぬか。」

「わかりました。そのように手配します。」

「さきほどの挨拶からすると、今夜ここを襲ってくるつもりだろう。迷惑をかけてすまぬが、手立てを頼む。何人かの飛騨忍びが来ているようじゃ。信忠め、しつこい奴だ。側室も息子もおると言う

に、松姫が忘れられぬか未練な奴だ。昼間の畜生使いの梟といい、この屍といい。敵は闇を得意としているようだ。安兵衛殿、かがり火をお願いしたい。」

九

岡の上からも、安兵衛の屋敷内に煌々とかがり火がたかれているのが見えた。警護の者も見える。厳戒態勢というところか。

「先ほどのお主の遊びで、警戒がきつくなったようだの狐火、いらぬ事をしたものだ。これでは総掛かりだな。」

幽鬼が懐手をしながら静かに言い放った。表情の無い眼は闇にうかぶかがり火を見つめている。

「いや、儂一人で十分だ!」

「そうもゆかぬ。お主の金縄もああ明るくては、相手に見透かされる。」

「そんなことは‥まあ、仕方あるまい‥。」

総掛かりと言っても、狐火に幽鬼、それに下忍三名という数に過ぎ無い。しかし、狐火も幽鬼も己の術に自信を持っていた。

谷間の夜は、幕でも下げたように急激に訪れた。しかし、矢立安兵衛の屋敷はそこだけが明るいかがり火の中にあった。

「何者だ！」

門周りを照らしているかがり火の明かりの中に、現れてきた者があった。着流しの侍、懐手をした腰には、しっかりと大小が落としてあった。眼に生気が無くかがり火を映していなければ幽霊かと疑われそうだ。

門を守っていた安兵衛の家の者二人が、槍を構えた。長さ一間ほどの直槍だった。ほどよい年齢の二人は、それなりに場数を踏んでいるのだろう、腰の据わった構えをとっている。

「何者だ！」

再び誰何の声が上がる。庭で姫達の部屋を守っていたサスケにも、その声が届いた。他の警護の者も一斉に門に気をとられた。

「皆の者！持ち場を離れるな！孫兵衛、ここは頼んだ！」

サスケ一人が門に走った。陽動の恐れがある。皆が持ち場を離れるわけには行かなかった。サスケが駆けつけると、門の警護二人が、槍を構えもせず、でくの坊のように着流しの武士に向かい合っていた。

「二人とも下がれ！」

サスケは一目で着流しの力量を見抜いていた。警護の二人に勝てる相手ではなかった。

サスケの声に警護の者がビクっと反応したようだったが、すでに遅く、着流しの剣が警護の二人の中を走り抜けていた。

バッタリと倒れる警護の者の前で、それを見もせずに着流しがニヤリと不気味な笑いを浮かべた。

「飛騨者か！」

「さあな。織田家の使いと思ってくれ。」

「松姫様目当てか？」

「そういうことだな。邪魔立てはよしていただこうか。して、お主は？」

「真田十忍衆、猿飛サスケ！」

「ホーッ、真田忍者か。それも、猿飛とはな。勝負のし甲斐があるというモノ。」

「故あって、姫御の警護を託された者じゃ。飛騨の田舎者などにはわたさぬ。」

「畜生丸の右腕を飛ばしたは、お主か？」

「と聞くからには、犬畜生にも劣るきゃつのお仲間と言うことか。」

飛騨者と言うことは、なりは武士でも、忍びとみるべきだろう。サスケが刀を抜いた。ゆっくりと右八相の構えをとる。

幽鬼は、右手の刀の切っ先を下げ、構えるでも無く立ちすくんでいた。刀にかがり火の光が反射している。サスケは刀の筋を見ていた。構え、動きにはそれぞれの流派の色が出る。しかし、一見無防備な構えからは、何の筋も感じなかった。刀の変化が予想できない。サスケは、自分の額に汗が浮かぶのを感じていた。すると、幽鬼の刀の光に変化が見えた。峰に光の玉が浮かび、すーっと切っ先まで走って、地面に落ちる。水滴だった。一滴二滴と続いていく。緩やかなリズムを持って水滴が落ちる。足下に水たまりができ、その中に小さな波の輪が広がる。サスケの眼が水滴を追っていた。刀を走る水滴。切っ先にたまった水滴。水たまりに落ちる水滴。そして波の輪。

『しまった、まやかしだ！』

サスケは、幽鬼の術にはまってしまったのを感じた。水滴から眼が離せない。

「落ちる水滴は、この刀が吸うお主の赤い血よ。ほれ、水滴の色が変わってきたであろう。」

幽鬼の言うとおり、刀を伝う水滴が、血の色に変わり、水たまりに赤い波を広げていた。

門前での掛け合いは聞こえていたが、吉崎孫兵衛もまた、庭先で妖異と対決していた。板塀の上に狐火が揺らめいていたのだ。庭を警護していた数人の地侍もざわめき立っていた。

庭の騒ぎに、家の中で姫達の守りを固めていた原半左衛門が姿を現した。皆が狐火に気をとられているのを見ると、辺りを見回し、

「狐火にばかり気をとられるな。周囲に気をつけろ！」

庭には孫兵衛以下五名の者が警護に当たっていた。庭の両端にかがり火がたかれ、庭は真昼のように明るい。狐火も光の中には入ってこれないようだった。しかし、塀の向こうの狐火は二つ三つと数を増やしていた。狐火が塀を越えられないことに気づいた皆が、一瞬気を緩めたとき、塀の上に白い狐の面が現れた。

「狐じゃ！」

警備の者の槍の穂先が、一斉に向けられた。よく見ると狐の顔は、作り物のようだった。狐の面が暗闇に浮かんでいる。すると、二匹目、三匹目と塀の上の狐面が増えていった。四匹目に白装束の狐

面が、塀の上に立ち上がった。

「おおっ。」

警護の者から声が上がる。白装束の狐面、狐火が庭に飛び降りた。ゆっくりと舞い降りたというような降り方だった。

「警告はしたはずだ。」

地獄の底から聞こえてくるような不気味な声がした。孫兵衛はその声に聞き覚えがあった。あの納屋の生首の声だった。そのときの場面を思い浮かべ全身に鳥肌が立った。狐火がおもむろに右腕を振った。

「うっ！」

突然、警備の者一人の首が転げ落ちた。血を吹き上げる胴体がそのまま前のめりに倒れ込む。

「何かが首に巻き付いたぞ！」

隣の警備の者が、倒れた同輩を見ながら片手を自分の首に当てて見せた。そのとたん、その警備兵も一瞬で首を落としていた。しかし、今回は首に当てていた五本の指もパラパラと落ちた。

「弦のようなものが見えた！弦を巻き付けて首を落としているぞ！」

そう叫んだ原半左衛門に、一瞬の光の筋が走ったと、半左衛門は刀を頭上に突きあげ、腰を落とし込んだ。今まで半左衛門の首のあったところに半左衛門の刀が立っていた。キーッと音がすると、刀を引く力を感じ半左衛門が刀に力を込める。半左衛門の刀に金属製の弦が巻き付いていた。半左衛門が力一杯刀を引いた。すると弦でつながった狐火が体勢を崩した。半左衛門は刀を振りおろし、巻き付いた弦を斬り捨てた。

「おまえか、早馬の使いを斬ったのは。」

半左衛門の声に呼ばれたように、板塀の上の三つの狐面が立ち上がった。黒装束に白い狐面だけが浮かんで見えた。黒装束を無視し、半左衛門は狐火に斬りかかった。

それに合わせ吉崎孫兵衛は小柄を三つの影の中央に投げ、板塀に走る。黒装束の者が塀から飛び降りる刹那、脇をすり抜け胴を穿いた。バスッと音がして、黒装束が一人つんのめった。

「一人。」

孫兵衛があえて勘定し、相手の怒りを呼び起こした。残り二人の黒装束が、孫兵衛を囲む。孫兵衛は一瞬反応の遅い方の相手に飛びかかった。相手は構えも定まらないまま孫兵衛の刀をはじき、体勢を崩した。すかさず孫兵衛の刀が相手の腹を貫く。そこへ、もう一人の黒装束が切りつけてきた。孫兵衛は刀を相手に刺したまま相手の肩を掴み、体を入れ替えた。刀に貫かれた黒装束が、切りつけてくる敵への盾と為った。

「くっ。」

仲間の背中を斬りつけた敵が、体勢を立て直して刀を構え直した。孫兵衛は自分の刀を刺し通したまま捨て、倒した相手の手から刀を奪いとった。その時間を稼ぐように、警備の者が槍を繰り出した。一人目の槍ははじいたものの、二人目の槍が黒装束の脇腹をとらえた。黒装束の動きが止まる。そこへ、はじかれた最初の警備の者の槍が、黒装束の胸を狙った。

「うぉーっ。」

黒装束は二本の槍に、その場に縫い付けられてしまった。白い狐の面も落とし、苦悶する男の顔を現した。男は身体に刺さった二本の槍をつかみ、孫兵衛を睨みつけていた。

「こ、こ…。」

男は言葉に為らない声を発しながら、右手を懐に入れ、竹筒状のものを取り出した。それを口元にあてると、一本のひもを咥え、大きく口で引いた。竹筒の上部に火が踊る。

「爆薬だ！」

孫兵衛は庭石の影に飛び込む。と、同時に爆音が響いた。そう大きな威力のあるものでは無かった。しかし、槍でつながった三人をを吹き飛ばす程度の威力はあった。あたりに血と肉片が飛び散っていた。


原半左衛門も、狐火と斬り結んでいたが、突然の爆風に庭に薙ぎ倒されてしまった。辺りに気を配りながら立ち上がると狐火は消えていた。


門前、庭と死闘が続く中、松姫の寝所。部屋の中央に敷かれた質素な布団に掛けられた打ち掛けの膨らみ。部屋の隅で暗い光を放っている行灯。しかし、松姫はそこにはいなかった。行灯のほのかな光が産んだ衝立の影に、小太刀を抱えた松姫が潜んでいた。庭先で誰何の声が上がった折、寝所を抜け出していたのだ。

そこに、爆音が響いた。続いて勢いよく障子が開かれ、誰かが飛び込んできた。かがり火の明かりが室内まで広がった。松姫に白装束に狐の面を被った者が見えた。小太刀を強く握りしめる。

「姫、失礼いたす。」

白装束の狐面が、打ち掛けに手をかけた瞬間松姫が斬りかかった。

「とーっ。」

一瞬の戸惑いで、体を躱すのが遅れ、松姫の刀が、狐火の肩口を滑った。戦いの最中痛みを覚えるほどの傷では無かった。

「女？松姫様か？」

狐火が左手で右肩を押さえながら、訪ねるでも無くつぶやいた。白装束を押さえた手の当たりが赤く染まってきた。

「姫！」

原半左衛門と吉崎孫兵衛が駆けつける。

「半左！」

半左衛門が、松姫をかばうように、狐火との間に入り込んだ。狐火は壁を背に、ふたりの老練な剣士に囲まれることと為った。部屋の奥側に松姫を背にした原半左衛門。庭側に吉崎孫兵衛。

「姫に斬られるとは、思わなんだ。」

狐火は床の打ち掛けを左手に掴むと、広げながら孫兵衛にほうり投げた。孫兵衛は一瞬のことに、打ち掛けを切り捨てていた。しかし狐火はその一瞬を狙っていた。孫兵衛の刀が振り下ろされた瞬間、孫兵衛の脇に飛び、孫兵衛の首を薙ぎながら脇を走り抜けた。切り捨てた打ち掛けの上に孫兵衛の首がゴロンと落ちた。狐火はそのまま庭に駆け下りて塀に向かった。その背中に衝撃が襲った。原半左衛門の投げた小刀が胸に突き出ていた。一瞬庭に立ち止まった狐火は、懐から小さな包みをつかみ出し、脇のかがり火に投げ入れた。と、連続して火薬の破裂する音が闇に響いた。

「姫、次は信忠様のもとへお連れ申す。」

振り向いた狐火に、原半左衛門の剣が袈裟懸けに走った。

爆発音は、門外の戦いにも影響を及ぼした。

幽鬼の術にはまり、刀からたれる血しずくから眼をそらせなくなったサスケは、今まさに白刃の下に散ろうとしていた。

幽鬼は、滑るような足裁きでサスケに近づいてきた。切っ先を下に向けたままの構えで、逆袈裟を狙っているようだった。

そのとき爆音がしてサスケを正気づけた。斬り上げる刀の気を感じ、高く後ろへ飛び退いた。袴の裾を裂く風を感じ、背に冷たいものが走る。

『危ない危ない。見てはいけないモノを見てしまったようだ。。』

サスケは、飛びすさると同時に二つの鉄球を投げていた。死角投げだった。しかし、二度の金音と共に鉄球がころがった。

サスケは両目を閉じ、心を鎮め、静かに正眼の構えに入った。相手の気を探っている。少しずつ気が右に流れるのを感じ、体勢をずらして気に刀を向ける。気が少しずつ大きくなり、攻撃の瞬間が近づいたのを感じる。そのとき、爆竹のはぜる音が聞こえてきた。

「ちっ！」

幽鬼が舌打ちした。それを合図にしたように急激に気が下がるのを感じ、サスケは眼を開いた。幽鬼の輪郭がぼやけ陽炎のように消えていくのが見えた。

十

「狐火もやられたか：」

眼下に広がるかがり火の庭の中に、狐火の白装束が倒れているのが見えた。屋敷は騒然としたまま、慌ただしく人が動き回っていた。数名の遺体が戸板に載せられ、裏の納屋に運び込まれている。騒然とした中、一人あれこれ指示を出しているらしい侍が見えた。

「猿飛サスケ：。」

幽鬼は振り切るようにその場を離れ、林の中の社に戻ると、腕を切られた畜生丸が薬草の効き目か浅い息をしながらも眠っていた。出血でかなりな量を失ったのだろう、顔色が青ざめている。

「このまま飛騨に戻るか？もう一度姫を狙うか：。信忠に気が無いとすれば、無理に拐《かどわ》かして自害でもされたら事だが。」

幽鬼の口から独り言が漏れた。

「明日は俺も出るぞ！」

畜生丸が力ない声を出した。幽鬼の独り言を聞いたようだった。

「その傷では無理だろう。」

「いや、どんな傷だろうが、寒月齋様の命令をいったん受けたのだから、空手では帰れまい。」

「それもそうだが、：まあ、やってみようか。」

幽鬼は畜生丸が生きようが死のうが、大した問題でも無いか：と、冷たい目を向けていた。

「松姫も、招いてこないなら、無理にでも引っつれて帰るのみ。」


朝まで警備態勢を崩さず、かがり火が焚かれていたが、再度の襲撃は無かった。

「あと一日。」

原半左衛門が、残った手勢を鼓舞して言った。

「今日中には、上原城に入れる。上原城には御館様が出向いておられる。そこまでの辛抱じゃ。というか、峠を越してしまえばこちらのもの。あと一日踏ん張ってくれ。」

高遠城より出立した一行は、松姫、督姫、仁科勝五郎、原半左衛門、サスケのほか、警護の足軽三名、お付きの女三名、荷物運びの下僕三名の十四名となってしまった。矢立安兵衛が三名の郎党を出してくれたが、彼としても精一杯の好意を見せてくれたのだろう。半左衛門が礼を言って出立した。

昨日とは打って変わっての晴天だった。空の青さと周囲の山並みの雪がまぶしかった。

二月三日、諏訪湖にほど近い上原城に入城した武田勝頼は、親戚衆でありながら反旗を翻した木曽義昌に対し怒りを覚えていた。それだけで無く他の家臣たちさえ、どれだけの信頼が置けるのかといった不安が首を持ち上げてきていた。しかし、織田との戦いには、勝頼なりの手は打ってあった。なんと言っても武田軍は武田軍なのだ。そう思いたかった。

勝頼は武田信玄に滅ぼされた信濃諏訪の領主・諏訪頼重の娘、諏訪御料人と信玄の子として誕生した。諏訪頼重には嫡男千代宮丸がいたが、信玄はこれを廃嫡し、勝頼に諏訪姓を名乗らせ、名跡諏訪家の後嗣ぎとした。

その後信玄の嫡男義信の謀反発覚による廃嫡で、信玄の跡継ぎの話が、勝頼の嫡男信頼に回ってきた折後見人として武田姓に戻り、武田勝頼と為った。そして、信玄が死に、中途半端なまま勝頼が武田軍を率いることとなった。しかし、武田家二十四将と呼ばれる中心的な諸将をはじめ多くの諸将が、武田晴信の器を買って、父信虎を追放し信玄（春信）を信じて信濃まで領地を広げてきた家臣達が、おいそれと勝頼の思うままに動くわけは無かった。信玄の死後勝頼は、家臣から軽んじられているのを感じていた。その結果が、信玄の影を払拭させるための強引な戦闘であり、「長篠の戦い」であった。

武田の最強騎馬軍団、その名と、その強さに溺れていた。負けることなど頭に無かった。

信長の強さを見くびっていたのだ。その結果「長篠の戦い」での惨敗。武田勢一万二千に対し、織田・徳川連合軍七万二千というやってはいけない戦をしてしまった。それも諸将の反対を押し切っての戦であった。この敗戦で一番の痛手は、最も大切にしなければならなかった信玄から引き継いだ主立った猛将を死なせてしまった事だった。耳うるさい猛者たちであったが、武田軍団には掛け替えの無い陣容だった。彼らの死後、勝頼にとっては、耳うるさい者が消え、自由な行動が可能となった。しかし反面、それは追従者ばかりで苦言を呈してくれる者がいなくなってしまったという事でもあった。また、信玄時代、信玄に気に入られず疎んじられていた者を勝頼が取り立て、姦物の横行を許してしまうことでもあった。

その結果が、今回の闘いでもあった。信長に限らず、徳川家康も北条も上杉も、武田の弱体化を見極めていたのだ。敵は、織田・徳川・北条。木曽谷が織田についた今、織田軍は木曽谷を大手を振って鳥居峠までやってこられる。伊那谷の衛りを強めても、鳥居峠を越されたら諏訪に手が届いてしまう。義昌の反旗一つで勝頼の信州防衛構想は破綻してしまった。こんなことで、甲州防衛は為るのだろうか?

勝頼は、上野国を真田昌幸に、甲州道中の押さえの郡内には小山田信茂を、駿河の対北条には、曽根昌世と春日信達、対徳川には穴山信君（梅雪）を配して、自分は新府城を本陣に決め、対織田戦を戦うこととしていた。伊那街道沿いには大島城に武田逍遙軒信綱を、飯田城には保科正直の副将として小幡因幡守を、松尾城には小笠原信嶺を、そして伊那口となる平谷の滝が沢砦には下条信氏を配し、万全の構えをとっている。これらの城を落としながらの北上はかなりな消耗戦となり、諏訪湖畔に来るまでには、いかな織田軍とて、かなり消耗しきっているはずだ。その上、越後の上杉との同盟もある、上杉軍が善光寺平から攻め寄せれば、信長軍を挟撃できる。二万とは言え武田軍に勝機がないわけではない。

しかし、ここでも勝頼の武田信玄の実質的後継者という奢りが、大切な判断を誤っていた。信濃衆・甲斐衆共に武田家のためには任された城を死守する。いや、死守すべきという判断だ。そんな折り、伊那道の要となる高遠城から、松姫・勝五郎・督姫が逃れてくるという知らせが届いた。高遠城からの使者は殺され、姫達が宿泊している片倉の地侍からの使いだという。

勝頼の頭に、妹真理姫からの書状が浮かんだ。真理姫は、娘岩姫と嫡子千太郎の助命を願っていた。しかし、勝頼にはその二人を殺す以外の道は無かった。広がった領地を、姻戚関係を持つことでまとめてきた父信玄により、武田領外郭はすべて木曽と同じような状態にある。真理姫の願いを聞いてしまえば、外郭への押さえが無くなってしまう。武田を背負っていくための宿命だった。だが、松姫・勝五郎・督姫は武田家の重要な血筋を引いた者。

勝頼は、使番十二人衆を勤めたこともある諏訪越中守頼豊に命じ、松姫・督姫の迎えに警護の者を出させる事とした。

諏訪頼豊は諏訪衆の筆頭を務める者で、従兄弟で諏訪大社大祝《おおほうり》諏訪刑部大輔頼重と自らの父親諏訪満隣を武田晴信に殺され、幼少期に家督継承を行い、晴信に使えてきた。そのため、この織田侵攻を機に、敵に寝返り宿敵武田を伐とうという家臣からの声もあったが、頼豊は武田家を離れることをよしとはしなかった。そんな、頼豊も対織田戦を前にしていたので、大人数は割けず、側近の池谷庄三郎を呼びだし、十騎をつけて姫を迎えに送ることとした。

池谷庄三郎は、他の者より首一つ飛び抜けた巨体の持ち主だった。いかついい顔にいかついい身体。それだけでも周囲を圧倒する迫力を持っていた。しかも、変わっているのは脇を駆けている小者が担いでいるのが「槍」ではなく「長柄巻」であることだった。周りから「長巻庄三《しょうざ》」と呼ばれる所以である。長柄巻は三尺の刀に五尺の柄が着いており、これを庄三郎が馬上で振り回すとき、天下無双と呼ばれていた。

松姫一行を迎えるため、池谷庄三郎は十騎を従え上原城を出ると杖突街道へと急いだ。安国寺を過ぎるとすぐに山道となった。安国寺は足利尊氏が、後醍醐天皇以下の戦没者供養のために全国一寺一塔を建てさせたものである。武田家の墓所となっている恵林寺を開いた臨済宗夢想疎石の勧めと言われている。

また、この信濃安国寺は諏訪氏によって創られ、戦国の世に荒れ果てた後、武田信玄と諏訪頼豊の父、諏訪満隣によって再建された。諏訪氏にとってもゆかり深い寺であった。

先を急ぐ一行は、寺に立ち寄ることも無く杖突街道を進んだ。安国寺から先は、急な上り坂となり、葛折りにくねった道が続く。道はうっそうと茂った木々の中を抜け峠へと続いている。しかし、木々の間から見える青空の光がそこここに残る雪に反射し、明るい山道であった。

峠を半分ほど登った頃、ざざっと音を立てて枝の雪が落ちた。はっと、一行の目を集める。池谷庄三郎も一瞬視線を上げた。

と、キラキラと光を反射しながら雪が舞うのが見えた。キラキラと輝く雪が一行に降り注ぐ。不穏な空気を感じ、庄三郎が長柄巻を手にした。他の騎馬武者も槍を抱える。しかし、細い山道故長蛇の列を崩せない。

キラキラの合間から、いつの間にか騎馬武者に囲まれているのが見えた。左右前後を囲まれていた。山道であったはずだが、急な出現で誰もそれを気にはしなかった。騎馬の一人がたまらず、右を押さえた敵を槍で突いた。

「ウワッ！」

槍を突いて出た騎馬武者が反対に相手の鑓が突き出されるのを見て、身をよじり落馬してしまった。そのままそのものの姿が消えた。それを見て左をゆく敵の動きを感じたもう一人が手綱を引き、左の敵に向かおうと向きを変えた。と、とたんに馬の足が空を踏み、谷に転げ落ちていった。

「止まれ、まやかしだ！」

庄三郎の言葉に一行は馬を止め、敵の攻撃に備えた。

「良く見よ！周りの敵は己が姿じゃ！」

よく見ると周りを囲んだ騎馬武者は、それぞれ鏡に映った自らの姿だった。こんな山道で：。しかし、それも一瞬だった。見つめた自分達の目がらんらんと輝きはじめ、池谷庄三郎をはじめ残りの八騎は、光る目から自分の目を離すことができなくなってしまった。光る目に取り込まれ意識が遠のくのを感じていた。

「飛騨忍法　雪鏡。」

庄三郎はそんな声を遠く聞いていた。

雪は残っているものの、風の無い日差しの中、松姫一行は、なんの問題も無く馬を進めていた。昨日の後で周囲に警戒は怠らないものの、峠も近づいてくると、諏訪も近いという思いが沸いてくる。峠の幾分道の広がった辺りに着いたとき、諏訪側から上ってくる騎馬隊が見えた。一瞬身構えたものの、先頭に立つ大柄な武士を見て、

「おお、長巻庄三！」

原半左衛門が声を上げた。その声に松姫を囲んだ皆が胸をなで下ろす。長巻庄三の名前は、豪の者として武田家に鳴り響いていた。

半左衛門が馬の腹を蹴り、列から離れて、池谷庄三郎に駆け寄った。と、二間ばかり離れて手綱を引いた。表情を変えず淡々と馬を進めてくる騎馬隊に、何か異変を感じたのだ。

「庄三か！」

半左衛門が大声で呼びかける。しかし、なんの反応も見せず馬を進めてきた。半左衛門の声に松姫一行も空気が張り詰め、その場で警戒態勢に入った。

池谷庄三郎が手綱を引き馬足を止めた。後の者もそれに倣う。無音のままに立ち止まった騎馬武者の顔を見て、半左衛門は驚きを隠せなかった。無表情な仮面のような顔が並んでいる。なかには、半左衛門も見た顔の者がいたが、死人のような表情をしていた。

「庄三！俺だ、半左《はんざ》だ！原半左衛門だ！わからぬか！」

「半左衛門！昨日の今日だ。彼らは昨日の奴らに操られているようだ。気を抜くな！」

松姫の傍らを離れずにいたサスケが叫んだ。

「その男を斬れ！」

騎馬隊の後ろの方から声が上がった。と、池谷庄三郎が長柄巻を振りかざし、馬を蹴った。長柄巻が大きく風を切って半左衛門を襲った。瞬間手綱を引いた半左衛門だったが、後足立ちになった馬の首を長柄巻が通っていった。半左衛門は素早く馬から飛び降りた。馬の首が落ち、跳ね上がったままの体勢で馬が後ろに倒れた。

「松姫を！」

再び騎馬武者の後ろから誰かが叫ぶ。九騎の武者が馬を走らせた。松姫に向かってくる一団に、サスケは馬を向けると、道脇の赤松の木にクナイを投げた。クナイから光る糸が伸びる。十兵衛は騎馬団に道を譲るかのように進路を変え、糸の端を巻いた金輪を鞍に付け、自らは馬を飛び降りた。金糸は、昨晩、狐火の遺体から頂戴したものだった。張られた金糸に騎馬団が突き込む。先頭の馬の首が斬られ武者の甲冑に引っかかった。後ろからの騎馬に押され、金糸が甲冑を滑ると武者の首をはね、後ろにいた武者のやり柄で止まった。その間急激に鞍を引っ張られたサスケの馬が転倒した。騎馬が立ち往生し、体勢が崩れたのを見てサスケが飛び込んだ。ただ、騎馬に単独でしかも刀で戦うのは断然不利だった。立ち止まっていた騎馬武者も上から槍を繰り出してきた。槍をかわしながら左手で槍を掴み、武者を引きずり落とす。奪った槍の石突きで武者を突き昏倒させた。そのまま馬に飛び乗ると、奪った槍を振り回し周囲を見る。三人の騎馬武者が態勢を立て直しサスケを取り囲んだ。他の四人は迂回して松姫の一行に向かっている。

一方、原半左衛門と池谷庄三郎は、互いに長柄巻と槍を交え、互角の勝負を続けていた。しかし、馬上の庄三郎の方に分があるように見えた。幾度となく槍と長柄を交わし、息を荒く睨み合いになっていた。

「庄三！」

半左衛門の声は、届かなかった。しかし、十兵衛が叫んだ「あやつり」という言葉が、半左衛門の耳に訝し、庄三郎を討ち取る事に躊躇していた。戦国の世の習いで、親子といえども敵味方に分かれることはある。そのときはたとえ親子であろうと死を賭けて戦わなくては為らない。しかし、操られているだけの友を殺していいものか？

その迷いが槍先に見えたのだろう、池谷庄三郎から仕掛けてきた。長柄巻が振り回されるように、半左衛門の首を狙ってきた。危ういところで槍の穂先で長柄巻きの刀を叩き上げ、なんとか退けた。しかし、そらした刃が、蛇尾返しに逆から半左衛門の首を狙って振り下ろされた。

「わっ！」

その時、長柄巻きを握る池谷庄三郎の右手の甲を、五寸ばかりの太い針が貫いた。微妙な長柄巻きの遅れに半左衛門の槍が再度刃をはじき、その勢いで石突きを庄三郎の兜にぶち当てた。池谷庄三郎が落馬していく。

松姫一行に向かった四騎は、足軽達を蹴散らし、松姫の乗った馬を取り囲んでいた。その横では付き人や警護の者一名に守られて督姫と勝五郎がいた。気弱な勝五郎が健気に妹を両手を広げて庇っている姿が目に焼き付く。

松姫の小太刀がはじき飛ばされた。小太刀を跳ねられては取り囲まれた中でもがくことしかできない。と、四騎の中の一騎が兜を投げ捨て、見覚えのある顔を覗かせた。飛騨忍者幽鬼だった。

幽鬼は松姫の乗った馬の手綱を奪うと、馬を引いて走り出した。高遠方面に戻る形で逃走した。


サスケは、三騎の武者と戦いながら、松姫の連れ去られる場面を見ていた。追いかけなくては。とはいっても、三対一の騎馬戦は必死であった。そこへ、池谷庄三郎の馬を奪った原半左衛門の加勢が入った。松姫が掠られた後の一行も督姫達を中にして、三騎の武者と槍や刀で戦っていた。

「ホウ、ホウ、ホウ！」

聞き慣れた叫び声がした。すると味方同士激烈な戦いの中に、羽音もなしに梟の大群が押し寄せてきた。梟の鋭い鉤爪が顔を頭を襲ってくる。

「畜生丸か…。」

襲ってくる梟をなぎ払いながら、松姫を追おうと心が急くが、なかなか追いかけられなかった。姫の一行から上がる侍女達の悲鳴も混ざり騒然とした戦いとなった。甲冑を着けていないだけ十兵衛は不利だった。しかし三騎の後ろから駆け寄った半左衛門の槍が武者を馬からはたき落としていった。

その時、バサバサと大きな音を立てて、大木の高所から何かが落ちてきた。枝に当たり当たりしながら地面に落ちてきたのは毛皮を羽織った右手首の無い男だった。

「お、畜生丸！」

地面に落下した畜生丸の背中に鉄色の太い針のようなものが五、六本突き刺さっていた。

「千本！」

見覚えのある武器なのだろう、サスケは針を見て小さく笑みを浮かべ、

「半左衛門、後を頼む！」

と、一声叫び松姫の後を追った。畜生丸の死とともに、梟たちは去り、また、一行の小競り合いが始まったが、半左衛門が居れば何とかなる。

かなりな差をつけられた。と、十兵衛は馬を飛ばした。が、割と先を行かれたわけでは無かった。松姫の乗った馬の走りが悪い。片足を怪我しているような走りだった。十兵衛の馬が追いついていく。

鞍にしがみついていた松姫が後ろを振り返り、サスケの姿を確認すると、走る馬から飛び降りるという暴挙に出た。鞍を突き放すと、道脇の草むらに転げ落ちた。

松姫が飛び降りたことに気づき、幽鬼は空馬を放し、戻ってきたが、サスケもまた追いついてきていた。サスケは松姫の脇に飛び降りると、松姫を抱きかかえた。

「姫、怪我は無いか？」

「大丈夫じゃ！」

サスケの手を振り払った松姫だったが、立ち上がろうと右足をついたとたん、サスケに倒れかかってきた。

「足首をくじいたようじゃ。」

と、サスケは松姫を抱え込むように倒れ込んだ。その後を手裏剣が走った。ビシッ！ビシッ！と手裏剣が地面に食い込む。姫をおいたままサスケは立ち上がった。刀を抜き、幽鬼に向かって、道の中央へ進み出た。

「姫、その樹の裏にでもよけていてくれぬか。はじいた手裏剣でも飛ぶと危ないによって。」

松姫は、つい反論したくなる口を閉じ、サスケの言う通りに隠れた。その動きを目の隅で見ながら数歩前に進む。幽鬼も甲冑姿のまま馬から降り、サスケに対峙した。

「馬子にも衣装か！忍びが武者に見えるぞ。」

二人の間を、幽鬼が離した馬が横切ろうとした。幽鬼の姿が馬に重なった瞬間。

「たーっ。」

と、幽鬼の叫び声が響き、馬の背を台に飛び上がり、サスケを襲った。サスケは胴を払いながら、右に抜け馬の尻近くまで踏み込んだ。と、前に着流し姿の幽鬼が現れ、袈裟懸けに切り込んできた。無意識のうちにサスケの太刀が幽鬼の太刀を受け止めた。ガシャと音がして、後ろに甲冑の落ちた音がした。

「……。」

ギリギリの間合いで受け止めたサスケの背中を冷たいものが走った。一瞬太刀の押し合いをして、双方が後ろへ飛び間合いをとった。

「良くかわしたな。比翼の術を。」

幽鬼は、白い着流し姿に戻っていた。不敵な笑みを浮かべて太刀を構え、切っ先を右斜めに下げていく。刃が日の光に反射して輝いた。

まやかしに入る、と察知してサスケは右手で太刀を上段に構えた。左手は脇に下げたままだった。幽鬼が間合いを見切る一瞬の間に、サスケの左手から小さい鉄球がはじかれて飛んだ。幽鬼の両目を狙い二つの鉄球が飛ぶ。幽鬼は小さく首を振って鉄球を避けた。

その小さな間にも、陽を受けた幽鬼の刃がヌメヌメとした輝きに変化していた。そして揺れ動く光は、切っ先から水滴となって地面に落ちた。一滴、二滴と、水滴が垂れる。サスケの目が水滴を追う。サスケは右手の太刀に重さを感じていた。ゆっくりと太刀が下がって来る。水滴は、いつの間にか赤い色を帯び、生血の鮮やかな赤色に染まった。

「さあ、おまえの腕の血が、流れていくぞ。」

十兵衛の目は、切っ先の下がってしまった自らの刀からも血が垂れているのを見た。どこを着られたのか、腕を伝う血の生暖かい感触が感じられた。

「イッ！」

今度は、下げた左手から血が垂れた。サスケの左手がいつの間にか撒き菱を握っていた。

掌に刺さる撒き菱の痛さがサスケの頭を晴れさせた。己の右手から血など垂れてはいない。サスケは左手の撒き菱を幽鬼に投げつけるとともに、飛び上がった。太陽を背にしている有利さをやっと利用できた。太陽を刀に反射され相手の術にはまってしまったが、次はサスケが太陽を利用する番であった。太陽を背に飛び上がり、幽鬼を上段から切りつけた。一瞬サスケの姿を見失った幽鬼は前方に飛び込むように身を避けた。サスケが相手を失い地に降りると、次の体勢にすぐ移れるよう、腰を落としたまま振り向いた。

幽鬼も一回転した勢いで立ち上がり、太刀を構える。サスケと位置が逆転した形だった。

「ふっ。」

幽鬼が小さく笑い、右手を振った。クナイが上に飛んだ。クナイは道脇の大木から伸びた枝に突き刺さる。同時にクナイに仕掛けられていた爆薬が破裂した。爆発音とともに、木の枝に積もった雪が一斉に降ってきた。雪が太陽の光にきらめき、サスケの周りを光が取り巻いた。突然、サスケは八人の武士に取り囲まれていた。サスケの刀を握る手に力が入る。しかし、よく見ると、みなサスケの姿に見えた。またも、あやかしか。

「飛騨忍法　雪鏡！」

幽鬼の声が勝ち誇ったように響いた。雪鏡に映ったサスケが、みなサスケに太刀を構えた。周りのサスケが少しずつ間合いを狭めてくる。サスケは一回り見回し、上を見上げた。上に鏡はない。サスケは上に飛んだ。と、そこに待っていたように手裏剣が襲う。サスケの身体に手裏剣が吸い込まれ、そのまま力なく地面に落ちた。幽鬼がとどめの手裏剣を投げる。手裏剣が落ちたサスケに吸い込まれるが、手応えがない。おっと顔をしかめた刹那、殺気を感じて身をよけると、顔面を擦るようにクナイが飛んだ。

「サスケ！」

「比翼の術よ。まねさせていただいた。」

白装束に変わったサスケが、雪鏡を抜けて、幽鬼と対応する道脇に立っていた。

「飛び上がった瞬間に術を解いたのは、少し早かったかな。」

走り出したサスケの刀が横薙ぎに、幽鬼の胴を狙った。とっさに幽鬼が刀を立て、サスケの太刀を受けた。一瞬二人の動きが止まる。

駆け寄ってくる数人の足音が聞こえてきた。

「術者は、術が敗れたときが最期よ。」

サスケが太刀に力を込めて相手を押しやった。身体の離れたサスケの刀が再び幽鬼を襲う。

幽鬼は後ろに飛ぶとともに地面に火薬玉を投げつけた。ボンと小さく破裂した火薬玉が大量の煙を吐き出した。瞬間サスケは身体をこごめ、小さく回転して立ち位置を変え、クナイを真上に投げ上げた。恐れたとおり煙の中から手裏剣が、もとのサスケの立ち位置を飛んだ。

サスケは数歩退き、刀を構え直して上を見上げた。黒い影が落ちてくる。ドサっと地面に落ちたのは幽鬼だった。脇腹にサスケの投げたクナイが刺さっていた。そして今ひとつ首に太いハリが刺さっていた。幽鬼は血を流しながらも動こうともがいていた。サスケは太刀を逆手に持ち替えると、幽鬼の刀を握った右手首を片足で踏み、太刀を胸に差し込んでとどめを刺した。

静かになった山道に、馬だけが三頭、乗り手も無く佇んでいた。一頭が脚を怪我したようにしていたので、近寄ってみると、右後足の付け根付近に太い針のようなものが刺さっていた。十兵衛は針を抜き、ふっと笑みを浮かべた。

そこへ、原半左衛門・池谷庄三郎を先頭に意識を取り戻した武者達が駆け寄ってきた。

「サスケ殿！」

「なんとか勝てたわ。助力をもらったがな。」

サスケは、図上で針を振り回して見せた。

松姫が木の陰に立ち上がった。しかし、足を痛めて歩けないようであった。

「姫、お怪我なされたか。」

原半左衛門が駆け寄った。松姫を支えながら道に出てくる。そこに、池谷庄三郎が両手をついた。

「松姫様。拙者諏訪頼豊が家臣、池谷庄三郎道盛と申す者。このたびは、不甲斐なくも敵の術に操られたとはいえ、松姫様・督姫様、ご一行に剣を向ける振る舞い誠に持ってお詫びのもうしようもございません。このままでは、主《あるじ》諏訪頼豊様のお名を汚すことに相成ります。この一命を持ってお詫びいたす所存。ぜひともご容赦を願いたい。」

池谷庄三郎はそう述べると、ドッカと座り直し、手にした刀を自らの首に向けた。切腹と行きたいところだろうが、甲冑姿でそれも為らず首を切る所存のようだった。

「待たれよ！」

サスケの一喝とともに、サスケの太刀が走り庄三郎の刀をはねのけた。

「武士の情け、死なせてくれ。家の御ためじゃ。」

原半左衛門に支えられながら、松姫が前に出た。

「待て、池谷庄三郎とやら。この、武田家の存亡の危機の中、武田家を捨て勝手に死ぬるのが家の御ためとは、何事ぞ。諏訪殿とてそのような手前勝手は許されんじゃろう。死ぬるのなら武田家を攻めんとする織田軍をあっと言わせてから討ち死にすれば良い。」

「しかし。」

「お主が自刃すれば、お主に着いてきた者達すべてが後を追わねばならぬ。さすれば、諏訪殿の立場とてどうなるか、解らぬでもあるまい。数名の命を失ったが、次の戦でそのものの分まで戦えば良い。この松が命じる。そち達諏訪衆は、無事督姫と私を上原城へ案内せよ。しかる後、諏訪殿の元に戻り織田軍を迎え撃つ力となれ。」

「はーっ。」

池谷庄三郎が、松姫に平伏した。同様に諏訪衆五名もまた、顔を涙でぬらしながら地に頭を着けていた。その姿に皆がほっと胸をなで下ろした瞬間、松姫が顔をゆがめて倒れかかった。

「姫!」

サスケが、倒れる松姫を受け止めた。

「姫、いかがいたした。」

「すまぬ。足が痛うて立っていられぬ。」

「走っている馬から飛び降りるなど無茶をなさるから。しかし、よく飛び降りられた。あのまま連れ去られたら一大事であった。」

「姉様!」

その時、伴の者の中から督姫が飛び出して松姫に抱きついた。サスケの腕に松姫の身体がこわばるのが感じられた。

「督姫様、松姫様は足をお怪我されているので、そのように飛びつかれてはいけません。」

「痛いのか?」

「心配ない。足をちょっとくじいただけじゃ。上原城に行って休めばすぐに直る。はよう城へ行こう。そうじゃ、庄三郎。これから先は曲がりくねった細い山道と聞く。輿では不便であろう。お主督姫を背負ってくれぬか?」


原半左衛門は、皆を集め隊列を組み直して杖突峠を下る道へと一行を進めた。先頭に原半左衛門、続いてサスケ、甲冑を脱ぎ督姫を背負った池谷庄三郎、松姫と勝五郎。その後に騎馬武者三名と足軽三名の屍が鞍に載せられ、轡を引かれていた。そして侍女と下僕が続く。遺体は、峠下の安国寺に葬ってもらうつもりだった。

『とにかく、よくこれだけの死傷者で済んだものだ。』

原半左衛門との戦いで早めに池谷庄三郎が正気づいてくれたのがよかった。

「手のひらにささった針のような物の痛さで気がついた。」

池谷庄三郎はそう言っていた。庄三郎が戻れば、あとの五、六人を押さえるのは簡単なことのようだった。サスケは、先を行く原半左衛門、池谷庄三郎の後ろ姿を見やって、小さくほほえんだ。右手を懐に入れ、先ほど馬から抜いてきた太い針状の金属を触ってみる。その武器を驚異と感じていないのは、その使い手を知っているからなのだろう。顔を上げ、杉木立の奥を見ようとしたが、なんの気配も感じられない。

「さすが甲州巫女よ：。」

　サスケが楽しそうにつぶやいた。

「庄三、大きな背中じゃのう。」

池谷庄三郎の背中で督姫が感心していた。背負われるのは初めての経験である。意外と気持ちの良いことに督姫は驚いていた。

「大きくて、暖かくて、力強い背じゃ。安心して居られる。」

督姫を背負って、池谷庄三郎が、柄にも無くギクシャクした動きをしていた。我が子とて背負った経験など無い。しかし、督姫の軽さに父性が目覚めたのか、この姫を守らねばならぬという思いが庄三郎の心に湧き上がってきていた。

　そんな光景を見ながら、仁科勝五郎は馬の背にやっと張り付いていた。

「勝五郎殿、あなたも立派にやっておられる。戦に出るまであと数年。多くのものを見て考え、お父上に劣らぬ豪の者にお成り下され。」

　サスケの言葉に、明るい笑顔を返す勝五郎であった。木々の合間に諏訪の湖がキラメキを見せ始めた。上原城まで、あと少しだった。

第二話　巫女が走った甲州路

一

安土城。

琵琶湖を見晴らす天守閣。陽にきらめく湖面を見下ろしながら四方に広がった各戦線に思いを馳せていた織田信長に、明智光秀が封書を捧げ近づいてきた。

「木曽義昌からの援軍要請が届きました。」

「待っておったぞ光秀！」

書状を受け取り一瞥した信長は、楽しげに声を上げて笑った。

「戦いの鐘が鳴らされた。さあ、武田征伐じゃ！」

「天下布武」の旗を掲げ、天下統一に向かっている織田信長は、越前・越中方面へ柴田勝家軍団を、山陽・山陰方面へ羽柴秀吉軍団を、四国へは織田信孝・津田信澄・丹羽長秀・蜂谷頼隆らの軍団を向かわせ、東海道の守りは徳川家康に任せ、京での地盤固めにいそしんでいた。そんな中、高野山が荒木村重の残党を匿っていたこと、足利義昭と通じて反信長の活動をしていたことが露見し、前年より高野山攻めを実施していた。しかし、堀秀政・筒井順慶らが攻めていたが戦線は膠着状態となっていた。信長は、高野山攻めをいったん中止し、長年の課題であった甲州征伐に力を入れることとした。

既に織田信長は、正親町《おおぎまち》天皇に武田勝頼を「東夷」と認めさせ、朝敵武田氏討伐の大義名分を得ていた。

また、戦闘開始を前に、前年暮れには、徳川軍三河牧野城へ黄金五十枚で兵糧米八千俵を送ったり、甲州に攻め入る準備は着々と進んでいた。そんな中、東美濃で木曽口を押さえている苗木城の遠山久兵衛友政の懐柔によって、木曽義昌を翻意させることに成功し、義昌自らの援軍要請を受け、お味方後詰めの大義名分を持って進軍できる形となった。

二月三日には、駿河の徳川家康、関東の北条氏政、飛騨の金森長近にそれぞれ出陣するよう命令を発した。そして、同日、織田信忠を総大将とした信忠軍団の先陣として森長可、団忠正が、岐阜城を出陣した。

二

松姫一行は、杖突峠の山道を下っていた。葛折りの合間合間に覗く、諏訪平の広さときらめく諏訪の湖に、ようやく人心地が付いた頃、急に視界が広がり峠道を終えた。一行の殿《しんがり》を勤めていたサスケも降りてきた峠道を振り返り、追跡者の気配を探ったが何も異常は感じなかった。とりあえずの危機は去ったようだった。

峠道の終わりに開基以来数度の戦火にまみれながらも、武田家により再興してきた安国寺が、静かなたたずまいを見せていた。松姫一行は、山越えの戦いで倒れた者達の供養を寺に頼み、上原城へと先を急いだ。既に諏訪平の北に聳える尾根尾根の一角、永明寺山を背負った金比羅山に上原城が垣間見えていた。

松姫一行が上原城に入ったのは、武田典厩信豊の軍勢が出陣した後だった。

反旗を翻した木曽義昌も、人質に出していた嫡男千太郎と長女岩姫を助け出すまではと、勝頼からの詰問使長延寺実了をなんのかのとごまかし続けていたが、実母・嫡男・長女と人質三名の首桶を送られては立ち上がらざるを得なかった。まず、木曽街道の要衝鳥居峠を押さえるため自ら出陣した。それと同時に織田信長へ援軍の要請を行った。

武田勝頼も本隊一万五千を新府城から出陣させるとともに、先陣の信豊勢を鳥居峠に向かわせた。

上原城大広間で、松姫は兄勝頼と顔を合わせた。正月の宴以来、一月ぶりの再会であった。しかし、その表情の硬さに松姫は驚いていた。

「大変であったな。義昌が裏切るとは夢にも思わなんだ。」

親戚衆として信玄亡き後、武田軍団を支えて来た木曽義昌の謀反に、最初は激高し人質の首桶を送りつけるまでしたものの、いざ敵と見なして戦という段になると、失ったものの大きさに唖然としている勝頼であった。木曽の守りは万全と甲州防衛戦を図り新府城を半年あまりで築城した計画の一端が崩れ去ってしまったのだ。滝ノ沢城・松尾城・飯田城・大島城・高遠城と何重にも守りを固めた伊奈路も木曽路を押さえられては援軍もままならない捨て城になってしまう。

「大丈夫でござる。なんと言っても天下無敵の武田軍団。木曽の裏切り程度でゆらぐものではあり申さぬ。」

同席していた長坂釣閑斎《ちょうかんさい》・跡部大炊介《おおいのすけ》の強気な発言に、勝頼も無言で頷いていた。しかしふと、あの長篠の戦い前の軍議の際、二人の同じような強気の発言に、他の重臣達を押さえ戦いに挑んで大敗してしまった苦い体験も、忘れようが無かった。

「儂の人徳の無さか…。」

思いも掛けない勝頼の弱音であった。そんな、ちょっとした場面に、弱音を勝頼が吐くようになったのは、あの長篠の戦い以後であった。その弱音がまた、人の心を遠ざけている事に気がついてはいないようだった。

「して、於松、杖突街道では大変な目に遭ったそうだが、ここからは、もう武田の陣の中じゃや、もう安心であろう。しかし、新府までは十里あまり、昼食をとったらすぐに向かえば良い。日没までには到着するであろう。ここでは、戦支度の最中で城もざわつき、おちつけぬじゃろう。」

「そうなさいませ、松姫様。もう安全な武田の領土でござるゆえ。新府城でごゆっくり休まれるが良い。」

長坂釣閑斎が勝頼に追従して言葉を挟む。その松姫を見つめる目の光りに、サスケは、胸にザラつくいやな感触を感じていた。この男信用できない。

「新府城で桂が歓待してくれよう。」

勝頼はそう言い切ると席をたった。松姫も立ち去る兄勝頼を黙って見送った。兄弟とはいえ、勝頼の言葉は身内への心配を感じさせなかった。仁科盛信とのような心の通じ合える親しみを感じてはいなかったのだ。

武田信豊を総大将とする、木曽義昌討伐隊は、上原城を出陣し、下諏訪・塩尻峠・塩尻へと進んだ。塩尻からは伊奈路を抜ける三州街道と、鳥居峠に向かう木曾街道に分かれる。木曾街道を行けば贄川・奈良井と目の前に木曾街道一の難所鳥居峠が現れる。

信濃との国境でもある鳥居峠は、古くは「県坂《あがたざか》」「ならい坂」「薮原峠」等様々な名で呼ばれ、何度となく戦場となってきた。木曽義仲の嫡流と称している木曽家も代々この峠で戦してきたが、義昌の曾祖父にあたる木曽義元の時代、遠く見える御嶽山に戦勝祈願するためこの峠に鳥居を建てたことから鳥居峠と呼ばれるようになったという。

その峠を奪いとるための信豊軍と、守るための義昌軍の先陣争いであったが、峠により近い木曽福島城から出陣した木曽義昌がまず峠を押さえた。武田信豊は信濃側の麓奈良井城に本陣を敷くことになった。

鳥居峠は普段から木曽路の難所と呼ばれている急な坂道であり、まだ雪の残るこの時節、攻撃もままなら無かった。先陣を受け持った山県源五郎昌満も細い山道から山林に紛れながら進軍したが、雪に足を取られながらの進軍はままならず。そこそこに潜んだ義昌軍の地を知り抜いた戦いに、死傷者を多くだし、撤退を余儀なくされたため、塩尻峠まで本陣を引き下げてしまった。

鳥居峠の緒戦が始まった頃。信長軍もその動きを開始した。

信長軍第一陣は織田信忠を総大将とする、５万の兵であった。まずは、先方として森長可・団忠正の軍が岐阜城を出立し、伊那街道を目指した。木曾街道には滝川一益の一軍と、飛騨口から金森長近が入り、木曽義昌の後詰めとなった。信忠本隊の出発は一週間後となる。それだけの大軍であったし、満を持しての侵攻であった。

「信長勢動く」の知らせはその日のうちに伊那街道を走り抜けた。伊那街道沿いの城・支城は騒然と浮き足立ってしまった。

三

新府城。

松姫達が杖突峠を越えている頃、武田勝頼、正室北の方様こと桂姫は四歳になる一人娘貞姫をあやしながら、遠くそびえる雪をたたえた伊那の山々を見つめていた。

「姫様。」

剣持但馬守が長廊下をやってきた。口ひげと眉間のしわが気むずかしそうにみえるが、桂姫が北条から嫁いできた折、北条から付き人として武田まで付いてきてくれた、桂姫が心を許せる数少ない者のひとりだった。

「どうした、但馬。」

但馬守が、廊下に片膝を付け頭を下げた。

「客人にございます。」

但馬守に隠れるようにしていた男が、但馬守に並んで膝をつけた。

「桂姫様、お久しゅうございます。風魔の如月十兵衛にございます。」

「おお、十兵衛、懐かしい顔じゃ。小田原から、参ったのか？．．．．はは ん、氏政兄が私に小田原へ戻れと連れ戻しにやってきたな。」

「ご推察の通りでございます。小田原にも出陣の要請が届いております。織田・徳川・北条の三方攻めとなります。今回の戦、これまで見た事も無い大戦《おおいくさ》となるでしょう。甲斐・信濃はすべて蹂躙されましょう。軍勢は合わせて二十万とも二十五万とも噂されております。」

「それほどまでの闘いになるか：。」

「それだけではございません。我が北条は関東に広がっていますが要所要所の城は、みな身内で固めています。しかし、武田家は甲斐信濃を収めているとはいえ、要所要所は国人衆という、戦に負けて仕方なく従っている者でございます。嫁をくれて親戚衆とおだて上げたところで、ただの外戚、武田家よりそれぞれの一族の幾末を考える事でございましょう。木曽義昌の寝返りがその象徴。きっとこれからも、寝返りは続く事でしょう。桂姫様今が見切り時です。ぜひ、ご一緒に小田原へお戻りください。」

「いいえ、まいりませぬ。過ぐる年、三郎兄さまは、越後に養子に向かう折『これからは越後の漢《おとこ》になる。』と言い切って出かけ、言葉通り越後の上杉景虎として最期を迎えられました。私も勝頼殿との婚儀に当たり、『これからは武田の女として生きる。』と誓ったのです。そして、勝頼殿と暮らしてきた中で、勝頼殿の悲しみや寂しさなど、心の奥底にまでふれあう事が出来ました。たとえ、今回武田が滅ぶ事となろうとも、私は、勝頼殿の隣で死んでいきとうございます。兄上の御配慮は心にしみますが、どうか桂を武田家の女として生きさせてください。十兵衛、お主も氏政兄の命を遂行出来ず立場に困る事であろうが、なんとか、納得して欲しい。」

「困りましたな。私も姫様の事は幼い時分から見知っております故、こうと決めたら絶対に後には引かぬご気性もよう存じております。」

十兵衛は、頭を下げながらも苦笑いを浮かべていた。心の奥で『さすが桂姫様』と称える声も聞こえていた。

「まあまあ、結論は急がずとも、十兵衛殿には、しばらく新府城《ここ》に逗留していただき、戦況を見てみましょう。」

剣持但馬守が助け船を出し、なんとかその場を収めた。

松姫一行は、早々に上原城を出立し新府城へと向かった。勝頼と交わした言葉はあれだけであった。勝頼は、もともと松姫に対しそう肉親の情を抱いている訳では無かった。というより、武田の兄弟に対して肉親の情を持っていなかったと言う方が正しいのかも知れなかった。

武田信玄正室三条の方には義信・信親・信之、そして北条氏政に嫁いだ黄梅院・穴山信君（梅雪）

の正室となった見性院がいた。また、側室油川夫人には仁科盛信・葛山信貞・木曽義昌に嫁いだ真理姫・松姫・菊姫の兄弟がいた。しかし勝頼の母諏訪御料人には勝頼一人しか子は無かった。

勝頼は、武田信玄が信濃の地を治めるために、信濃の名家諏訪氏を血縁関係に置くためだけに産まれた子では無いのか、己の存在意義などそれだけのものと思っていた。それが証拠に勝頼は、諏訪家の通字「頼」を戴き、武田の通字「信」はつけられなかった。本来なら「信頼」または「頼信」で良かったのでは無かろうか。

そして、信玄嫡男義信が謀反の疑いを掛けられ、廃嫡となった後、元亀二年（一五七一）勝頼の子（先妻織田信長幼女との子）信勝に家督が相続されたことで勝頼の孤独感は決定的なものとなった。嫡男義信の次は通常次男、海野信親にお鉢が回るものだが、信親は少年時代に病で目が見えなくなり、竜宝として仏の道を歩んでいた。その次の三郎信之は生まれつき身体が弱く、十歳で他界してしまっていた。通常なら、ここで四郎勝頼の出番なのだが、あえて勝頼の子五歳の信勝に家督を譲り、勝頼を元服までの後見人としたのだ。当然家臣団も勝頼に対する目が変わっていった。信玄死後、勝頼は信玄派の者を遠ざけ、信玄に嫌われていた者を復権させて側に置いた。それが、上原城で勝頼とともに拝謁した、長坂釣閑齋であり、跡部大炊介であった。

釣閑齋など、あの長篠の戦いの折、主戦論者だったが、戦いの分が悪くなると、さっさと自軍をまとめ引いてしまったという過去があった。他の家臣からは切腹ものと声が上がったが、勝頼にはそんな事はさせられなかった。釣閑齋は、武田軍団の中で孤独な勝頼が跡部大炊介と共に、頼りとしている一人であったからだ。

松姫一行は、上原城に到着したままの顔ぶれで、新府城へ向かうこととなった。池谷庄三郎も諏訪頼豊の出陣に間に合わずそのまま松姫警護として付き添うこととなった。十里ほどの道中、飛騨者に襲われることも無く、日が沈んで少し立ってからの入城となったが、早馬で知らされた城の者が城外までたいまつを持って出迎えてくれた。勝頼が出陣した折、新府城の築城工事はまだ完成とはいえず、防備を固める工事を急がせていた。その工事を担当し、指揮していたのが、蔵前衆土谷藤十郎だったが、松姫一行の受け入れに関しても何やかにやと心配りを見せてくれた。

まずは湯殿にとおされ旅の汚れを落とした後、あてがわれた部屋でそれぞれ夕餉をとり、人心地付いたところで勝頼正室桂姫と顔を合わせることとなった。

「大変な旅だったようですね。」

姫君同士なら奥向きでの会見になるのだろうが、家臣の原半左衛門・池谷庄三郎、それにサスケも含めての会見と言うことで、謁見の間に一同顔をそろえることとなった。

仁科盛信の幼子、勝五郎・督姫の兄妹はさすがに疲れたのであろう、早々に部屋で眠りについていた。

謁見の間の上段には桂姫。それに並ぶ形で若武者姿の松姫。二人に向かい合うように原半左衛門・池谷庄三郎、そしてサスケ。脇の控えには、北の方様お付きの剣持但馬守。接待役の土谷藤十郎が座していた。

武田勝頼の最初の正室は武田家と織田家の同盟関係を創るため、信長の養女という形で嫁いできた遠山夫人であったが、嫡男信勝出産の肥立ちが悪く、早々に亡くなっていた。

そのため、同盟継続を望む信長は、信長の嫡男奇妙丸（後の信忠）に松姫を嫁にと要望し婚約までしたのだが、三方ヶ原の戦いで両軍が相まみえる事態となり、以後同盟は破られ婚姻も破談となってしまった。織田との同盟が切れた後、北条との同盟関係を謀るため勝頼は北条氏康の娘を正室とした。それが桂姫だった。

「無事にこちらまで参られたのは、彼らのおかげ。原半左衛門・池谷庄三郎・真田のサスケ。彼らが居なければ、私も織田の虜となっておったことでしょう。」

「私からも礼を申しあげる。よくぞ、無事に松姫と仁科盛信殿のお子達をお連れいただいた。」

「これも、仁科盛信様のお頼みを快くお受けいただき、ご同行願えた、真田の猿飛サスケ殿のおかげ。私もこちらの池谷庄三郎も、相手が武士ならば幾人来ようがどうとでもなりますが、忍びの襲撃は苦手でござる。」

「真田昌幸殿のご家来に十忍衆と呼ばれる優れた忍びがおるとは聞いたことがある。サスケ殿が、そのお一人か。初めてお会いいたすが、よく姫達をお守りいただいた。礼を申す。」

「恐れ入ります。ただ、それがしは、殿（真田信繁）の命により織田軍の情勢と、伊那街道を守る武田勢の様子を探り、上原城の大殿（真田昌幸）にお知らせする役目でしたが、大殿より高遠城の仁科盛信様にもお伝えするよう命ぜられ、高遠城を尋ねたところ、ちょうど松姫様の出発と重なり、新府城までお供を申し使った次第。その使命を遂げた今は、一刻も早く信繁様の元に戻らねばなりません。さっそくですが、これにて失礼させていただきます。」

「まて、サスケ殿。」

そのまま立ち上がろうとするサスケを、桂姫が制止した。

「そちに合わせたい者がおるのじゃ。」

桂姫が、脇の剣持但馬守に目で合図を送る。剣持但馬守は頷くと、広間の奥に向かい、声を張り上げた。

「如月殿と千代殿ををこちらへ。」

その、呼ばれた名前にサスケが広間の奥を見つめた。締め切っていた襖が音も無く引かれた。

「如月十兵衛様・望月千代様にございます。」

小姓の呼びかけと共に、男女二人の人物が入ってきた。男はこざっぱりとした袴姿ではあるが、サスケと同年齢くらいか、茶筅髷でも無い雑な髷とボサボサの髪が、獣のような雰囲気を醸し出していた。女は、四十ほどだろうか、ただ背をぴんと伸ばし凛とした姿をしていた。原半左衛門・池谷庄三郎共に、新参者を不審な顔で見つめていた。男女二人は、サスケの前当たりに来ると座り込んだ。

「小田原・北条氏政様の命により桂姫様のお迎えに参った如月十兵衛にございます。」

「甲斐信濃二国巫女統領、望月千代にございます。」

深々と頭を下げる二人を見て、桂姫がサスケに笑いかけた。

「十兵衛は、私が童の頃より見知っている風魔の手練れ。千代殿は、信玄公が望月家が甲賀五十三家筆頭の上忍の家柄で有り、千代殿のくノ一としての腕を買い、甲斐・信濃のくノ一養成と差配を任せていた方です。」

「織田との闘いは、始まったばかり。木曽殿の謀反で最初の一手は取られましたが、戦は生き物、まだまだ先は解りませぬ。松姫にはしばらくココで情勢を見ていただき、もしもの場合は、私の代わりに、小田原へ逃れていただく所存。サスケ殿もご安堵していただいて結構です。」

サスケは、杖突峠で馬の足から引き抜いた太い針のようなものを、懐からだし前においた。

「千代殿の巫女には、もうお助けいただきました。」

針を目にした望月千代は、にやりと笑うと、

「それは、千本針。お役に立てましたか。」


北の方の隣で話しに割って入る事もせず、成り行きを聞いていた松姫は、己の命運が己の知らないまま話されているのを奇異に感じながら、聞いていた。

新府城へ、という仁科盛信の言葉に従い、二人のお子を連れて逃れてきたこの新府城も全くの安全ではないという桂姫の話に、松姫は途方に暮れてしまった。甲斐・信濃の国そのものが武田の城であるかのように生きてきた信玄公以来の武田氏が、新府城なる決戦のための城を築くという行為に出た時に抱えた不安も、兄仁科盛信の戦慣れし、負け知らずの雄志を見てしばしの安心を得ていたが、実際に武田本城に来てみれば、桂姫でさえ危惧を抱いている。本当に武田の家は危ないのだろうか…。

ともかくこの夜は、新府城に泊まることとなった。先の不安は抱えていても、まだこの日の新府城は、武田勝頼の本拠地である。安心して休める場所であった。それぞれにあてがわれた部屋の寝具に横になり、二日間にわたる強行軍の疲れで、時を置かずに眠りの中に落ちてゆく一行だった。

四

桂姫の寝所。

燭台の揺らめく明かりの中で桂姫が寝具の上に正座していた。

「十兵衛。来ておるのじゃろう。」

穏やかな声に愉しげな匂いがした。

「はい。ここに。」

燭台の明かりの届かぬ部屋の隅に、如月十兵衛が平伏していた。

「先ほどの松姫様の件は本気でござりましょうか。」

「本気じゃ。もしもの場合はよろしく頼む。兄上には手紙でお許しを願う。」

「しかし、敵の姫を匿ったとあれば、後々織田とのいざこざが起きぬとも。」

「そこじゃ、兄上と言っても小田原の氏政兄では無い。八王子の氏照兄様を頼るのじゃ。氏照兄様なら織田が何を言ってこようがのらりくらりと言い抜けるじゃろう。食えぬ漢と言われる本骨頂を見せていただこう。しかし、直情型の氏政兄では、そうも行くまい。氏政兄は真面目すぎる。」

「まあ子どもの頃から姫様の決めた事には逆らえんでしたから。仕方ありませんな。」

如月十兵衛は、一人人気の無い廊下を、あてがわれた自室に向かった。桂姫の決心は変えられるとは思えなかった。さすが北条の姫君、と喝采する心と、北条の殿の妹君を思う気持ちを察する心が葛藤していた。しかし、数日後には桂姫を置いて八王子へ向かわざるを得ないだろう。

十兵衛の部屋は、姫達の寝る奥向きとは離れた棟の一角だった。急造とはいえしっかりと建てられた屋敷であった。

部屋の障子に手をかけ、一瞬十兵衛の動きが止まった。先ほど家中の者に案内されて荷をほどき、忍び出た無人のはずの部屋に人の気配がした。しかし、気配に敵意の無いのを感じ、そのまま障子を引き、部屋に入ると音も無く障子を閉めた。障子越しの月の光がほの白く部屋を照らしている。部屋の中央に延べられた夜具の上に白い襦袢姿の女性がかしこまっていた。

瓜実顔に切れ長の目が十兵衛を見て頬を崩した。

「十兵衛様…。」

十兵衛はその声を聞いて、腰の大小を鞘ごと抜き取り、刀かけに収めると、夜具の脇にどっかと座り込んだ。

「絹香…。」

十兵衛の身体が自然と絹香の身体にかかり、夜具に倒れ込んだ。倒れた絹香の顔を、片肘を付いた十兵衛の顔が見下ろしていた。

「十兵衛様、お久しゅうございます…。今回は、お味方同士のようで…。」

「どうしておった。」

「お頭の命で、土谷藤十郎と申す、武田の家臣に付いております。土谷藤十郎、武田に使える前は、大蔵藤十郎と申し、大蔵流宗家の者。道道の輩のってで繋がっております。」

「猿楽師か？」

「いえ、それだけではございませぬ。川中島で亡くなられた山本勘助様や多くの匠と繋がりのある者にて、かなりな切れ者の様子。」

十兵衛の右手が絹香の頬をなぜ、首筋に遊んでいった。

「ふふふ、くすぐっとうござる。」

「先ほど、真田のサスケとやらが出した千本針はお主か？」

「藤十郎殿に頼まれて上原城の様子を見に行っていたら、長柄の庄三殿が杖突峠に向かうのを見かけ、ついて行ったら、松姫様一行がどこぞの忍びに襲われていたので、ちょっと手を出してみた次第。」

「相手はどこの者だ？」

「話では、織田信忠が放った飛騨者のようです…あ。」

十兵衛の右手が襟元に差し込まれている。絹香の胸乳をまさぐっているようであった。

「で、サスケとは、どういう仲じゃ。」

「ふふ、妬いてござるか…。」

十兵衛の唇が、絹香のそれを探して頬を流れていく。

「話はあとじゃ。」

長い口づけの後、一言言うとあらわになった胸乳に唇を押し当てていった。

五

翌朝、事件は起きた。

早朝から新府城は、大騒ぎになっていた。

松姫が掠われたのである。いや、正確には行方不明と言うことになるが、何者かに拉致されたと見るのが、まず正しいところだろう。

事件の発見者は、桂姫が準備した、松姫の城内での付き人の一人於文だった。前日から松姫に付いていて、松姫寝所の次の間に詰めていた於登志と交代するために部屋に出向いたが、於登志の姿は無く、不審に思って松姫に声をかけたところ返事も無いため、部屋を改めると松姫の姿も消えていたのだ。

騒ぎにいち早く如月十兵衛が駆けつけた。続いて奥女中の身なりをした絹香がやってきた。

松姫の寝所もお付きの於登志のいた次の間も荒れた様子は無かった。整然とした寝具に、争った後など見受けられなかった。

「十兵衛様…この匂い。」

「ん…これは…睡蓮香。睡蓮香で眠らされたか！」

「睡蓮香を使うのは…忍び…もしや…。」

「睡蓮香を操る術者を知っておるのか？」

「黒谷衆に眠り薬を操るのを得意とする忍びがいるという噂を聞いたことがあります。」

「黒谷衆というのは、武田の乱波ではないのか？」

「我らとは違い、武田の家臣というわけではございませぬ。」

「雇い主次第ということか？しかし、武田の乱波を使うとなれば武田の家の者かもしれぬ…。絹香このことはまだ伏せておいた方がよさそうだ。」

「はい。」

そこに、原半左衛門たちが駆けつけてきた。

「おーっ、十兵衛殿、松姫様が掠われたというのは本当か！」

十兵衛の胸ぐらでもつかみかかりそうな半左衛門の勢いだった。

「本当のようだ。」

「ここまで来るのに数回、飛騨忍者とやらに襲われたのじゃが、奴らじゃろうか？」

原半左衛門が眉をひそめた。まだ、奇っ怪な術を操る飛騨忍者への恐れが残っているようだった。

「いや、これまでのやり口を聞いたところによると、違うようだな。飛騨忍者ならもっと派手に事を起こすだろう。」

「なら、誰が？」

城中の者が城内を調べ回したが、なんの痕跡も残っていなかった。それを経て、主立った面々が、大広間に顔を揃えた。

上座に座した桂姫の顔が暗い。剣持但馬守も居並ぶ原半左衛門達も一様に眉間にしわを寄せ押し黙っていた。

「但馬守殿、城の守りに忍びはおられぬのか？」

十兵衛が訊ねた。

「忍びは歩き巫女と呼ばれる、望月千代殿配下のくノ一と、乱波《らっぱ》・透波《すっぱ》働きを請け負う黒谷衆があったのですが、勝頼様が、信玄公のかわいがっておった者達を排斥するきらいが有り、忍びを使いたがらないのでございます。」

「繋ぎはいかがしておる。」

「法性院様（信玄）の時代、忍びとの繋ぎは山本勘助殿がされておりました。しかし、川中島で勘助殿が亡くなってからは、それがしが道道の輩の出であるため、繋ぎの役を引き継いでおります。」

土谷藤十郎が説明を引き継いだ。土谷藤十郎は、元々猿楽師の家系で、播磨国から流れてきたのを、信玄公に気に入られ家臣となっていたのだ。

「土谷殿を通さずに、谷の者に乱波働きを命じたりする事は、出来ませぬか？」

「いや、出来るでしょう。繋ぎと言っても支配している訳ではござらぬ故。近頃では勝頼様側近の長坂釣閑齋殿が頻繁に使っているようではございますが。」

「釣閑齋殿が…。」

その時、長廊下を駆けてくる慌ただしい物音が聞こえた。

「なにごとじゃ！」

「手がかりにございます。城下に放った者が耳寄りな話を持って帰りました。」

「どうしたのじゃ。」

「釜無川の川魚を捕って商いしておる者が、未明に三人の男が、何か荷物を担いで川におり、舟に乗せて川を下っていったのを見たそうです。」

「釜無川を舟で…。」

「川沿いに駿河を目指しているのか？」

「ただちに馬で追うぞ！」

原半左衛門が刀を片手に広間を飛び出していった。

「俺も行こう。」

池谷庄三郎もあとに続いた。


「藤十郎殿、お主、釣閑斎殿をどう思う。」

騒然と動き出した部屋の中で、如月十兵衛が静かに土谷藤十郎に近づいていた。

「釣閑斎殿？はてどのような。」

「信用のおける男か？」

「法性院様には嫌われておりました。いわゆる漢（おとこ）ではありませぬゆえ。法性院様が亡くなって後、勝頼殿に取り入って重宝されていますが、役立たずとの評判です。先の長篠の戦いでも、反対する者の多かった中で主戦論をかかげ、戦力が倍以上の信長軍と戦わせて、分が悪くなると自分は部隊を引きつれ勝手に逃げ帰ってしまったという不名誉を残しております。諸将からは切腹ものと声が上がりましたが、どこが気に入られたのか勝頼殿の反対によりうやむやになってしまいました。しかし、いまだに諸将の記憶は薄れてはおりませぬ。また釣閑斎自身も己が、勝頼殿の寵愛のみで生き延びていることを知っているはずです。」

「解った。礼を言う。して、藤十郎殿。」

十兵衛は、脇にいた絹香を招き、

「絹香殿を貸してくれぬか？」

「絹香殿を？……お主まさか…。」

「いや、ただ惚れてしまったゆえ。」

十兵衛と絹香を交互に見やり、何か納得したのか、

「わかり申した、わたしとて望月千代様から絹香殿をお預かりしている身、千代様の意にも沿いましょう。」

原半左衛門、池谷庄三郎は、それぞれ三騎を引きつれ釜無川土手を下っていった。半左衛門が川の左岸、庄三郎が右岸を駆けている。冬枯れの川はそれほどの水量では無いが、小舟を操るのに不便は

しない水量はある。舟で上流へ逃げる利点は無いので、ともかく下流を目指して駆けた。未明に出ているのだからかなり遅れをとっている。間に合うのか、途中で合う百姓達に声をかけて聞いているが、なかなか舟を見た者に当たらなかった。

六

釜無川を小舟が下っていた。船首に一人・竹竿を構えた人足風の男が立っている。その後ろにも一人座って前方を見据えている同じような人足姿の男。あとは、船尾に一人、侍とも見えない野伏り風の男が刀を抱えて座っていた。時折、振り返っては両岸を気にしているようだった。端正だが精悍な顔立ちだった。左頬に古い刀傷が目立っている。二十代後半で、それなりに修羅場をくぐり抜けてきたのだろう。ある程度の貫禄を備えていた。

見る限りのどかな風景であった。空には青空に刷毛で掃いたような雲が流れている。周囲を囲む遠景の山々にはまだ白い輝きが残っているものの、春の近づきを感じさせる穏やかな日和だった。きらきらと陽光を反射する川の流れと、揺られながら下っていく小舟。まるで一幅の絵のような趣だった。

しかし、遠目には見えないものの、船尾に座った男の前には、身動きのできないよう縄をかけられた娘が船底に横たわっていた。身につけているものも、それなりの高価そうな物であり、農家や町民の者とは思われない。目隠し、猿ぐつわをかまされ声さえ出せない様子だった。娘は眠らされているのか、身動き一つしていない。

と、小舟が波にはね、飛んだ水が娘の頬にかかった。ふっと我に返ったように、頭をもたげ手足を動かそうともがき始めた。

「姫様、お目覚めか。」

船尾の男が、楽しそうに娘をのぞき込み声をかけた。猿ぐつわの奥からうなり声のような声が聞こえる。

「悪いが、動けないように縛ってある。無理に動けば怪我をするぞ。」

男は風体と違った物腰の柔らかい物言いだった。目の見えぬ娘からすれば、立派な武士の言葉にでも聞こえたであろう。

「おひー様かい。顔が拝めないのが残念だがよ、いい腰してるじゃねえか。」

娘のすぐ前に座っていた人足風の男が、後ろを振り向き、片手を娘の腰にのせた。娘は逃れようと腰をひねるがどうにもならない。

男は二十歳をやっと超したくらいか、ぼさぼさ髪を手拭い鉢巻きで押さえた顔に獣じみた精気をみなぎらせていた。

「あとで、いい思いさせてやっから、楽しみに寝て待ってな。」

娘の腰においた手が淫猥に娘の腰を確かめている。

「楽しみは後だ。まずは、逃げることを考えろ！」

「へへ。」

男は、船尾の男をチラっと見、体勢を戻した。

小舟は川の流れに乗って、ゆるやかに急にと勝手なテンポの中、流れていた。


原半左衛門は、馬を蹴立てながら釜無川の流れを見ていた。舟が浮かんでないか、岸に着いては居ないか。早く松姫様をお助けしなくてはと心がはやる。ふと、如月十兵衛が頭をよぎる。北の方様の幼なじみと言うことだった。風魔忍者か、噂にはよく聞くが、実際にあったのは初めてだった。北の方様より松姫様のことを託されたはずではないか、実際にはそのときが来たらということだが、もう、関わっているのだから拐かされたとなれば、助力をして戴いても罰は当たるまい、あの冷たい態度は何だ。と心の中であしざまに十兵衛をののしっていた。冷たい奴だ…。

と、遠くに小舟が見えたような気がした。

釜無川が塩川と合流し、そこにまた御勅使川が合流する辺りだった。信玄公が治水工事を行うまで幾度となく洪水に見舞われた地域である。街道は川を外れ、川の流れに沿って走るには、河原や葦の茂った岸辺などを走らなくてはならないため、なかなか追いつけない。反対岸を見回して、池谷庄三郎の一隊もかなり遅れているのが見えた。

次ぎに舟がハッキリと見えたのは、小舟が河原に乗り上げ、男三人女一人が舟を下りる場面であった。河原から土手を上り、林の中に消えた行った。川幅が急に広がり、舟が走るだけの深さが無いようだった。あの浅瀬なら馬で渡河出来そうだった。

ガリガリと音を立てて小舟が岸に乗り上げた。その衝撃で船底の娘は頭をしたたか横木に打ち付けていた。額に血がにじんでいた。そんな娘を二人の人足が力任せに持ち上げ岸に下ろした。脚を結わえていた縄だけがほどかれる。

「船旅はここまででさあ。狭い船板の上で、肩腰が痛かったでしょうが。」

人足たちが、一度触った娘の身体から手を離すのが惜しいと言う風に娘にまといついていた。痛くはないかと、娘の尻や胸に手を這わせている。

「姫様、ここからは、少し歩いていただきます。」

最後に小舟を下りた野伏せり風の男が声をかける。娘の目隠しと猿ぐつわが外された。急に光を当てられ目を細めた娘が、三人の男を交互に見つめ、そのあと周りの風景を見やった。

「ここは、どこじゃ。おぬしたちは…。」

「へっへへ。ひー様なかなかの別嬪さんで。」

「私は姫ではない。奥女中の於登志というもの。」

「そんなことはどうでも良い。今はおぬしがお姫様だ。」

「わたしが？どういう意味じゃ。」

「さ、いくぞ。話している間はない。」

そう言い放つと、すたすたと川土手に向かって歩き始めた。二人の人足も於登志の体をまさぐりながら於登志を抱えるようにして歩き始める。

昨晩、於登志は、松姫様のお付きとして松姫様寝所の次の間に控えていた。三日間の旅の疲れか、松姫様は、襖が閉まって間もなく寝入ったようであった。そして、於登志は寝所から漏れてくる香りに気がついた。

普段お付きしている北の方様が香を焚く習慣がなかったためおやっと思ったが、法性院様の正室三条の方が、都からいらした風情を楽しむ方で、香道も嗜んでおられたという話を思い出し、そんなことから松姫も香道をたしなまれるのか、と何となく思った。が、そんな香りの心地よさに、於登志もいつの間にか寝入ってしまったようだった。そして、気がついたら囚われの身。何がどうしたのか見当もつかなかった。

於登志は古くからの武田の家臣に使えていた下級武士の娘だった。しかも、父も兄も長篠の戦いで戦死していた。縁あって北の方様のお付きの一角に置かせて貰っているが、武芸や芸事のたしなみがある訳でも無く、ただの女中であった。生死を左右するような場面に出会うとは思っても居なかった。

男は於登志の事を姫様と呼んでいる。しかし、松姫様と間違えているようではなかった。男らの狙いは松姫様だ、ここに姫様がいないとなれば、姫様とは別に運ばれていることになる。目立つ川舟の移動は囮なのだろう。とすれば、適当なところで殺されるに決まっていた。全身の肌が粟立つようだった。

河原の土手を越し、ようやく新芽が吹き出した雑木林の中を抜け荒れ果てた社の前に出た。草を刈る者も居ない荒れた社だった。何を祭っているのか、もう周囲の農民達でさえ忘れ去っていることだろう。枯れ葉だらけの広場に崩れ掛けの社がポツンと建っている。

「ここらでいい。」

立ち止まった船尾の男が懐から巾着を取り出し、そのまま二人の男の前に放った。

「約束の金だ。持って行くがいい。」

年上の方の男がそれを拾い中を確かめる。右手を袋に入れ、若い方の男に手を広げいくらかの碁石金を見せた。

「後は任せた。俺の出番はおしまいだ。その女は貴様らの好きにするが良い。」

一言言うと船尾の男はそのまま背中を見せ歩き去ってしまった。人足の二人はしばし碁石金を見つめていたが、船尾の男が消えたことに気づくと、ニヤっと顔を見合わせ立ちすくんでいる於登志に目をやった。

船尾の男が消えたことで冷たく張り詰めていた空気が急に消えた。於登志は、去って行く男の背中を声も無く見つめていた。殺されずにすんだ。一瞬の安堵の後、すぐに次の危機がやってきた。人足二人がその眼に獣欲をたぎらせ於登志に手を出してきた。

強引に襟元に差し込まれた男の手に、於登志は現実に引き戻された。死だけでは無い、ただの死よりもつらい別の危機に直面していた。思わず出た叫び声も雑木林の空に消えていった。年上の方の男が於登志の顔を叩いた。

「叫んだって誰も来ねえよ。大人しくしてれば生きて帰れるぜ。」

男はそう言い切ると、於登志の帯ひもをほどき始めた。

「そうそう、静かにして俺らと楽しもうぜ。」

若い男が襟元に差し込んだ手をより深く動かした。

「縄が邪魔で脱がせられねえ。伝六、縄をほどけ。」

伝六と呼ばれた若い方の男は、名残惜しそうに於登志の胸元から手を引き、後ろ手の縄をほどいていった。縄がほどかれても、長い間後ろ手に固定されていた両手は、関節が固まってしまったように動かなかった。

「おじき、ほどいたで。」

「よし、今度は帯だ。」

おじきと呼ばれた年上の男が於登志の両襟を掴み、威圧しながら伝六に指令していた。伝六は帯をほどこうと夢中になる。於登志は血が通いやっと動くようになった両手でおじきの胸を押し返そうとした。しかし、息がかかるほど近づいたおじきの顔は於登志の腕の力程度では離れなかった。足をばたつかせようにも着物が足の動きを狭めていた。於登志の右手が髷に刺した簪を掴む。そのまま滑るように簪を引き抜き、おじきの顔を狙った。その瞬間、伝六が背中から帯を引いた。

「あうっ！」

於登志の簪がおじきの顔に滑った。

「うわっ！」

おじきは於登志を前に突き飛ばした。帯に奮闘していた伝六と於登志が枯れ草の上に転がった。おじきの額に簪が走った赤い筋が付いていた。はじからゆっくりと血が流れ出す。

「このやろう…。」

後ろにいざりながら簪を構える於登志におじきが近づいていった。と、於登志の帯を手に倒れていた伝六が急に帯を引っ張った。その反動でうつぶせになってしまった於登志の尻におじきが乗りかかった。

「よくもやってくれたな。伝六！帯を抜け！」

おじきは於登志の両肩を押さえつけ、伝六に帯を解かせる。伝六は悪戦苦闘のうえ於登志の帯を引き抜いた。於登志は帯が無くなったことで一瞬身体の力が抜けてしまった。その瞬間、おじきが於登志の身体をひっくり返した。於登志の目の前に獣じみたおじきの顔が現れた。

「手間をとらせやがって。」

おじきの手が、襟元にかかった。於登志が必死で襟元を押さえようとするとおじきの右手が於登志の顔をはたいた。

「うっ！」

あまりの痛さに、於登志が眼を堅くつぶって反対側に顔を背けた。胸から腹にかけ、冷たい風に吹かれるのを感じた。

その時、ふっと於登志の身体を押さえるおじきの力が弱まった。と同時に、於登志の顔に生暖かい水が降ってきた。

「きゃあ！」

目を開いた於登志の顔の上に、おじきの首の無い身体が血しぶきを上げていた。あわてて於登志が突きはねると、おじきの身体がごろっと転がった。於登志が震える腕で体を支え、転がった首の無い死体を見つめていた。そばにあの獣じみた顔がごろりと転がっている。放心状態のまま首を巡らすと、伝六が近くで腰を抜かしていた。そして、於登志の脇に馬の脚が…。

「お女中、怪我は無いか？」

上の方から渋い男の声が聞こえた。見上げると馬上の武士が長柄巻を片手に見下ろしている。於登志は、状況の変化について行けず、声の出ない口を動かしながら武士を見上げていた。

「安心せい。池谷庄三郎だ！」

「池谷庄三郎様…」

於登志はやっと馬上の武士を確認できた。於登志は、震えの止まらない腕で、必死に着物の前を合わせ、胸を隠した。濡れた顔を着物のそでで拭うと、袖が真っ赤に彩られた。池谷庄三郎がゆっくりと馬を降り立った。そのまま片膝を突いて於登志の顔を見つめた。厳つい顔に精一杯の笑みを浮かべていた。

「で、松姫様はどこにおられる？」

そこに馬の蹄の音が響いて五、六人の騎馬武者が広場に飛び込んできた。

「姫は！松姫様はご無事か？」

まず、声を上げたのが原半左衛門だった。浅瀬とはいえ渡河に時間がかかり、池谷庄三郎に遅れをとっていた。が、馬を巡らせ辺りを見回し叫んでも松姫の姿はなかった。騎馬武者が二人馬を飛び降り、腰を抜かしたままの伝六に刀を突きつけた。

「姫様はどうした！」

伝六は目の前に突きつけられた抜き身の刀にあわあわと慌てるだけで返事もおぼつかなかった。そこに原半左衛門が割って入った。

「刀を下げていろ。」

と騎馬武者を一歩下げると、片膝付いて伝六の胸ぐらを掴んだ。

「おい、人足。正直に申せ。松姫様をどうした。」

「知らねえ、俺は知らねえ…。」

伝六もまた、あまりの状況の変化について行けないようだった。女を舟で運んで金を貰う。それだけの仕事のはずだった。その女をいただけるのは役得というものだ。と、はしゃいでいた目の前でおじきの首が飛ばされ、今は自分の首が危うかった。

「金を貰って、その女を舟で運んだだけでさ。他に誰も見ちゃいません。」

池谷庄三郎が於登志の顔をのぞき込みながら、様子を見ていた。乱れた着物の襟元と裾を掴み、小さくなっている於登志に声をかける。

「姫は、松姫様はどこじゃ！」

「わ、わかりませぬ。ずっと私一人で掠われておりました。」

社を取り囲む木々の一つ。広場を見下ろす高枝に男の影があった。あの船尾にいた男だった。顔に薄笑いが浮かんでいる。

「あれが、長柄の庄三か…。」

七

松姫は軽い頭痛とともに目を覚ました。眼に入る見知らぬ天井風景に戸惑いを感じながら。そうだ、新府城に泊まったのだったわ。と、ひとり納得した。夕べは部屋を与えられ、そのまま倒れ込むように寝入ってしまった。かすかに香のにおいをかいだ気がしたが、確かではなかった。

松姫は起き上がり、周りを見回した。床の間の掛け軸を見ておやっと思う。たしか墨痕鮮やかな掛け物だった気がしたが、おとなしい山水画の掛け物になっている。また、小太刀が、掛台ごと消えている。衣装盆の衣装もおかしい。

「誰ぞある。」

「はい。ただいま。」

ふすまが引かれて、奥女中の姿をした娘が部屋に入ってきた。

「昨日の娘ではないの。」

「はい。朝方交代いたしました。」

「そうか。で、私の着物と小太刀はどうしたのだ。」

松姫は枕元に置かれた衣装盆を指さした。

「姫様にはふさわしい衣装をと、ご指示をいただいております。」

「誰がそのようなことを。」

「後ほどご挨拶に見えますが、まずはお着物を着けていただかないと、誰もお会いすることができぬ故、そちらのお着物をご着用くださいませ。」

「私は私の着たい物を着る。」

松姫はそう言い切ると、夜具の上に座り込んでしまった。それを見て、対応に困っている奥女中に松姫が、追い打ちをかけた。

「誰の指図じゃ。北条の姉上がそのような事をするはずもない。」


「於朝。元の着物を出して差し上げろ。」

いつからそこにいたのか、陽の光が当たっている障子に、座した武士の影が映っていた。

「はい。」

於朝と呼ばれた奥女中が、隣の間に戻り、松姫の若侍の衣装がたたまれた衣装盆を捧げて戻ってきた。

「小太刀は?」

「小太刀はご勘弁を。」

障子の外から男が答えた。年配者の声だった。

松姫は、その答えを無視して着物を着け始めた。於朝がかいがいしく着付けを手伝ってくれた。

「さあ、身繕いはした。」

「では失礼いたす。」

障子が開かれ、白髪交じりの髷を見せて、男が廊下で平伏した。

「松姫様には失礼いたしました。それがし主の命を受け、姫様のお身柄を預からさせていただいております。」

「それは、どういう事じゃ。」

「姫様には、お城をお移りいただきました。」

「そのようだの、外に見える景色が新府からの眺めではない。」

松姫が遠く白く輝く尾根を見わたして淡々とそう述べた。しかし、現状をすべて理解したということでもなかった。

「木曽駒がずいぶんと形が違う。それに、あれが金沢峠ならば、ここは八ヶ岳の麓あたりか…。」

松姫は、しゃべりながら自分の置かれている状況を素早く分析していた。杖突峠で数度にわたって襲われた経験からか、肝が据わったという心情になっていた。

また、このタイミングで掠《さら》ったとなれば、目的は織田信忠殿への貢ぎ物にするためだろう。なら、身に危険はあるまいという見当もできた。しかし、それはそれで、武田の支配地の中での出来事となれば、誰かの裏切り、謀反と考えねばならない。そうなると、もしもの場合、謀反の露見を恐れて消されるという危険性がないでもない。しかし、なんとか桂姫様に謀反人を知らせなければならない。

「主とは何者じゃ。」

「それは、まだ申しかねます。」

「では、勝手させていただく。」

「お待ちくだされ。」

男が中途立ちで松姫の手を取ろうと片手を繰り出した。

「やっ。」

松姫が気合いとともに、男の手を引きざま片足払いをかけた。男は、見事に部屋の中に転がり込んだ。背中をしたたか打ったのか、男は立ち上がれずにいた。松姫は、素早く男の腰から刀を抜き取った。

「拝借する。」

「姫様、やるもんだねえ。」

廊下の端に隠れていた武士が大股で松姫に近づいてきた。物陰では武士に見えたが、日の差した廊下に出てきた男は、武士とも呼べぬ風体だった。野伏りのように見えた。四十がらみの小柄な男だった。ただ神経質そうな目がその男の本性をあからさまにしていた。

「何者じゃ。」

「それが教えられねえんだ。」

鞘ごと手にした刀を松姫に向け、そのまま近づいてきた。鉄鐺で固めた半太刀拵えのしっかりした鞘であった。鞘だけが武器になり得る拵えだ。

松姫は、奪い取った刀の鞘を払い、男を待った。いつも手にしている小太刀よりずっしりした大刀の重さが力強い。男が鞘を指しのばした。それをはたきに降ろした大刀が絡め取られるように、松姫の手を離れた。

「ギャッ！」

あっけにとられて飛んだ大刀の行方を追うと、投げ飛ばされたまま床に転がっている男の腹に突き刺さっていた。

「間の悪いところに寝ている奴よ。」

男が冷たく言い放つと、鞘の鉄鐺を松姫のみぞおちに突き込んだ。

八

如月十兵衛は、座敷に座り、遠い山並みにかかる雲の流れを見ていた。その落ち着きように周りで見ている者たちの方がイライラしているようだった。十兵衛は松姫の行方に見当をつけていた。その確証を得に、くの一絹香を借り受け走らせている。風魔である自分が、無闇に武田領地を駆け回るのを避けているようだった。

午後もかなり陽が傾いた頃、桂姫より呼び出しがかかった。来たか。と、刀を掴んで大広間に向かう。

大広間に入ると、すでに桂姫様と対峙して望月千代と巫女の絹香が座っていた。如月十兵衛も桂姫様に促され二人を右に見る横位置に座り込んだ。反対側には土谷藤十郎が座していた。

望月千代。昨日桂姫様より紹介はされたが。武田くノ一の元締めだ。

その昔、武田信玄が信濃を侵攻していた頃、信濃を治めていた海野氏・根津氏・望月氏を傘下としたが、望月氏には信玄の弟典厩信繁の子信頼を養子にだし、親戚関係を結んだ。望月氏には近江国甲賀に支流の一族があり、甲賀五十三家と呼ばれる忍者集団の筆頭格の家柄だった。その甲賀望月氏の娘千代を信頼は正室とした。

しかし、望月信頼は永禄四年（一五六一）の第四次川中島の戦いで、実の父武田信繁とともに戦死してしまう。享年十八歳の若さであった。

武田信玄は、千代のくノ一の術に長けていることを買い「甲斐信濃二国巫女統領」の役を与え、武田くノ一の養成に当たらせた。

千代は根津村の古館に「甲斐信濃巫女道」の修練道場を開き、孤児・捨て子など戦国の世にあふれた少女を集め、くノ一としての修行を積ませた。十兵衛が知り合った絹香もまた武田くノ一の一人だった。しかし、武田勝頼の時代になり、忘れかけられているくノ一だったが、土谷藤十郎の仲立ちなのであろう桂姫様のために働いている様子だった。

「絹香。報告を。」

「はい。」

千代の呼びかけに、絹香が膝を進め、平伏した。

「申し上げます。松姫様が御寝所より掠われた件に関し、如月十兵衛様のご指示により、長坂の長坂釣閑齋様のお屋敷に忍んで参りました。」

「釣閑齋殿の屋敷に…。」

桂姫がいぶかしげな顔で、十兵衛と絹香を交互に見やった。

「なぜ、そのようなところを?」

「松姫様を掠った手口が忍びの手口であったこと。手口を探ると武田の忍びの線が強く感じられ、今、武田の乱波を抱えているのが釣閑齋殿とお聞きし、もしやと思ったまでです。絹香殿、首尾は?」

「十兵衛殿の心配されたとおり、松姫様がかのお屋敷に幽閉されておりました。屋敷の奥の建屋で危害は加えられておりませぬが、黒谷衆が見張りに当たっておりました。やはり、織田に通じるための手土産になさるつもりのようです。」

「なんということを…。」

「釣閑齋殿は、武田を見限り、勝頼様に反旗を翻そうとしているものと思われます。」

「釣閑齋殿が謀反…。」

「お方様。そのようなお国の一大事につき、絹香も秘密裏に探ってくれたのでございます。そこで、お方様、この一件につきまして、この望月千代にお任せいただけないものでしょうか?本日はそれをお願い申しあげに参った次第。」

「なんと…。」

「長坂釣閑齋殿といえば、武田家重鎮のお一人。ここで事を公にし屋敷に乗り込めば、武田全軍に知れ渡ることとなります。木曽殿の謀反でさえこれだけの騒ぎになるのですから、釣閑齋殿もということになれば、どれだけ大事になるやしれません。そこで、ここは私の巫女に松姫様救出をお任せくださりませぬか。黒谷の衆に直接談判し、手を引かせます。その上で、長坂釣閑齋殿にはそれなりの仕置きを考えさせていただきます。」

「えっ。」

「釣閑齋どののこと、長篠の闘いの時同様、武田が危ういとなれば戦列を逃れ身の安全のみを考えるでしょう。その折、裏切り者としてしっかと処刑したいと存じます。その時点では、卑怯者として、皆様方も納得されると存じます。」

「お願いいたします。武田家の御ため、そなたにお任せ申す。」

「では、早速。」

と、下がろうとする千代に、十兵衛が声を掛けた。

「それがしも、お連れくだされ。内々でのお話で通す事はわかり申したが、松姫様には風魔も絡んでおることを伝えた方が、黒谷衆も考え易いかと。」

望月千代は、一瞬考え、

「いいであろう。ついて参れ。」

と、一言言うと広間をたった。

望月千代・絹香・如月十兵衛の退出と入れ違いのように、朝方川舟を追っていった原半左衛門・池谷庄三郎の二人が、戻ってきた。

「謀られ申した。」

二人は桂姫に礼を示してから、板場に座り込んでしまった。敵の策略にはまってしまったことが自分で許せないようだった。

「川舟で運ばれておったのは、奥女中の於登志でございました。」

原半左衛門がひととおりの流れを説明し、役に立たなかった事を詫びた。

「大義でした。松姫ではなかったにしろ、私の大事な奥女中である於登志を助けていただき礼を申します。それに、拐かしの犯人は判明いたしました。」

「なんですと！誰ですか。その不埒者は…。」

「面目ない。我が家臣、長坂釣閑齋じゃった。未だに信じられぬ思いじゃ。」

「釣閑齋殿が…。」

「つい先ほど千代殿の手の者から報告が有りました。」

「長坂屋敷に松姫様が囚われていることを確認したそうじゃ。」

土谷藤十郎が、説明を入れた。

「それでは、さっそくお救いに！」

「いや、騒ぎを起こしてはならぬ。そち達は、この城で待っていてほしい。今し方、千代と十兵衛が救いに走った。」

「なら、我らも加勢に！」

「それには、及ばぬ。これは千代殿からの進言でもあるのだが、事は秘密裏に運ぶべきだと、念をされた。長坂釣閑齋殿といえば武田家の重鎮。その重鎮が松姫様を掠い謀反を図っていると知れれば、わが武田軍は内部より崩壊しかねませぬ。松姫様さえ無事に取り戻せれば良いのです。ここは千代殿の手の者で秘密裏に事を済ますのが肝心かと。

　如月十兵衛殿は存在を知られておりませんが、そち達二人は武田家で名の通った武将。軽はずみには動けませぬ。松姫様の幼少より使えてきた半左衛門には、いてもたってもおられまいが、武田家のため、千代殿に任せてやってはくれぬか。」

　原半左衛門は、桂姫をにらみ付けでもするように話を聞いていたが、肩をがくっと落とし承諾の意を表した。

「釣閑齋には、それなりの仕置きを千代殿がしてくれる。そち達にはとりあえず、松姫様の帰りをお待ち願いたい。」

　桂姫が目を伏せ頭を下げた。

「お方様、お顔をお上げください。私どもは武田が家臣。北の方様のどのような命もお聞きいたしますゆえ。」

　原半左衛門は、そういうと今一度どっかと座り直し、脇の池谷庄三郎にも促した。二人が座り込んだのを見て、桂姫が話しを続けた。

「とりあえず今のところ千代殿の働きを待つしかない。しかし、松姫様は今夜中には戻って参られるだろう。そこで、両名には次の願い事がある。」

「なんでございましょう。」

原半左衛門、池谷庄三郎の二人が桂姫を見上げた。

「そち達は、高遠城より松姫と仁科盛信様の二人のお子を連れて、この新府城までまいった。しばらくの間はこの新しい城で過ごしていただこうと思うておったが、このように身内からも守らねばならぬとなったら、ここにいるのも危ない。そこで、万が一の場合は武州八王子へ逃れていただきたい。武州へ入り、兄の北条氏照に頼っていただけば、後の事はなんとかなろう。それは、如月十兵衛が取り図ってくれる。十兵衛は、風魔一族のもので氏照公とも旧知の仲。しかし、武田の行く末がはっきりするまでは、古府中あたりで戦況を見守っていて欲しい。武田が盛り返す事があれば、すぐにでもここに帰れるようにな。」

「その上でお二人に頼みたいのは、松姫様が戻りここを出発する際には、私の…勝頼様の娘貞姫と小山田茂信殿の養女香具姫を同行させていただきたいのじゃ。」

桂姫の毅然たる言葉が、急に子を思う母の言葉に変わり、原半左衛門、池谷庄三郎の胸を打った。

貞姫も香具姫も、督姫と同じ歳のお子であった。香具姫は小山田茂信が母親・奥方と共に人質として家臣の娘を養女として差し出し古府中にいたものを、貞姫と同じ歳ということで貞姫の遊び相手として新府城に連れて来ていたものだった。

「それと、古府中の入明寺に、義兄《あに》の竜宝様がおられます。目の見えぬ不自由な体ではございますが、信長方から見れば武田信玄の二男。もしもの場合容赦はあるまい。共につれて参ってくれぬか。」

「恐れながら、お方様。」

脇にいた土谷藤十郎が口を挟んできた。

「なんじゃ、藤十郎。」

「竜宝様につきましては、この土谷藤十郎めにお任せいただけませぬか？」

「それは、何故か。」

「竜宝様はお目が悪く戦には適さぬと出家されております。この武田家の危機に際し、軍列に出られぬ己の体を一番歯がゆく思われていることでしょう。その上四つの幼子と共に落ち延びよなどと進言すれば、ならば腹を切るとでもいいかねませぬ。出家なされておられるとはいえ、甲斐の虎武田信玄殿のお子には変わりござりませぬ。」

「それはそうなのだが…。」

「私めが、時期を見て、どこぞの名も無い僧院にお隠しいたします。できるだけ武田家と関わりが無い寺院に。僧形の者は僧院におるのが当たり前、一番目立たぬのかと思いまする。」

「解った。しかし、松姫様はなにかと竜宝殿と仲良くされておったと聞く。別れだけでもしていくが良いだろう。」

武田信玄の次男信親は、弘治二年（一五五六）十五歳の折りに患った疱瘡のため盲目となってしまった。そのため元服はしたものの戦に出ることもかなわず、躑躅ヶ崎の館にこもっていたが、永禄四年（一五六一）信玄が征服し信濃で絶えていた名跡海野家を継ぎ海野信親と称した。正室には、武田家の縁戚でもある穴山信君の娘をいただき海野城城主として一子信道ももうけた。

しかし、政治の表舞台に出ることはなく、信玄のお伽衆でもあった長延寺実了の弟子となり剃髪して竜宝と名を変え、半俗半僧の身で城と寺での生活をしていた。

「では、このこと重々お願い申した。」

と、松姫奪還の後、桂姫の願いにより四人の幼子を連れて古府中へ向かうことが決まった。

あとは、松姫の帰りを待つ長い夜となった。

九

望月千代とくノ一絹香、そして如月十兵衛は佐久甲州往還を急いでいた。各城や砦での張り詰めた空気が伝わってか、こんな甲州の外れでも何かしら戦さの臭いをはらんでいるようで十兵衛の勘にさした。松姫を奪われたという焦燥が、そんな臭いをかいでいるのかも知れなかった。武田の本城という安心感が、十兵衛たちに隙を造らせたのだろう。釣閑斎の薄笑いが目に浮かぶようだった。

八ヶ岳の諏訪方を表とするなら、佐久・小諸にむいた裏方の切り込んだ谷の奥に信州黒谷はあった。早々と八ヶ岳の影に隠れ夕闇の中に幾らかの灯火がともる頃、三人は集落にたどり着いた。狭い谷に肩を寄せ合うように民家が並んでいる。周りの山肌には雪が残り、まだ冬の色を多く残している谷だった。家々が集まっている事で畑では無く、生業は他にある事を物語っていた。

「誰だ！」

集落の入り口は柵で閉ざされ、数人の男が立ちふさがっていた。手に手に槍を構えている。

「祢津の望月千代じゃ。頭に用がある。案内せい。」

「何を痴れ者が！」

槍を構えたまま男が一人進み出た。と、いつの間にか男の首にクナイがあてられていた。

「やめときな。」

いつの間にか、絹香が男の背中に張り付いている。他の男がそれに気がついたときには絹香に背中を合わせ十兵衛が刀を抜いて牽制していた。

「お頭に取り次ぎを願おう。」

十兵衛の声が低く響いた。馬の上で二人の連携をみて千代が「ほう。」と小さく声を上げ、微笑んだ。


「これはこれは、千代殿。このむさ苦しい谷へよう来さった。」

十兵衛の声に暗闇から熊のような大男が出てきた。もともとの体躯が大きいのに、綿入れと毛皮を纏いより体が膨れあがってみえた。近づくと顎髭に白いものが混じっている。男の目が、影になった顔の中で異様に強い眼光を放っていた。男の登場で周囲の空気が張り詰めたようだった。

『これが、黒谷の頭領か…』十兵衛は刀を下げた。頭領は門番の男たちに手を振って道を空けさせる。

「頭領久しゅうござる。」

望月千代が馬を下り、軽く会釈をして見せた。両脇に絹香と十兵衛が警戒するように寄り添った。

頭領は、鋭い眼光を絹香と十兵衛に這わせる。

「巫女と共にいらしたお主は？」

十兵衛の目を射貫くような鋭い視線だった。

「風魔の十兵衛と申す。」

「なに、風魔とな。風魔といえば、今や敵同士の北条の者のはず、何故武田領で巫女と動いておる。」

「北の方様の命で武田松姫様の警護を託されておる故。」

松姫の名を聞いて口をつぐんだ頭領であったが、すぐに笑い顔に変え、

「まあ、まだまだこの谷は冷える。中で囲炉裏にでも当たっていただこう。話はそれから伺う事といたしましょう。」

如月十兵衛たちは、黒谷頭領ヌイの家に通され囲炉裏を四人で囲んだ。頭領の家とはいえ百姓家と変わりはなかった。チロチロと揺れる炎の上には鍋が掛けられ夕餉の支度をしているようであった。

「たいした物でもないが、猪鍋じゃや、喰うてゆくか。」

「いいえ、今日は頭領に申し上げたき事があり、参ったのみ。」

「まー、千代殿が黒谷を訪れるといえば、それなりの事があってじゃろうて。しかし、風魔をお連れなさるとは…。」

「それだけ事態は複雑化していると言うことです。長い話はしません。頭領、お答え願いたい。黒谷の衆がなぜ、武田に弓を引く？」

一瞬場が凍り付いた。

「十兵衛殿が先ほど言われた松姫様の件でござろう。」

ヌイは大きくため息をはき、吐き捨てるように言った。

「ご承知の上のことでござるか？」

「承知しておる。」

「武田に反旗を翻したということか？」

「お言葉ですが、千代殿。武田家に使えている千代殿とは違い、我ら黒谷衆は、武田に使えている訳でもなく時折仕事を請け負うだけの関係。もともと家臣でもないものが反旗も何も無い。」

「どこにつこうが勝手次第ということか？」

「そういうことにございます。勝頼様の代になってからは、請負仕事もなく今回たまたま釣閑斎殿から仕事をいただき、忍び働きをいたしました。」

「しかし、頭領。織田信長の忍び嫌いは聞いておられよう。伊賀の里の根切りの事も。釣閑斎がいかに信長のご機嫌をとろうが、信長の世になって黒谷衆が生き残れるとは思えぬが。」

「このまま放っておいても、武田が滅びればその中で黒谷も滅びよう。少しでも希望が持てる方に賭けたいと思うは人の常。」

「道はある。」

十兵衛がはっきりと言い切った。

「もし、万が一武田家が滅びるような事があったら。そして、黒谷衆が生き残っておったら、武蔵国へ来い。風魔に紛れれば良い。風魔とて、箱根・小田原は押さえておるが、北条氏が関東に広がった現在、氏邦殿にも氏照殿にも忍びはおらぬ。広い秩父山塊に遷れば良い。」

「北条に仕えよと。」

「そうじゃ、もしもの時はな。しかし万が一、武田を見限って逃げ込んだところで、北条でも相手にされまい。武田の忍びとして、それなりの活躍を見せねばなるまい。」

十

釣閑齋屋敷。

日が暮れる。燭台に灯がともされ、夕餉の膳を饗され、松姫は食事をとりながら、考え込んでいた。

ともかく、大人しく従っているように見せておけば、そのうち、隙もできよう。しかし、この場所は、昼間見た風景からすれば、八ヶ岳山麓。長坂あたりと見当がつく。すると、ここは長坂釣閑齋の屋敷ということになる。

釣閑齋とは昨日上原城であったばかりではないか。勝頼殿の腹心として側に侍っておったが…。もし、ここが釣閑齋屋敷で、釣閑齋が謀反を企てているとしたら…。

そのとき、ことっと小さな音が聞こえた。次の間への襖がすっと引かれ、奥女中が一人入ってきた。襖を閉めると、片膝をついて頭を下げた。

「松姫様。巫女の楓にございます。お迎えにあがりました。」

「おお、望月千代殿の巫女か。」

「ご安心くださいませ、もうじき千代様と如月十兵衛様が駆けつけます。これを。」

楓が松姫の小太刀を差しだした。

「ごめん。」

松姫は小太刀を腰にさした。と、そのとき、

「おお、よくぞ…。」

廊下への襖が引かれ、先ほどの背の低い野伏せりがずかずかと部屋へ入ってきた。とっさに楓がその前に片膝をついた。

「お待ちを。」

「おぬしは。」

「望月千代様差配の巫女楓と申します。」

「そのくノ一が何をしておる。」

「わが頭領望月千代様が、ただいま直々に黒谷へ談判に出向いておられます。時を置かず松姫様解放の命が届くはず、それまで、間違いの無きよう姫様の警護にあたらさせていただきに参りました。」

「面白いことを言う奴よのう。姫を掠った我らから姫を警護するというか。この場所で。馬鹿なことを。」

「あと半時、このまま姫様をお部屋に置いていただければ良いのだ。」

「別に部屋を移すつもりはないが、お主に命ぜられるのは、気が進まんな！」

「命じている訳ではございませぬ。お願い申しておるのです。このまま信濃の忍び同士闘いわれはございませぬ。黒谷のヤマセ殿。」

「ほー。俺を知っておるか？」

「当たりましたか。当てずっぽうでしたが…。黒谷衆に凪を使う忍びがいると耳にしたことがございます。凪に薬を乗せ相手の動きを封じるとか。今回の睡蓮香での働きからそうではないかと思ってみただけです。」

「そんな噂があるのか。術を知られては放っておけぬな。」

ヤマセが刀に手を掛け、右肩を落とした。剣士ならば抜刀術をうかがわせる姿勢だった。

しかし、忍びの技でどのように変化するのか？楓も刀の柄に手を掛け、立ち上がってヤマセと向かい合った。

「お待ちを！」

次の間への襖が引かれ、五人の黒装束の女が部屋に入ってきた。

「ヤマセ殿、お待ちくだされ。騒ぎになれば、屋敷の侍を呼び寄せるようなもの。そのときには、松姫様を拉致しておった事が露見し、事は大事《おおごと》となりましょう。それは、誰もが望んではいない事。ここは双方矛を収めて、半時お待ち願えぬか。くノ一とはいえ、武田の巫女、黒谷衆を相手でもそう易々とは負けませぬ。」

楓の言葉に、黒装束の娘たちが松姫を囲むように守りの位置に付いた。ヤマセはその面々を見つめ、一瞬渋い顔をして見せたが、視線を楓に戻すとすぐに表情を緩めた。

「楓殿、気の強い女子《おなご》よのう。嫌いではないぞ。仕方が無い、それほど言うなら半時ばかり待とうではないか。」

黒谷のヤマセは、ニヤッと笑うと腰の物を鞘ごと抜き取り廊下に座り込んでしまった。右脇に置いた刀から手を離し、寛いだ体で楓を見つめた。

「楓殿も座りなされ。」

あまりのあっけなさに楓も唖然としてしまった。命を賭けて一戦交える気持ちでいたのを肩すかしされたような感じだった。

「ヤマセ殿…。」

楓は膝を整え、ヤマセと対応して座った。黒装束のくノ一たちも警戒は怠らないものの、張り詰めた空気は一気に和らいだ。

「俺とても姫や武田に恨みがあるではなし、請負仕事というだけのこと、同じ信濃の忍びと闘う気はせん。特に美しい女子の忍びとはな。」

そんな和んだ空気の中、足音もさせず廊下を男が歩いてきた。座り込んだヤマセの脇に立ち、部屋の中とヤマセを交互に見やった。

「ヤマセどうした。」

端整な顔立ちの中に精悍さを感じさせる色黒の男だった。左ほおに古い刀傷。於登志を掠って川を下っていた男だった。

「面白いことになってきたようだ。」

「この娘達は、巫女か?」

「そのようだ。お主の陽動作戦もばれていたようだ。」

「まあな、あれで引っかかるようでは武田もお終いと思っておったわ。」

「巫女たちがこれだけやってきたのだ。当然望月千代殿の差配だろう。今回の件、裏に釣閑齋のいることが露見した。」

「だからどうした。」

「このまま釣閑齋に荷担していても良いことは無いってことさ。」

「くノ一を皆殺しにして姫を他所に隠せば良い。」

「それで知らぬ存ぜぬか。千代殿にそのような茶番は効くまい。」

「効くか効かぬか、やってみようじゃないか。」

そういうとカガリは腰の刀をすらりと抜いた。

巫女たちも一斉に刀を抜きはなった。

「待てカガリ、一人でも殺めれば、あとで話がこじれるやも知れぬ。」

「良い判断じゃ、ヤマセ。」

突然、ヤマセが背中にしている庭から声がかかった。よく知っている声だった。反射的にヤマセとカガリは庭に飛び降り、片膝をついた。

「頭領！」

暗闇に熊のような出で立ちの大男が現れた。続いて望月千代と絹香が出現する。暗闇から浮き上がってくるような、登場だった。千代の姿を見て松姫を囲んだ巫女達が、刀を収め居住まいを正した。


上座に松姫。相対して、望月千代と黒谷頭領のヌイ。その後ろにヤマセ・カガリと巫女達が平伏し、庭には他の黒谷衆が伏せていた。部屋の端に如月十兵衛がひっそりと座している。陽はどっぷりと暮れ、座敷の二台の燭台の灯りだけが、揺らめきながら部屋を照らしていた。屋敷の本棟では通常の生活が繰り広げられているのだろうが、この別棟だけは、別世界のように静まりかえっていた。

ヌイが心持ち頭をもたげ、重たい声で話し始めた。

「松姫様。姫様を拐かすなど、言語道断の振る舞い、誠にもって申し訳ござらぬ。長坂釣閑齋殿の依頼とはいえ、弁明の余地もございませぬ。」

引き続き、千代が頭をもたげた。

「松姫様、申しあげます。乱波、透波は古来より決まった主を持たぬ者。この黒谷の者達も武田の家臣ではございませんでした。このたびは、長坂釣閑齋を雇い主として姫様を拐かすような大それた事をしでかしましたが、今はお味方として我が巫女と行動を共にしております。松姫様には寛大なご処置をお願い申しあげます。」

ヌイと千代が交互に松姫に訴えていた。松姫は、最初のうち真剣に聞き入っていたが、二人のあまりに神妙な面持ちに、次第にその顔が楽しげな表情にと変わっていった。

「千代殿、ヌイ殿。お顔をあげられよ。別に私は怒ってなぞないわ。怒るとすれば、不忠者長坂釣閑齋。いまや手を携えて武田家を守らねばならぬ時というに、敵方織田信忠殿に尻尾を振ろうとは…。今回の事、済んでしまった事をどうのこうの言わぬわ。…そこの者、ヤマセと言ったな。」

ヌイを飛び越し、後ろのヤマセに声を掛けた。突然声を掛けられて、ヤマセがドギマギしているのを見て松姫は喜んでいるようだった。

「なかなか、楽しかったぞ。拐かされるなぞ滅多に経験できるものではない。目的には見当が付いておった故、害される恐れを抱く必要も無く、楽しんでおれたわ。しかし、巫女達に囲まれた時は心強かった。皆に礼を申す。」

巫女達が声もなく礼をした。

「さすが甲斐の虎と恐れられた信玄公のご息女。姫とは言えそこらの武将には負けぬ剛胆さ。男なれば勝頼様の右腕ともなられたでしょうに…。」

千代が松姫を見つめ、しみじみと言った。在りし日の信玄公を見つめているような目だった。千代が再び頭を下げ、言葉を続ける。

「松姫様のお言葉で、この場が収まりましたなら、速やかにこの屋敷を離れねばなりませぬ。松姫様の誘拐劇はなかった事にする必要がございます。お味方に釣閑齋謀反の事実が知られてはなりませぬ。」

周囲の者がそれぞれに同意を表した。

「そこでヤマセ。今回の誘拐劇を承知しておるのは屋敷内では、誰だ。」

千代が座る向きを変え、ヤマセに問いかけた。

「まずは留守居役の長坂昌国殿・側用人が二名、姫の身の回りを世話する女中三名といったところかと。」

「では、そのもの達の始末は、ヤマセ、お主に任そう。大ごとにならぬよう心して当たるが良い。」

「は。」

「それではカガリ。釣閑齋殿の仕置きはお主に任せる。」

ヌイが後ろを振り返るようにして命じた。

「千代様。楓にも釣閑齋殿への仕置き役をお命じくだされ。」

千代は見つめる楓と顔を合わせ、隣のヌイに顔を向けた。ヌイが承諾の意をあらわすと、

「いいだろう。釣閑齋の仕置きは二人にまかせた。しかし、華々しく戦死のような死に方をさせてはならぬ。あくまでも卑怯な男の死に様を見せるのじゃ。長篠の戦いについで今回も戦場放棄するやもしれぬ。しかし、途中で反旗を翻すような仕草が見えたらかまわず殺せ。」

「承知。」

カガリが一言言って席を立った。楓もそれに続き退席していった。

「巫女達は松姫様を、新府城までお連れいたせ。」

望月千代とヌイの采配で、それぞれが己の役割を果たすために散っていった。

十一

カガリ・楓の二人は、長坂から諏訪上原城へ向かった。城へ紛れ込んでみると、上原城は混乱の中にあった。前日の鳥居峠での負け戦の報せとともに、信忠軍出陣の報せ、伊那各城より後詰めの要請と、ひっきりなしに伝令が行き交っている。

木曽義昌の裏切りは武田にとって大きな痛手である事を実感している勝頼だった。長篠の闘いでの敗北や、高天神城の虐殺など、武田の勢いがなくなってしまった事は理解はしていた。しかし、武田家の結束は万全のものと思っていた。武田信玄というカリスマが、自分とどう違っているのかが理解できなかった。儂だって、信玄公が幾度となく戦って落とせなかった高天神城を落としたでは無いか。信玄公が攻めあぐねた越後とも同盟関係を結ぶまでになったでは無いか。しかし、勝頼の思考は膠着していた。

勝頼の思考では、すべての事柄について「こうであるべきなのだから、こうなのだ。」つまり、武田の家臣は武田家の御ために闘うべきなのだ、だから命を賭けて城を守る。逃げたり裏切ったりする筈がない。この思考法から離れられないのだ。

これは、これより十八年の後、関ヶ原の戦いにおいて、「太閤殿下にご恩のある者は、豊臣家のために闘うべきだ。」「だから、徳川になど味方するはずがない。」と考えた石田三成と同じ過ちであったのではないだろうか。


木曽義昌の謀反によって木曽谷は信長のものとなった。しかし信忠軍は伊那街道に向かったとの知らせだった。これは、勝頼にしてみれば願ってもない事だった。伊那街道は幾重にも防衛戦を張ってある。五万と称する信長勢もそれぞれの城を抜くたびに大きな被害を受け、諏訪にたどり着くまでには半減、いや、それ以上の被害を被っているはずであった。

まず第一関門は、三州街道の宿場町でもある平谷の滝之沢城だった。南の要害と呼ばれる三州街道一の難所だ。そこを抜けても松尾城・飯田城・大島城と続く。飯田城には保科雅俊・正直の親子と坂西織部・小幡因幡守ら二千の精鋭がこもっていた。そして、飯田城から一里少し北には信玄の弟である武田逍遥軒信綱の軍が控えていた。この二城が連携して戦ったとき、どれだけの働きとなるか、頼もしい次第であった。そして、その先が、最も頼りとする勝頼の弟仁科盛信が守る、高遠城である。


カガリと楓は、釣閑齋の寝所の天井裏に身を潜めていた。当面、戦線離脱することもなさそうだった。

寝所では、釣閑齋が床に入ったところだった。と、すーっと襖が滑り、肌襦袢姿の若い娘が寝所に入ってきた。

「綾か？」

「はい。」

釣閑斎の愛妾綾は寝具の脇に膝を突くと、布団の端をめくり釣閑斎の脇に潜り込んできた。綾の体の熱が直に釣閑斎に伝わってきた。

「長い出陣お疲れ様でした。」

綾が頭を釣閑斎の脇胸に押し当てながらつぶやいた。左手が釣閑斎の胸を這い、左足が釣閑斎の足に絡みつく。むせるような女の香りが釣閑斎の嗅覚に刺激を伝える。

「待っていてくれたか…。」

釣閑斎は体をずらし綾を抱きしめた。暖かく柔らかい体を包み込む。釣閑斎の右手が素肌の背中から締まった腰、豊かな尻へと流れる。命を実感できる手の感触だった。

『こうして女子を抱くときが一番の極楽なのかも知れない、ホラ貝と鬨の声、悲鳴に怒鳴り声。きらめく刃に飛び散る血しぶき。地獄のような戦場から逃れられてよかった。』

深夜、なぜか釣閑斎の目が覚めた。久しぶりに愛妾を抱いたけだるさが四肢に残っている。と、ピシャと釣閑斎の額に水滴が落ちた。しぶきが目に入った。なに！釣閑斎が起き上がる。額から目にかかる水を袖口でぬぐう。起き上がって気がついたが、乱れた襟元もぐっしょり濡れていた。起き上がった事で襟元の香りが釣閑斎の鼻いっぱいに広がった。頭の芯がしびれるような不思議な感覚だった。

布団を見下ろして、無邪気な寝顔を見せている綾を見る。この臭い、綾の香では無い。

そのとき、薄明かりが部屋の奥に揺らめいた。ゆっくりと白く人影が浮かび上がる。女だ。

「何者じゃ？儂を長坂釣閑齋と知っての狼藉か？…。」

言葉の途中で、釣閑齋はハッと息を呑んだ。薄衣をまとい髷のほどけた髪を振り乱している女。

「松姫様！」

上目遣いに釣閑齋を見つめる顔に覚えがあった。先日上原城で拝謁した松姫だった。その松姫がなぜ？

武田が織田に敗れるような事があったときの保険として、織田信忠が懸想している、松姫を捕らえ監禁しておくように、黒谷の忍びに依頼した釣閑齋だった。しかし、その後何の報告も無く、黒谷衆の仕事ぶりを疑っていた釣閑齋であった。だが、害することはなく、傷一つつけずに織田信忠に献上する予定であった。そこへ、松姫が…。このお姿は幽霊か。

松姫が無言で近寄ってくる。身に纏っている薄衣が所々破れ、土に汚れているのが見える。松姫の額に赤い筋が走り、そこから血が流れ、青ざめた顔から乱れた薄衣へと染めていく。

「ま、松姫様！お迷いになられましたか！」

誰だ！決して害してはならぬと言い置いた松姫様を、このようなお姿にしたのは！

「松姫様、私ではございませぬ。そのような手荒なまねは、私が指図する訳もございませぬ！」

瞬きもせぬ松姫の瞳が釣閑齋をにらみ付けていた。

「口惜しや、釣閑齋。」

松姫の薄く開けた唇から、絞り出すようなかすれ声が聞こえる。いつの間に持ったのか、その右手に短刀を握りしめていた。その部分だけが明るく、闇に浮かび上がって見えた。釣閑齋は座したまま後ずさりする。背中が刀掛けに当たりガチャと刀が落ちた。後ろ手に刀を探る。手にした刀を震えながら鞘を払い、松姫に向けた。

「く、来るな！」

釣閑齋とて、歴戦の強者、刀を手にしたことで、なんとか心を静める事ができた。片手で壁を支えに立ち上がる。

「姫、成仏くだされ。」

釣閑齋は、両手の震えを押さえるように刀の柄を握りしめ、叫んだ。無言のまま松姫が近寄ってくる。たまりかねて釣閑齋が斬りかかった。

「成仏！」

しかし、切り下ろした刀は、松姫をすり抜けてしまった。近寄ってくる松姫に何の変化もあたえられない。

「ば、化け物！」

釣閑齋は、右から左からと松姫を斬り続けた。

手応えがあった。

「ギャッ。」

釣閑斎が刀を止め、手応えのあった先を見据えると。立ち上がった綾の腹に刀が刺さっていた。

第三話　影が紛れた別れ道

一

天正十年二月・滝之沢城。

信濃塩尻から伊那街道を抜け、飯田から・寒原峠・治部坂峠・赤坂峠等の難所を抜け、三河の足助から岡崎に抜ける三州街道。武田信玄が幾度となく戦に向かった道で有り、その最期を迎えた街道でもあった。その三州街道平谷宿に近く天然の要害ともいえる「滝之沢城」があった。

織田勢との闘いも、徳川との闘いも武田勢の最前線となる重要な城であった。三河からも尾張からも、伊那路に向かうためには、この城の下を人一人通れるほどに狭めた道伝いに、城を半周していかねばならない。川と山とで馬蹄形に形作られた要害。当然、守るに堅く攻めるに難しい城である。

「南の要塞」と呼ばれる所以であった。

この城は、戦時だけに使用されるもので、ここを守る下伊那の国衆下条一族は、天竜川沿いの遠州街道の吉岡城を本拠地としていた。遠州街道は飯田から浜松へ向かっている。

数日前、木曽義昌が織田方に寝返ったという報せと共に、下条家には、滝之沢城を守るよう、また、飯田城との間にある松尾城の小笠原信嶺には妻籠方面の木曽口を固めるよう、新府からの通達があった。

吉岡城主下条信氏は、一千五百の手勢の内、一千の兵を引き連れその日のうちに滝之沢城へ向かった。

戦支度の慌ただしい中、続いて織田軍が岐阜城より出陣したとの知らせが届く。あらためて五万の兵力と聞き、信氏は死を覚悟した。と共に武田の最前線を任された将として、信長勢に一泡もふた泡も吹かせてやる意気込みに心が躍った。

下条信氏、この年五十四歳。既に家督を嫡男兵庫介信正に譲り隠居していたが、この緊急事態の中自ら軍配を握った。信氏は、信濃国守護小笠原氏に使えていたが、武田氏に吸収されてからは、武田二十四将の一人、秋山信友の配下となり信濃先方衆として活躍し、武田信玄からも認められ妹を正室に与えられていた。もっともこれは、国境を守る国衆を親戚衆として、人心を固める信玄の定石であった。

織田軍はまず、岩村城を目指すと思われた。岩村城も信濃・尾張の境に位置し、何回となく信玄が攻めあぐねた城だった。しかし、元亀三年（一五七二）の城攻めの際、女城主として名を馳せていた織田信長の叔母お艶の方を娶る形で秋山信友が岩村城に入城した。

ところが、長篠の戦い後、天正三年（一五七五）五ヶ月に及ぶ織田信忠軍の攻撃に、後詰めも得られず織田軍に屈した。開城に際し信忠と助命の約定を結んでいたが、信長の一言で破られ、夫婦共々逆さ磔にされてしまった。信長の叔母を娶っていてそれなら、信玄の妹を娶った信氏が、降伏しようが何をしようが信長が許す筈もない。どうせ死ぬなら…。と、氏長の心はすぐに定まった。

信氏の頭には力の限り闘うことしかなかった。かといって、この要害の籠城戦に持ち込んだところで、数十倍の戦力差のなかで挟撃される恐れさえある。どれだけ戦えるものか？とも思う。信玄公ご存命の頃の力は、もう武田には無い。

「兄者、戻りましてござる。」

滝之沢城の戦構えも一段落した夜半、下条信氏の寝所に、三つ違いの弟下条氏長がやってきた。信氏は、吉岡城と五百の残存兵を弟氏長に任せてきた。しかし、五百とはいえ、老兵や長年の戦で傷ついた者も多く、実質の戦力としては心許なかった。そこで、吉岡城の北側に領地を接している松尾城の小笠原信嶺に後詰めの依頼を氏長に命じてあったのだ。

信長軍は、岩村城から伊那に侵攻するためには、三つのコースが考えられた。

壱に北上し木曽口から妻籠をめぐり清内路峠から三州街道に入る道。飯田の目と鼻の先に出てこれる。これまでなら、木曽勢の攻撃を考慮し、難しいコースだが、義昌が寝返った今となっては、心置きなく通り抜けられるだろう。

弐には、岩村城より東に平谷まで進み三州街道を北上する道。これだと信氏が守る滝ノ沢城と、正面対決をよぎなくされる。

そして、参には平谷をそのまま東へ進み、売木宿を抜け、遠州街道へ出てから北上。吉岡城へ向かう道。

もし、「壱」「参」のどちらかで進んだ場合、最悪、前後を敵に押さえられ、滝之沢城は雪隠詰めに会う恐れもある。その上「参」では、守りの薄い吉岡城が簡単につぶされるだろう。

「おう、氏長。いかがであった？」

信氏は首を長くして待っていた知らせに、声を張って弟に尋ねた。剛直一途な信氏と違い、弟氏長は戦功はないものの目鼻が聞き城作りや民政に長けていた。平時の事柄は一切氏長に任せっきりなくらいであった。しかし、戦時にはさほど戦力にはならないと思っていた。

寝所に入り込み、障子を閉ざすと、低い声で氏長が口を開いた。

「信嶺め、松尾城の守りを固めるため後詰めには応じられぬ、の一点張りでございます。」

「掃部《かもん》め普段の領地争いの意趣返しのつもりか…。」

「そうとも限らないのでは…実は、御館様からの命令で、木曽口固めを言い渡されているはずですが、それさえ出すつもりはなさそうで…。」

「木曽口を堅めなければ、木曽は既に織田方なのだから、清内路口より敵がなだれ込むでは無いか…。」

「むしろ、それが狙いでは、とも勘ぐれます。既に信嶺が寝返っているのでは無いかとも考えられます。」

「もしそれが本当なら、この滝之沢城も、敵の中に取り残された孤島も同じ。」

「そのとおり、いかに南の要塞とはいえ、高天神城の二の舞。兵糧が絶え、飢えに苦しんだ上に虐殺されることでしょう。」

「河尻秀隆が、岩村口から侵攻したとの知らせも入り申した。また、森長可らの軍は木曽口に入ったとのこと。馬籠峠に小笠原信嶺が兵を出したところで、戦力差はいかんともしがたく簡単に抜かれることでしょう。まして、兵を出していなければ清内路《せいないじ》峠を越え飯田道に出るのは容易。吉岡城とて、松尾城が敵となれば落城は必定。」

「わかっておる。滝之沢城《こ　こ》は、武田の捨て駒よ。こうなれば武士の一道、意地を見せつけ撫で切りにされようでは無いか。たとえ降伏したとて、岩村城の秋山信友殿と同様磔の恥辱を受けるだけじゃ。」

「兄者！お待ちくだされ。武士の意地なれば、信長の前で腹を召し、臓物でも投げつければいいことと。このような意味の無い闘いにご一族や民人を巻き込む必要はございませぬ。」

「なんと。」

「そこで、儂からの願いじゃ。兄者は兵庫助と共に落ち伸びて欲しい。」

「何を申す。」

「戦国の世、何がどう変わるかわからぬが、この戦、勝てる見込みはない。下条一族は元は武田と争うた一族。それが、武田に負けこれまで従って来もうした。兄者は信玄公の妹御を正室に迎え、武田家への恩義もあることだろう。しかし高天神城の闘いでも、岩村城の闘いでも、我ら下条一族はよう戦ってきた。もう、十分恩返しはしたと想われぬか？これ以上義理立てしてして、一族・領民ごと武田の礎となる理《ことわり》などない。ここは、闘わず、織田勢に荷担するのが得策というもの。一族と領民のためにも、受け入れて欲しい。」

「………。」

いつにもまして饒舌な弟の言葉に、信氏は言葉を失っていた。

「ただ返り忠しても、兄者の言うように、信長の事。永年武田の最前線を守り、信長軍と戦ってきた兄者と嫡男兵庫のお命は召し上げられるでしょう。」

「………。」

「そこで、兄者には、兵庫と共に三河に渡って欲しいのじゃ。尾張にも信濃にも逃れられぬとしたら徳川の懐三河に飛び込むのが一番だろう。織田方には、『武田と繋がりの深い、主戦派の兄者をだまして滝之沢城より閉め出した故、我が勢は門を開き、手出しせぬ故ご安心して街道を通られよ。』とそれがしが使者となる。」

「なんと…。」

「闘わずしてこの要害を抜けるのなら、織田もあまり無体なことは申すまい。また、これまで戦での戦功も何も無い儂など鼻にも掛けまい。しかし、兄者がいてはそうもゆかん。謀略を疑われるだけじゃ。下条家にしてみれば、二人が生き延びれば一族の復興も夢ではあるまい。三州黒瀬の鳳来寺を目指して逃げてくれ。鳳来寺は何かと徳川家にゆかりのある寺、徳川との交渉もできよう。」

「それではお主が、逆賊の汚名を着ることになってしまうぞ。」

「なんの、儂一人何を言われようが、かまうことではござらぬ。兄者も徳川殿にお会いになるようなことがあったなら、思う存分、この悪い弟の悪口をお告げください。元々、戦功も何も無い故失うものはございませぬ。」


翌二月六日未明。

下条伊豆守信氏、嫡男兵庫助信正は、三河を目指し、下条九兵衛氏長は、一人川尻軍へ向かった。

二

松姫は久しぶりのゆったりとした朝を迎えた。春が近いとはいえ、山々に囲まれた甲斐の国の朝はまだ暗い。しかしゆっくりと空の白んでくるのが、暗さの中でも感じられた。

松姫が、望月千代と巫女たちに守られ、新府城に戻ったのは、もう夜が明けようとしている頃であった。松姫の拐かしは城をあげての大騒動になっていたので、大手門から城に戻った一行は歓喜の声に迎えられた。

原半左衛門・池谷庄三郎・土谷藤十郎も迎えに出ていた。松姫が馬を降りると、原半左衛門が駆け寄ってきた。

「姫様、姫様‥‥よくご無事で。」

松姫の袖にすがりついて涙を浮かべながら、かすれ声でようやく一言言った。

「爺、心配を掛けた。」

松姫は、半左衛門の手を、袖から外すと、両手で握りしめ、その場にしゃがみこんだ。

「爺、案ずる事は無い。このように、何も無く爺の元へ還ってきたでは無いか。」

松姫の切れ長の目が半左衛門の顔をのぞき込む。

「爺が強く育ててくれた松じゃ。そこらの者には負けぬわ。」

「姫様…。」

「松姫様、原殿。城中で御方様が心配してお待ちです。ささ、城中へ。」

土谷藤十郎が二人を促した。藤十郎も松姫の無事な姿を見てほっと胸をなで下ろしていた。接待役を仰せつかりながら、姫を拐かされるなど失態を犯し、万が一姫の身に何かあれば、腹を切ったところで済まされないところだった。


謁見の間につくと、桂姫と剣持但馬守、そして於登志が皆を待っていた。

謁見の間には、上座に桂姫と松姫が座り、下の座は、上座から見て左に剣持但馬守・土谷藤十郎・原半左衛門・池谷庄三郎達武田家臣と少し離れて於登志が座った。相対して右側には如月十兵衛・望月千代・黒谷の頭領ヌイ・絹香・黒谷のヤマセが並んだ。

「松姫様、ご心配いたしましたぞ…。」

「姉様、ご心痛をおかけいたし申し訳ございません。」

と、突然、黒谷の二人が前に出ると、桂姫と松姫に向かって平伏し、頭を床板にこすりつけた。

「御方様、松姫様このたびは長坂釣閑齋殿からの依頼とはいえ、武田家に仇なすような仕事を請け負い、誠に申し訳なく、お詫びのしようもございませんが、平にお許しのほどを。」

それを見て望月千代もにじり出た。

「御方様、どうか黒谷の衆にお許しを。信玄公の時代、信玄公の目耳として諸国の情報を伝えてきた黒谷衆ですが、勝頼様の代になって全く忘れ去られたような扱いとなり、誰からの請負の忍び仕事もするようになりましたが、武田家にとって強い味方には変わりありありませぬ。」

「姉様、この『松』からもお願いいたします。黒谷衆は私を傷つけたりはいたしませんでした。これからも御味方衆として警護をお願いしたいと想っております。」

平伏する二人。まっすぐ桂姫の目を見つめる望月千代。袖にすがる松姫を交互に見やり、桂姫も、やっとこわばっていた顔に笑みを浮かべた。

「わかり申した。姫がそこまでおっしゃるのなら、今回の拐かしの件は、忘れましょう。」

「はっはー。ありがたく、御礼申しあげます。」

「そこで御方様、折り入って願いの義がございます。」

「なんじゃ十兵衛。」

「そこにおられる於登志殿をお借りいたしたい。」

「於登志を？」

「はい、このたび、拐かしの陽動として、於登志殿も連れ去られました。我らにとって陽動となるのですから、敵にとっても陽動として使えるのでは無いかと。松姫様ご一行は、この先、織田の手の元とは別に、お仲間からも狙われる心配が増えました。そこで、今は亡き信玄公に習い、影武者を仕立ててはどうかと。」

「於登志を松姫様の影武者にしたいということか？」

「さようにございます。」

「於登志、さように申しておるが、お主はいかがじゃ。」

「はい。今回は恐ろしい体験でしたが、姫様のお役に立てる事でしたら、何でもやらせていただきます。」

於登志はそういうと、斜め前に座る池谷庄三郎の横顔をチラッとのぞき見た。

「十兵衛、聞いてのとおりじゃ。於登志は預けよう。ただ、私の願いも聞いて欲しい。半左衛門達には話したのだが、私の一人娘貞姫と小山田信茂殿の娘香具姫二人も同行させて貰いたい。」

「もちろん引き受けさせていただきます。出来ますれば、桂姫様もご一緒していただければなお良いのですが…。」

「それはできません。」

「仕方ありませんな。」

「それでは、これが兄上北条氏照殿への添え状じゃ。万が一の時にお使いくだされ。」

「承知いたしました。於登志殿にもご協力をいただき、礼を申す。」


「で、この先どうするつもりじゃ。」

「於登志殿には、原半左衛門殿と池谷庄三郎殿、それに黒谷衆に付いていていただき、躑躅ヶ崎館に向かっていただきます。松姫とお子達は拙者と巫女達で、入明寺の竜宝殿にお会いして後、郡内の岩殿城へ向かいます。」

「なんと、姫のお世話は儂の役目じゃ。」

「原殿、お気持ちは分かりますが、松姫のお顔は、家臣の中でもあまり知られておりませぬ。於登志殿を姫と偽っても、気がつかないでしょう。しかし、原殿、池谷殿はお名前も顔も武田家の内にも外にも知れ渡っているお方。お二人がご一緒となれば疑う余地が無くなります。一方、こちらは小山田茂信殿の香具姫を岩殿城へお連れするのです。岩殿城でも敵と間違える訳もございませぬ。」

「わかり申した。如月十兵衛殿、望月千代殿、姫様を、松姫様をお頼み申します。」


話しも一段落ついたところで、望月千代が、正式に桂姫に、報告を行った。昨夜ざっとした事は聞いていたが、あらためて聞いて、桂姫は釣閑齋の振る舞いに怒ると共に、そのような奸臣が勝頼様のおそばにいることに不安を抱き、すぐにでも取り押さえるよう望んだが、今の戦況の中で、かえって人心を惑わす事になると、周りの者の説得に、なんとか怒りを抑えられた。

桂姫は、ともかく、松姫が無事に戻られたことを喜び、出立を一日延ばして、疲れた身体を休めるよう促した。それぞれ、あてがわれた部屋にもどり休息をとることとなったが、原半左衛門・池谷庄三郎は、如月十兵衛にまとわりつき、なんとか話しを聞き出そうとしていた。

「十兵衛殿、絹香殿。」

桂姫が、二人を呼び止めた。他の者は仕方なくそれぞれの部屋に戻っていった。

「は。」

十兵衛と絹香が、桂姫の前に座した。

「疲れているだろうが、二人には、頼み事がある…。」

部屋に戻ると、部屋には簡単な朝餉が運ばれた。新府城はいつもの朝の動きを再開していた。一日の休息となり、それぞれが、身体を休めたり、刀の手入れをしたり、木刀を振ったりと静かに過ごしていた。

そして、翌朝。松姫が心地よく目を覚ますと、その気配を察して、侍女が衣装盆をもってやってきた。


「姫様お目覚めで。」

「はい、よく休ませていただきました。」

侍女に手伝ってもらい、身繕いが済んだ頃に、いま一人侍女がやってきた。

「あ、あなたは…。」

「於登志にございます。」

「影をお願いする事となったが、十分気をつけておくれ。」

「はい。大事なお役目をいただき、心して松姫様を演じさせていただきます。」

「落ち着き場所がどこになるか解らぬが、また元気な顔を合そうでは無いか。」

「はい。池谷様がご一緒なので安心してついて行きます。掠われたときにも池谷庄三郎様にお助けいただきました、あの時、池谷様が来てくれなければ…。」

そのときの恐怖が蘇ったのか、視線を落とし、心持ち動作がギクシャクした。

「どうだ、庄三は顔は怖いが、優しかろう。」

「そ、それは:。」

狼狽を見せた於登志に、松姫が面白そうに笑顔を浮かべていた。


一方、桂姫の寝所には、如月十兵衛と絹香が現れていた。

「どうでした、府中は?」

新府城に移り、甲斐の国の府中は移ったはずなのに、古府中と呼ばれるべき、躑躅が崎を府中と呼んでしまうところに、未だ新府城に慣れぬ甲斐人の思いを、この嫁いで数年にもならない桂姫の言葉が現しているようだった。

「ひどい有様です。」

如月十兵衛が答える。脇に控えた絹香も無言の内に頷いていた。


「躑躅ヶ崎館周辺の武家屋敷はすべて取り壊され廃墟と化しています。これは、勝頼殿が臣下の者達の移住促進のために行ったことではございますが。過ぎし日の府中を知るものにとっては寂しい限りでしょう。しかし、廃墟は風景だけのことではございませぬ。いまだ、国人からの人質を住まわせておる躑躅が崎館には、一時穴山梅雪殿が入っておられたが、徳川の侵攻間近との報せに駿河江尻城へ戻られたとの事で、九一色衆が後方支援のために入っております。ただ、穴山氏は証人としてご母堂を残しており、人質のある限りは寝返ったりはしないだろうと楽観されていますが、木曽殿の前例もございますれば確かなことはわかりませぬ。万が一にでも、穴山梅雪殿が裏切るような事態となれば、甲府まで徳川勢を遮るものは誰もいなくなります。九一色衆もその時は、手のひらを返すごとく家康に下ってしまうでしょう。

という状況ですから、彼らは既に、武田の勝ちを信じておりませぬ。いまのところ戦が始まっておらぬ故、自重しているところもありますが、木曽殿の証人（人質）を殺したあたりから様子が変わってきているようです。これで次の証人を殺すようなことになれば、奴らは武田の負けを確信するでしょう。そしたら、奴らは残っている商家や百姓を襲い夜盗・盗賊と変わらぬ存在と化してしまうものと思われます。」

「武田の威徳は、どうなってしまったのでしょうか？」

「信玄殿は、金山という財政的裏付けの中、領地に攻め込む者あらば、たちまち騎馬軍団を、必要なところに必要なだけ送っていました。国境を守る国人たちも、いつも後詰めを当てにして闘うことができたのです。」

「それが今はできないと…。」

「それは、昨年の高天神城を見捨てたことで国中に知れ渡ってしまいました。それに、過日上杉謙信殿が亡くなって折の上杉家内訌の際には、桂姫様を娶り結ばれた北条との同盟を重んずれば、当然姫様の兄上三郎景虎殿に助勢し景虎殿を上杉の跡目とすべきでした。ところが、上杉景勝と直江兼続の奸計にのり、一万両という金で、三郎殿とそのお子を見殺しにされました。信頼を金で転ぶような大将は、家臣から見放されて当然。姫様にはきつい物言いですが、勝頼殿は自ら名を下げ敵を作っているようなものです。今更詮ないことではありますが、あの時、北条との同盟を守り、三郎殿に援軍を送っていれば、現状は大きく変わっていたはずです。北条が同盟国として東に憂いなく、小田原が駿河に打って出れば、徳川はそれで手一杯、武田は織田だけを相手すればよかったのです。そのうえ、上杉勢の助力も当てにできたはずです。」

「申し訳ありませぬ。夫勝頼殿が世の流れを見誤ったのです。しかし、私は勝頼が妻、誤った道であろうと最後までお供するしかござりませぬ。」

「姫様のお気持ちの強さはわかり申した、しかし於登志殿を古府中へ向かわせるのはいかがかと。」

「いや、武田の者が逃れていくのに、躑躅ヶ崎館を尋ねぬ方が不審がられる。影としては是非とも躑躅が崎館に立ち寄らざるを得ないでしょう。松姫達は、とりあえず入明寺の竜宝殿にお会いいただき、そのうえで岩殿城を目指していただきます。万が一の場合はその先八王子の北条氏照殿を頼ってくださればなんとかなるでしょう。」

三

旅支度を調え、松姫が謁見の間へ出向くと、すでに皆が顔をそろえて待っていた。松姫も若侍の出で立ちは変わらぬが、より質素な目立たぬものに替わっていた。

松姫と共にいくのは、如月十兵衛、高遠からの仁科勝五郎・督姫。そして、新たに加わる武田勝頼の娘貞姫と小山田信茂の養女香具姫。あとは数名の護衛と侍女、荷物運びの人足、そして絹香をはじめとする走り巫女五名だった。

そして、影となる於登志と共にするのが原半左衛門・池谷庄三郎と数名の護衛と侍女、荷物運びの人足。それに黒谷忍軍。

「於登志殿。」

松姫が菅笠をかかえ所在なげに立っている於登志に声を掛けた。地味な女物の着物の裾をはしょり、藤色の蹴出しで素足を隠している於登志の出で立ちこそ、姫君の旅支度に見えた。

「影などという役割を押しつけて、本当に申し訳ござらぬ。道中何も無いよう、安全を祈ります。」

「ありがとうございます。」

「松姫様。影武者は法性院様（信玄）も必ず戦には同行されておりました。戦では通常のことでございます。今回の旅は松姫様にとっては『戦』も同じでござる。」

「古府中の状況もよくわからぬゆえ、姫様。まずは、この半左衛門と池谷庄三郎が於登志殿を松姫様としてお守りしながら古府中に参りたいと存じます。古府中に入っている九一色衆にも、それがしや庄三郎を見知った者はおるでしょうが、松姫様を見知っている者はまずおりますまい。後の繋ぎは忍びの衆にお願いするつもりです。」

「もし、九一色衆が寝返るようなことがあらば…」

「そのときは、同行する黒谷の衆と共に血路を開きます。」

松姫も、武田家の重鎮長坂釣閑齋にとらわれの身となったばかりである。見知らぬ九一色衆をただ信頼して、懐に飛び込むわけにはいかなかった。

「で、私は…。」

「於登志殿一行が大手門より出立する中、搦め手門より崖を下り、釜無川の舟下り。と、先日のカガリの拐かし手法をまねさせていただきます。」

如月十兵衛が一膝前に出て、説明を始めた。

「小さな姫御たちもその方が良いかと。府中の外れで舟を下り、竜宝（海野信親）殿のおられる入明寺を目指します。それから先は、古府中の様子次第ということで…。」

それから、間もなく新府城大手門より、池谷庄三郎を先頭に総勢二十人ほどの行列が甲州街道を古府中に向け歩み始めた。菅笠で顔を隠した於登志を中心に囲むように進む行列は、紛れもなく松姫様一行に見えた。於登志は、笠の中から、前をゆく池谷庄三郎の力強い後ろ姿を見つめていた。彼がいてくれれば安心だ、と視線を道に落とし歩く事に集中した。

同じ時刻、ひっそりと如月十兵衛を先頭に城の搦め手口より松姫の一行が出立した。急な崖道を下り釜無川の岸に出る。小さな姫様達は巫女達に背負われていた。

岸には既に五艘の小舟が繫がれ、一行を待っていた。素早く五艘に分かれて岸を離れる。先頭を行く如月十兵衛・絹香と巫女二人の舟に続き、松姫と五人のお子を乗せた舟がひとかたまりに、他の者の三艘が少し離れてひとかたまりとなっていた。とりあえず岸を離れた事で、周囲に気を配りながらも、ほっと絹香に笑顔を見せる十兵衛だった。街道を離れたことと、川を下ることの目立ちようとどちらが正解だったのか、自らに問いかけながら流れゆく両岸、流れの先を見つめる十兵衛だった。

四

河尻備前守秀隆は、闘わずして、武田軍南の要害と呼ばれる「滝之沢城」を手に入れた。この城を落とすにあたり自軍の将兵をどれだけ失うのかと思い煩っていたのが嘘のようであった。一名の負傷者も出さずこの要害を抜けることができた。

先行して百名あまりの兵を城に入れると、河尻秀隆は残りの兵を動かし、治部坂峠を越え、浪合まで進んで陣を張った。

森長可・団忠正ら木曽口から回り込んだ一軍も、なんの抵抗も受けず妻籠に陣を張った。

伊那街道への門は開かれた。

原半左衛門・池谷庄三郎ら一行は、仰々しく於登志を中に歩を進めていた。できるだけ釜無川から離れた街道を選んではいるが、新府城からは、たかだか五里あまりの距離である。基本的に甲府盆地に下っていく道なので心持ち足も速くなる。吹く風もどことなく春を感じさせていた。

『庄三さま…。』

於登志は、笠を取り巻いた薄衣ごしに池谷庄三郎の背中を見つめ、小さくつぶやいていた。と、その庄三郎がピタッと足を止めた。

「止まれぃ。」

同時に原半左衛門の渋い声が響いた。一行の足が止まる。目の前には橋があった。頑丈な、幾度となく武田騎馬軍団が渡ったであろう大きな橋であった。川は荒川。これを渡れば古府中は目の前だった。

その橋の向こう岸に五～六人の雑兵がたむろしていた。興味深げにこちらを見ている。

「原殿、しばし。」

池谷庄三郎が一言言うと、伴の者から長柄巻をうけとり、それを担いで橋を渡り始めた。悠然と歩き始めた庄三郎の迫力に押されたように雑兵達は一瞬ざわめいたが、彼らの後ろから、一応侍らしい出で立ちの若者が現れ、一歩前に出た。それなりの具足に身を包んでいるものの酷薄そうな表情に浮かんだ笑みは、名のある者とは思えなかった。

三間ほど残して庄三郎は立ち止まった。

「拙者、九一色衆筧真之介。殿様の命により古府中の警護に当たる者。貴殿のお名前と用向きをお聞かせ願いたい。」

「それがし、諏訪頼豊様家臣池谷庄三郎。武田の御館様の命により、武田信玄公ご息女であり、御館様妹御であられる松姫様を、前線より躑躅が崎のお屋敷にお連れ申すところ。」

「おう、あの名高い『長柄の庄三』殿であられるか。これはこれは失礼いたした。立ち止まらせいたし申し訳ござらぬ。ささ、躑躅が崎にご案内つかまつろう。」

「それでは、姫様方をお連れいたそう。」

そういうと、池谷庄三郎はくるりと向きを変え、一向に向かい橋を戻っていった。

「あないしてくれるそうだが、ご油断無きよう。」


「船を岸へ。」

先頭の舟で川下を見つめていた十兵衛が、船頭と後に続く舟に合図をした。五艘の舟が静かに川岸の葦の枯れ草の陰に隠れた。

十兵衛の目の先に人影が見えた。数人の雑兵と町民の娘のようだった。悲鳴が聞こえてきた。事態は明白だった。しかし、どうしたものかと十兵衛は一瞬迷った。

「十兵衛！」

振り向くと、立ち上がった松姫が娘に襲いかかる雑兵達を顔色を変えてにらみ付けていた。

「絹香！」

十兵衛は岸に飛び移りながら、絹香に声を掛けた。すでに、絹香も岸へと飛んでいた。

二人は岸辺を駆けた。

男が三人。足軽風な半端物だ。直接の戦場では無く後衛の後衛、古府中の警備など、末端まで規律が保たれる訳は無い。ましてや、本隊に問題があれば端派者はいわずもがな。

「斬る！」

十兵衛が叫んだ。追い払って、松姫の足取りを知られては困る。関わるからには斬らねばならなかった。

男達は早くも村娘を押し倒したようだ。ようやく緑を見せ始めた河原に、足軽達もしゃがみ込んだ。娘の悲鳴が急を告げている。男達の卑猥な笑い声と囃子声が聞こえてくる。娘の悲鳴に、より興奮を高めているようだった。十兵衛達は、あと十間ほどに近づいた。

「シャッ！」

絹香の指先が一瞬きらめいた。

「ぎやっ！」

娘の両腕を押さえていた男が、急に背をそらせ硬直した。男の耳の後ろに三寸ばかりの角が生えていた。男は押さえていた娘の上に倒れ込んだ。娘の足を開きのし掛かろうとしていた男が、倒れた男をあしざまに罵る。邪魔をされたと怒っている。が、頭の後ろに流れる血と金属の角に驚き、上体を上げ辺りを見回す。刀に手を掛けながら走り寄る十兵衛と、その脇を劣らぬ早さで走る絹香を認め、慌てて刀を拾い立ち上がる。外されたふんどしから男のものが突き出ていた。男が刀の鞘を払い、駆け寄る十兵衛にうちかかった。十兵衛は切っ先を見切ると男の脇を駆け抜けた。鈍い感触を受けて脇胴を斬り裂いた。大量の血と腸があふれ出てきた。男は呆然とあふれ出す臓物を見下ろしながら倒れていった。

絹香は大きく飛び上がり、一回転して娘達を飛び越え、三人目の男の背に張り付くように着地した。男は、急な展開について行けず、片手を娘のはだけた胸乳を握ったまま凍り付いていた。絹香は男の髷を引き、後ろに倒しながら懐剣を男の首に走らせた。吹き出す男の血が娘にかからぬよう瞬間に気を配ったようだった。

村娘が放心状態で、急な展開に驚いていた。自分を襲った危機と、目の前で繰り広げられた惨劇がうまく繋がらないようだった。起きあがった胸元も裾も直すことも忘れている。十兵衛が見下ろすと無防備に、乱れた胸元、内股が覗いていた。十兵衛はその脂ののった柔らかそうな内股を凝視した。

それを見た絹香が、

「十兵衛殿。」

と、たしなめるように言うと、手早く娘の裾をなおし十兵衛を睨んだ。

十兵衛は、一瞬感じた違和感を忘れ、娘から離れると、腹を裂かれてもがいている男の背中から心臓を貫き、とどめを刺した。そのあと、再び村娘の顔を見つめたが、何の変哲も無い村娘のように見えた。絹香が落ち着かせようと、娘を抱えながら話しかけていた。

十兵衛は、倒れた男の着物で刀をぬぐい鞘に収めると、絹香が最初に飛ばした三寸ばかりの針を引き抜き、男の汚れた着物で血を拭き取っていた。痕跡を残したくなかった。

「十兵衛。」

松姫たちの舟が寄ってきた。

「娘は無事か？」

松姫が舟を下りて、河原に降り立った。

「姫、娘は大丈夫にござる。こちらは、ひどい有様故お舟でお待ちくだされ。」

「かまわぬ。わらわとて武田信玄が娘、戦場《いくさば》に尻込みなどせぬわ。」

松姫はかまわず娘に近寄ってきた。娘が焦点の合わないような目で近づく姫を見ていた。

「松姫様！」

十兵衛の言葉に反応したのは、姫では無く、娘の方だった。松姫という言葉に、急に目の焦点が合ったように、近寄る姫を見つめた。

「：松姫：。」

娘がすくっと立ち上がった。着物のはだけも気にしていないようだった。

「なっ：。」

驚く松姫に、素早く数歩近寄るといつの間に手にしたのか、娘が懐刀を突き出した。と、ガッと音がして懐刀がはたき落とされた。十兵衛が鞘ごと刀を振っていた。そのまま鉄鐺で娘のみぞおちを突く。

「グっ。」

そのまま娘が突っ伏した。

「姫、お怪我は？」

「何事じゃ。」

「この娘、仕掛けられた罠のようです。」

「何者かが娘を操り、雑兵を誘うか何かしたのでしょう。」

「それが、暴漢に襲われる姿に見え、私たちを走らせ、近づく松姫を待っていた。ということでしょう。」

「十兵衛には、分かっておったのか？」

「はっ、おかしいとは察しておりました。」

「何がじゃ。」

「足軽どもが事をなす前に、斬り捨てたのはご覧の通りでした。しかし、守ったはずの女の場所に情交の跡がうかがえました。それにあの人形のような目が：。」

「この娘は、敵か？」

「いや、ただの村娘でしょう。ただ、何者かに操られていただけかと。」

「そうか：。」

「しかし、問題はそこではございませぬ。」

「なんじゃ。」

「このような術を使うとなれば、またもや飛騨者がやってきたのかと。しかも、これまでは、姫を織田信忠に献上することを目的としていました。姫を傷つけることはありませんでした。しかし、今回は明らかに姫のお命を狙っておりました。」

「それは、信忠公が、私の命を狙っているということか？」

「残念ながら。信忠殿は、あの比叡山を焼いた織田信長の倅、可愛さ余って憎さ百倍もありえるかと。」

「で、この娘どうするつもりじゃや。」

「どうするもできませぬ。家に送る余裕はありませぬし。かといって、同行させるわけにも参らぬでしょう。気がついてもなお、姫を狙うやもしれませぬ。このまま気を失っている内に出立するしか無いでしょう。」

五

於登志を松姫として守りながら、原半左衛門達一行は躑躅が崎館に到着した。館とはいえ堀と石垣に囲まれ、外から中はうかがい知れない。簡単な城造りになっていた。

躑躅が崎館は、甲府盆地のはずれ、奥秩父山塊から荒川の支流に流れ出た土砂が堆積した扇状地の奥にあった。ほぼ三方を山に囲まれ天然の要塞といえた。しかも、西に湯村山城、南に一条小山城をそれぞれ半里ばかりの地に配置し、北側にそびえる丸山には、詰城として要害城を設けてあった。支城のない東側は山々が連なり、大笠山・夢見山・愛宕山には普段遊山のための東屋を設け、いざというときにはすぐに砦として利用できるような亭侯と呼ばれる建築物を準備していた。府中そのものが城であり、躑躅が崎館は御主殿のようなものだった。

東側大手門から館に入ると、九一色衆をまとめている内藤肥前守雅明が一行を出迎えた。

「これは、松姫様。お初にお目見えいたす内藤肥前でございます。」

於登志は適当に応えると、後は原半左衛門に対応を任せた。しかし、ゆっくり話す間もなく早馬の知らせが入り、館内は騒然とし、於登志達にとっては、ゆっくり話し合える時間ができた。

早馬は、上原城の勝頼からだった。織田との初戦を南の要害で務めるべき下条一族が家老の策略に落ち、織田に寝返った。ついては、下条の人質である息子の首をはねよとの通達だった。

「木曽の次は下条か。この分なら小笠原信嶺などすぐにでも転がろう。武田は負けだな。」

内藤雅明は九一色衆の主立った者を、御主殿に呼び集め、善後策を練り始めていた。

武田家の不利な状況は加速している。しかし、上野に出張っている真田軍、郡内の小山田軍、それに駿河口の穴山軍と、まだ有力な兵団は残っている。古府中でおかしな動きをしてそれらの軍に攻められたら九一色衆などひとたまりも無い。ここはまだ様子見が肝心だった。


松姫一行は、信玄堤を過ぎてから陸路に上がった。先程の事件の後だったので、如月十兵衛は、古府中を通らず先に進みたかった。しかし、松姫は頑として入明寺に立ち寄る事をあきらめなかった。

幼くして織田信忠と婚約し、戦によって破談となり、武田家に居場所を失った松姫と、本来なら武田家嫡男の廃嫡により二男として家督を継がなくてはならない身で有りながら病気で視力を失い、周囲の期待に応えられなくて自分の居場所を失ってしまった武田信親。互いに通じ合えるものを感じながら、遠く離れて暮らしてきたが、これが最期の機会かも知れないと思うと、どうしても顔を合わせご挨拶がしたかった。

入明寺は武田家と関わりの深い寺であった。

京都の公家であった六条有成卿が、本願寺第八世蓮如上人により得度し、甲州へ下って武田家の庇護のもと開山した寺である。その上、入明寺二代内藤清閑・三代英閑の仲立ちにより、武田晴信の正室として京の三条左大臣従一位公頼卿の息女を迎えている。京を目指す武田信玄の一助としたのである。

この天正十年には、四代栄順が継いでいたが、織田の侵攻を知り、信州海野城より信親（竜宝）を呼び寄せ匿おうとしていた。

松姫一行が到着すると、栄順が迎入れ、松姫一人を竜宝の御前へ案内した。他の者は、旅支度はそのまま一時の休憩となった。

「竜宝兄様。」

「松姫か‥よう参られた。」

竜宝は、目をつぶったまま松姫を見つめていた。見えていないのは解っているが、松姫には竜宝の視線が感じられるようだった。

十七歳で疱瘡にかかり、失明した竜宝は、それより五年後に誕生した松姫の顔は見た事が無かった。うっすらと疱瘡の跡を残す顔は、穏やかに笑みを浮かべていた。

「美人と誉れ高い松姫のお顔を拝見したかったのう。」

「竜宝様も、法衣を纏っていても、武田武士の凛々しさは消えないものですね。」

「そう、いつまでたっても坊主になりきれん。修行が身につかんのじゃ。」

「よろしいのではないでしょうか。兄様は兄様で。」

「しかし、この武田の一大事に、戦働きできんとは情けない。」

「兄様には人を殺させたくない。という御仏のお導きなのでしょう。」

「そう言って貰えると気も休まる。まるで観音様のお言葉のようだ。」

「私が見えたらがっかりなされますよ。」

「それはあるまい。」

「それで、竜宝様。」

「なんだ、急にあらたまって。」

「兄様もご存じの様に、今回の織田・徳川・北条による武田攻めは尋常の事態ではございませぬ。戦力差だけでは無く、木曽義昌殿の謀反に象徴されるように、国衆の武田離れが始まっております。先ほど滝之沢城を守るはずの下条氏の翻意も伝えられてきました。私は数日前まで、高遠の仁科盛信兄様のお城に呼ばれていっておったのですが、情勢の変化に勝五郎様・督姫様お二人を連れて、新府城に逃れて欲しいと兄様より頼まれ出立したのですが、途中織田の忍びに数回にわたり襲われました。なんとか新府城につきましたら、新府城でも危ういと言う事と成り、北の方様より貞姫様・香具姫様も連れて、万が一の場合は北の方様の兄である北条氏照様を頼って八王子の地まで逃れよと頼まれ、旅を続けております。その際北の方様からも言われ、私も願っているのですが、竜宝兄様も共にいってくれわせぬか？」

「ありがとうよ、松姫。北の方様にも礼を言いたいが、そう言うわけにはいかないのだよ。私は目が見えぬ。従って刀を振るい武田のために戦う事は出来ぬ。しかしそうはいっても武田信玄公の二男である儂が、弟四郎勝頼・五郎盛信、十郎信貞達が命がけで甲斐の国を守ろうと戦っている中、四歳の姫達と共に逃げ出すなど決して出来る事ではないし、またしてはならぬ事だ。」

「新府城普請に駆け回っておる土谷藤十郎なる者も、きっとそのように言われるだろうと言っておられた。」

「おお土谷殿とお会いになられたか。」

「はい、誠実そうなお方でした。北の方様からの信頼も厚いようでした。」

「そうであろう。藤十郎が言い当てた様に、私はこの寺に残る。国が滅びる際には武士として腹を切る覚悟じゃ。」

「兄様。」

「もう何も言うな。これでお別れとしよう。小さな姫様達と共に、新しい土地で武田の血を枯れさせないよう、私からもお願いする。」

「わかりました。しかし、兄様にこのようにお会いできて、私の覚悟もしっかりとすわったような気がします。では、お別れを。」

松姫は膝をにじらせ、竜宝と膝をつけるほどにちかよった。

「お手を。」

松姫が竜宝の両手をとって、両手のひらを自分の顔につけさせた。

「このお手で、私の顔を、しっかとお覚えくだされ。」

「良いのか、松姫。」

竜宝の掌と指が、松姫の顔をゆっくり探るように触れていった。

「松姫。泣いておるのか？泣く事は無い。戦場で散るは、武士の習い。この竜宝、いや、海野信親は武田武士として、兄弟達と共に死ぬるのじゃ。目の見えぬようになって、弟たちに後れを取っていた無念をこれで晴らせるのじゃ。だから、笑って別れてくれぬか。なあ松姫。」

「兄様。」

無理に笑う表情を作って見せたが、竜宝の指は笑いを感知したようだった。

「ありがとう、松姫。」

六

大谷十郎太は、九一色衆の中でも半端物であった。家柄が良いわけでも、戦功があるわけでも無かった。しかし、今は二人の小者を連れて一人馬に跨がり、市中警備を命ぜられていた。新府城はだいぶ出来上がってはいたが、府中の町そのものを移すのはまだまだ先のようだ。そもそも、このきな臭い情勢の中、あえて新府城下に移ろうなどと言う者はいないだろう。国を治めるための城では無く、信長軍との戦いに備えた城であることは皆が知っていた。そのために徴用された使役や兵糧など、勝頼に恨みを抱く材料には事欠かなかった。しかし、大谷十郎太にはそれも関わりなきことだった。のんびりと市中を回り、釜無川の土手に上ったのは、特に目的あってのことでは無かった。

「おい。」

大谷は馬を止め、川岸を見つめていた。二人の小者も後から土手を上り、川岸を見ることとなった。川岸にぼーっと立つ娘。それだけならまだしも、娘の周りには斬り倒されたらしい三人の足軽の死体。

土手の三人はその不思議な風景をしばらく見つめてしまった。妙な倒錯感に襲われる風景だった。十郎太は、誘われるように川岸に馬を進めた。現場に近づくと、その凄惨な有様がよく分かった。これを、この娘がやった訳でもあるまい。十郎太は、馬を下りると川に向いている娘の前に回ってみた。乱れた着衣。はだけた胸と内股。華奢に見えた身体に似合わない質感のある乳房が、十郎太の目を奪った。本能的にその乳房を握ろうと右腕が動く。

「まつひめ…。」

「なに！」

十郎太の腕が止まった。乳房から目を離し、娘の顔をまじまじと見つめる。娘と顔を合わせても、その目は十郎太を透かして遠くを見つめているようだった。

「この娘、狂っているのか？」

「まつひめ…。」

『まつひめ…。信玄公ご息女松姫様の事か？この娘、姫様と関わりのある者か？なら、この有様は？』

　この場面、町の警護をしていると言っては、そこらで狼藉を働いている足軽たちが、村娘を襲い、手込めにしているところを、誰か手練れの者が邪魔立てした。そんなところだろう。しかし、手練れの男は、この娘を救うだけ救い、安全な場所へ送るでも無く、ほっぽらかしで、消えてしまったのか？

　十郎太は、この娘に報償の臭いを嗅いだ。なにか曰くがありそうだった。大将に渡せば、何らかの報償にありつけるかもしれない。

「馬を引け。」

　小者が馬を引いて近寄ってくると、大谷十郎太は、名残惜しげに娘の居住まいを直した。

「近くの庄屋に声を掛け、死体を近場の寺にでも運ばせてから戻れ。」

　十郎太は馬に跨がると、娘を小者に持ち上げさせ、自分の前に座らせた。落ちないようにと娘に左手を回したが、指先は肉の感触を楽しむかのように動いていた。


　内藤肥前守雅明は、連れて来られた村娘を前にして混乱を来していた。どう見ても気がふれているようにしか見えない娘。ただ、時折「まつひめ」と呟くことだけが気にかかった。それに、見つかった折、周囲に斬り倒されていたという足軽たち。その状態をどのように読めばいいのだろうか？そもそも、あの松姫様と関わりがあるのだろうか？いくら考えても答えは出なかった。では、いっその事、松姫様にお会わせしてみようか。

内藤肥前守に呼ばれ、松姫（於登志）・原半左衛門、池谷庄三郎の三人が御主殿謁見の間に現れた。武田本拠地の謁見の間。名のある諸将が闊歩したであろうその広間を、いまや九一色衆が自由に使っていた。ただ、さすがに信玄公が座したであろう一段上の座は外している。その席に松姫（於登志）を促し、内藤肥前守は左側の円莫蓙の席にどっかと座り込んだ。原半左衛門、池谷庄三郎がその反対側に座りこむ。

「何のご用かの、肥前殿。」

原半左衛門が、呼び立てられた不本意をあらわにしていた。

「お呼び立ていたし、申し訳ござらぬ。ただ、松姫様にお目通りいただきたい者がおりまして。」

「なんと。それは、何者か！」

「それが、分からぬ故のお願いでござる。」

「なに、誰とも分からぬ者を、姫様にお会わせするというか。」

内藤肥前守が、事のあらましを説明し、半左衛門達が納得する前に、次の間へ声を掛けていた。

「は。」

威勢の良い声が聞こえたかと思うと、襖がザっと開き、大谷十郎太が得意顔で娘一人を引き連れるように現れた。

「大谷十郎太でございます。」

十郎太が座して、形通りの礼をとっていたが、妙に下から覗き込むような目に、於登志は嫌悪感を感じた。ちらっと池谷庄三郎に目をやり、話すときに不器用ではあるが、しっかりと見つめてくる誠実そうな瞳を思い起こした。

　十郎太は、隣に娘を座らせ、今一度、事の顛末を解説した。

「さあ、娘。あちらにおわすが、松姫様じゃ。挨拶をいたせ。」

「まつひめ・・。」

　急に目が覚めたように、心ここにあらずといった仕草をしていた娘の目が、正面に座している於登志を見つめた。と、視野の端にあった、十郎太の脇に置かれた刀を左手に掴み、飛び出すように立ち上がった。

「なっ。」

　一瞬、周りの皆が止まったように見えた。於登志は強い光のように、自分を見つめてくる娘の目の光りに居すくんでしまった。そんな中、池谷庄三郎だけが反応した。脇差しを抜きざまに娘に投げつけた。

　周りの者が気がついたときには、左股に脇差しの刺さった娘が倒れ込むところだった。

「姫様！」

　原半左衛門が、歳に似合わない素早さで、バタバタと於登志の前に駆け寄った。池谷庄三郎も素早く娘に近寄り刀を手にした手首を踏み込み、押さえつけると刀を取り上げた。

「肥前守！」

　原半左衛門が大声で怒鳴りつけた。

「これは、何の企みじゃ！お主、武田信玄公のご息女松姫様のお命を手に掛けようてか！」

内藤肥前守の顔から血の気が引いていくのが見て取れた。同じように大谷十郎太も色を失って固まっている。

原半左衛門の大声に、謁見の間に九一色衆と松姫（於登志）お付きの者が飛び込んできた。みな情景を見て凍り付いた。

池谷庄三郎が、娘の手から刀をもぎ取り、刺さった脇差しを抜き取ると、娘を離した。

娘の着物を真っ赤な血が染めていく。

「誰か、この娘の血止めを。」

九一色衆が、娘を連れて行こうとすると、

「まて、事の真相がはっきりするまで娘は、ここに据え置く。手当はお主らに任せる。」

お付きの者達を向いて池谷庄三郎はきっぱりと言った。九一色衆に不満の声がわいた。

「肥前守！なんとか申せ！」

「お、お待ちを。私にそのような謀反の心など有りはしません。ただ、この娘が松姫様の名だけを呟くものですから、姫様に関わりのおありになるのではと、お目見得を願っただけで。大谷十郎太！お主の企てか！」

内藤肥前守は、さも大谷十郎太の責任のように、十郎太に向かって声を荒げた。

それを見て、池谷庄三郎が、原半左衛門に近寄ると、

「重蔵、ちょっと。」

お付きの者の一人を呼び込んだ。三人で松姫（於登志）の前に片膝を突き、顔を寄せ合ってなにや

ら話し始めた。他の者からは口元も見えず、何を話しているのか分からない状態だった。内藤肥前守・大谷十郎太、九一色衆の者がそれを声も無く、見守っている。ただ、痛さにあえぐ娘の声だけが謁見の間に響いていた。

「釜無河原での一件、松姫様ご一行と何かの関わりのある事だろう。」

池谷庄三郎が静かに言った。

「姫様は？」

「うまく切り抜けた後だろうから、問題はあるまい。」

「で、あの娘どうする。」

「まだ術が解けていないようだ。」

「心を操る術なんてあるのか。」

「ああ、聞いたことがある。黒谷にも似たような術者がいる。今回もついてきておるので後ほどお会わせしよう。」

「では、娘は牢にでも入れておくか。」

そう言い切ると原半左衛門が立ち上がった。

「内藤肥前、娘の素性が分かるまで、牢にでもとどめおけ。大事な手がかりじゃ、決して勝手に害したりしてはならぬぞ。」

「は。娘をひったてい。」

内藤肥前守の言葉に大谷十郎太がまず反応した。娘の後ろに回ると、後ろ小手に縛られた腕を握り力任せに立ち上がらせた。

「ひ。」

娘の小さな悲鳴が十郎太の心をくすぐった。

娘の尻をさすりながら出て行く十郎太を見て、池谷庄三郎が黒谷の重蔵に目配せすると、気配も無く重蔵が部屋を抜け出した。

大谷十郎太は臆面も無く、娘の尻に胸にと手を伸ばし、手を触れたまま別館の座敷牢まで連行した。他の九一色衆もいつもの悪い癖が出たくらいの目でその風景を見ていた。十郎太は、娘と一緒に座敷牢に入り込み、他の衆にその場を離れるよう指示した。

「十郎太様、原殿より、その娘を害するなと、釘を刺されております。」

「別に害することでは無い。いい思いをさせてやろうというのじゃ。それまでやめろとは聞いていないが。」

「しょうが無い。言い出したら聞かないお人じゃ。」

「九一色衆の面汚しよ。」

他の者がいなくなると、十郎太は急に元気になり娘に向かった。焦点も定まらず、ぼーっとしている娘を自分に向かせると、思い切り強くその頬をはたいた。反動で床に転がった娘が、それでも正気づいたのか、えっと言う顔をしてもがきだした。

大谷十郎太が娘の肩を抱き起こし、頬を寄せて呟いた。

「気がついたか？こんなに、きつく縛られ可愛そうに。俺は大谷十郎太という、おまえの味方じゃ。

おまえが悪人でない事は、見れば分かる。」

「これはどうしたのですか。早く縄を解いて、家に帰してください。私は善光寺前に店を構える呉服屋桔梗屋の一人娘で尾佐と申します。」

「それがなぜ、松姫様を狙う。」

「何のことでしょう。私は姫様を狙ったりはしておりませぬ。お得意様に反物をお届けに行く途中、きれいな奥方に声を掛けられて。．．．そこから先は、何も覚えていません．．。」

「それではな。放免にはできん。」

「では、どうすれば．．。」

「分かっておろう。」

大谷十郎太の右手が、尾佐の襟元に差し込まれた。つきたての餅のようなしっとりした感触を楽しんでいる。

『あやつ、鬼畜にも劣る腐り者。』

牢の天井裏では、黒谷の重蔵が大谷の行動に腹を据えかねていた。

「いけません。私は言い交わした相手のいる身。嫁に行けなくなってしまいます。」

「何を申しておる。お主は既に、釜無川で三人の足軽に遊ばれておるでは無いか。」

「嘘！そんなことはありません。」

「何をとぼけておる。」

十郎太は、尾佐の胸から腕を引き抜くと裾をはだけさせ、股間に無理矢理指を差し込んだ。

「きゃ！」

十郎太の指が、尾佐の大切な部分をかき回すと、その指を尾佐の鼻先に突きつけた。

「どうだ、男の臭いが残っているだろう。」

尾佐は、嗅いだことの無い、生臭さに身を震わせた。

「そんな：。」

大谷十郎太は、力の抜けた尾佐の身体を横たえると着物の裾を思い切り広げた。

『糞やろう！』

天井裏の重蔵が懐から一本のクナイを引き抜いた。野郎の頭にぶち込んでやる。

大谷十郎太は自らも袴を脱ぐと着物をはだけて娘にのし掛かっていった。

天井板にポツポツと落ちる血のしずくを見て、重蔵はクナイの刃を握りしめていたことに気づき、右掌に手拭いを巻き付けた。

その短い間に、牢内は淫猥な空気に包まれていた。十郎太が腰を使うと共に淫猥な音が響き、娘のうめき声も聞こえている。そんな中、不思議な声が響いていた。首を娘の肩に置き、腰を動かし続ける十郎太の耳元で娘がお経を唱えるようにしゃべり続けていた。

「松姫を殺せ。松姫を殺せ：。」

十郎太が歓喜の声を上げ、一段と深く腰を押し込んだ。娘の声は続いている。

「松姫を殺せ。松姫を殺せ：。」

十郎太が立ち上がり、身繕いを始めた。と、不思議なことが起こった。立ち上がった十郎太が娘に合わせ、つぶやき始めたのだ。

「松姫を殺せ。松姫を殺せ…。」

重蔵の背中を冷たいものが走った。

「十郎太、終わったか？俺たちに変われ。」

牢の入り口に、九一色衆の者が数名たむろしていた。重蔵は、池谷庄三郎の元へ急いだ。

「何、では、松姫様（於登志）を狙う者が増え続けているということか？」

「そうなります。今、黒谷の夢丸を呼びました。奴なら元の術者にたどり着けるでしょうが、ここはもう危うくなりました。すぐにでも出た方がよろしいでしょう。」

「といってもここを抜け出すのは一苦労だぞ。」

「そんなことは無い。抜けられるよ。」

脇で聞いていた原半左衛門が、話を割った。

「信玄公は、裏の丸山に要害城を築き、躑躅が崎館の詰め城としたのじゃ。万が一の折、詰め城へ遷るための通路は造っておいでじゃ。」

「知っておるのか？」

「知っておるとも、わが原家が担当し、掘らせた通路じゃ。信玄公が出家した折、造られた仏間に隠し通路がある。」

「半左衛門殿、於登志殿達をお連れになり、要害城へお急ぎくだされ。拙者は、黒谷の衆と、術の大本を絶たねばなりませぬ。」

「松姫を殺せ。松姫を殺せ…。」

経でも唱えるように、呟き続けながら、大谷十郎太が謁見の間に戻ってきたのを見て、内藤肥前守は唖然とした。

「先ほどの娘より術を移されたようだ。害するなと言われながら、己の色情を押さえられなかった報いじゃや。」

内藤肥前が振り向くと、いつの間にか、池谷庄三郎が、長柄を片手に殿の通路から姿を見せていた。

「武田信玄公がご息女、松姫様の殺害を画策するとは、言語道断。この肥前が成敗してくれよう。皆の者、十郎太を庭に引き出せ。この信玄公の間を裏切り者の血で汚す事はできん。」

「池谷殿、その男も術にかかっているだけなら術を解けばよろしいのでは。」

肥前守が取りなそうと話しかけたが、重蔵から大谷十郎太の行動を逐一聞かされた池谷庄三郎の耳には届かなかった。

「それほどまでにかばうのは、内藤殿もお仲間と勘ぐってもよろしいと言う事か。」

「と、とんでもない。私には関わりござらぬ。何をしておる、大谷めを庭にひったてい！」

部屋の隅でかたまっていた九一色衆が肥前守の言葉にわっと飛び出してきた。ふらふらしている十郎太を取り囲むと、廊下へ庭へと引っ立てていった。内藤肥前は腰の大刀をスラリと引き抜き、後に続いた。それを見て池谷庄三郎も続く。長廊下の奥では女中達がかたまって、肩を寄せ合いながら、成り行きを見守っていた。庭で放たれた大谷十郎太は顔をにやけさせながら女中達に寄っていく。これでまた、十郎太に犯される女は、術にはまってしまうのだろう。庄三郎は一歩足を進めた。

「きえーっっ！」

気合いと共に、内藤肥前守が刀を走らせた。

「うわっ！」

大谷十郎太が右肩を押さえて飛び退いた。肩を押さえる手と着物の袖に血が滲んだ。

「済まぬ。斬り損ねた。」

「では、拙者が。」

池谷庄三郎が長柄巻を持ち直し、庭へと降り立った。大谷十郎太は、その圧倒的な迫力に押され、数歩後ずさった。池谷は長柄を振りかざし、頭上でまわしはじめた。六尺の刀をつけた長柄が、風車のように、軽々と回っていた。風を切る音が庭に響いた。

「牢でのおまえの行い、つぶさに報告を受けた。縄を打たれ、身動きできぬ女性を犯すとは、武士として、いや、武田家の家臣としてあるまじき行い。成敗してくれよう。」

「いや、それがしは…ギャッ！」

十郎太の両足の甲を二本のクナイが地面に縫い付けた。

「知らないとは言わせねえ。俺は天井裏で全部見ていたんだ。このクナイをおまえの頭にぶち込みたくてな。ガマンするのが辛かったよ。」

屋根の上から、黒谷の重蔵の声がした。

「いやぁ！」

池谷庄三郎が気合いと共に回転する長柄巻を片手に持ち、手を伸ばした。刀は正確に十郎太の首の線を走り、首が飛んだ。と、同時に重蔵のクナイが飛び、回転する首の脳天に突き刺さった。

七

「重蔵、牢へ。」

「はっ。」

重蔵が器用に、長廊下に降り立った。すると、部屋のふすまが音も無く開き、総髪の武士風の男が現れた。

「もぐりの夢丸にございます。」

池谷庄三郎は、小さく頷いただけだった。と、重蔵を先頭に廊下を三人並んで歩き始めた。

牢のある棟に渡る、渡り廊下で、満足げな顔をしながらも、ぼそぼそ呟きながら歩いてくる五～六人の足軽と出会った。

「貴様ら、大谷十郎太の同類か！」

「ほーっ。動けない娘を大勢で、よってたかっていたぶってきたか。」

池谷庄三郎と黒谷の重蔵が、声を荒げて誰何した。

「貴殿達もやりたいのか？好き放題にやれるぜ。」

にやつきながら先頭の足軽が応えた。しかし、その後ろから、小さく呟く声も聞こえていた。

「松姫を殺せ：マツヒメヲ、コロセ：。」

「気に入らんな。武田武士の名を汚す奴らは。庭へ降りろ。」

「何を。」

足軽達が顔色を変えて庭に飛び降りた。腰の脇差しを早くも抜いて構えている。池谷は、長柄をにぎり庭に降りる。五人の足軽が、池谷を取り囲んだ。ただ、戦慣れしていないのか。切っ先が細かに震えていた。

「小者だとて容赦はしないぞ、俺はいま無性に腹立たしいのだ。」

「ええいっ！」

池谷の後ろに位置した者が最初に斬りかかった。池谷は長柄を右脇に抱えるとそのまま後ろへ繰り出した。長柄の刀が、斬りかかろうと振りかぶった男の腹を貫いた。池谷は、そのままくるっと向きを変えると長柄を右に払い、相手の腹から刀を抜いた。その勢いのまま右隣の男を逆袈裟に切り上げる。

「あと三人。」

一瞬で二人を倒され、残りの三人の腰が引けた。少しずつずり下がり、逃げる気配を見せた。

「逃がすわけにはいかんな。九一色衆の名折れじゃ。儂が成敗してくれよう。」

内藤肥前守が、いつの間にか彼らの後ろに立ちふさがっていた。肥前守は三人の部下を連れていた。

「肥前守殿、後はお任せいたす。」

そう言うが早いか池谷庄三郎は素早く廊下に戻り、牢へ急いだ。その後ろでかけ声や金属が辺り合う音が響いていた。


牢の中は、獣の檻の中のような異様に生臭い臭いにあふれていた。村娘は、縛られた腕の周りに着物が集まり、ほとんど全裸という形で足を広げ、庄三郎達が入ってきた事さえ気がつかないようだった。しかし、口だけは経を唱えるように、呟き続けていた。庄三郎は、脇差しを抜いて、娘の腕にかかる縄を断ち切った。背中に固まった腕を身体の下からぬいてやった。重蔵が牢の隅にあった薄い寝具代わりの布を娘にかけてやると、固まった腕の筋肉をもみほぐしながら、もぐりの夢丸に目で合図を送った。

「失礼。」

夢丸が娘の頭側に座り込んだ。正座をして両手を広げ娘の左右のこめかみを包んだ。

「では、はじめさせていただきます。」

夢丸は目を閉じ、深く息を吸いこむと、かがみ込み、額を合わせた。


夢丸の心の中に、意識分身とでも呼ぶような、はっきりとした夢丸の姿が浮かび上がった。夢丸の意識の主体がその分身に注ぎ込まれる。分身夢丸は、目の前にさざ波を立てている海面のような、娘の表層意識を見た。夢丸は大きくダイブし、表層意識に飛び込んだ。多少の衝撃を感じた。身体に重力感覚は無い。水中そのもののような感覚だった。どちらかというと、浮力のような反発力が感じられた。人の意識の表層だ。侵入者を拒むのは当たり前だった。

夢丸は意識の中で一生懸命、海底に潜り込んでいく自分をイメージしていた。一掻き二掻き全裸の自分が水を掻いて潜っていく。

と、水底に光るモノが見えてきた。近づくにつれ、それが、村娘の姿であるのが見えてとれた。ただ、娘の姿を覆っている赤黒い鈍い光を放つ膜があるのも見えた。あれが、娘の心だ。夢丸は、近づいていく。それに従い、娘を取り巻く、おどろおどろしい影が見えてきた。悪鬼を思わせる、異形の顔が、娘の周りを巡っている。と、悪鬼の姿が揺らぎだし、それぞれが男根の形に変形していった。鬼の彫刻を施された男根が身をくねらせて躍る姿がおぞましかった。

それにもまして、おぞましいのは、暗黒であった娘の周囲に、映し出されている、娘の味わった辛い悪夢の映像だった。いや、娘の辛い記憶というより、悪鬼達の喜び記憶なのかも知れなかった。幾匹もの鬼が娘の体をもてあそび犯し続けている。鬼達の記憶が際限のない地獄を娘の心に再生させているのだ。

「やめて！もうやめて！」

娘の言葉もあらがう腕も役には立っていなかった。鬼達の笑い声が谺している。

「降魔の剣！」

夢丸は意識の中で腰に手を当て剣を抜いた。暗黒の娘の意識の中で、黄金に光り輝く剣が姿を現した。夢丸は娘の前に降り立つ。周りの男根の群れは、それぞれ魔物の顔を引きつらせ、邪魔者を拒絶するようごめきながら夢丸に襲いかかってきた。夢丸は攻撃をよけながら、剣を両手で握り込み、頭上に差し上げた。剣が息でもしているように金色の光が強弱に揺らめく。夢丸は気を集中すると飛び上がり剣を振り下ろした。

「ぎゃーっ！」

と叫び声が上がり中央の異形の男根が真っ二つに裂け、溶けるように消えていった。着地した夢丸は、続けて右に左にその他の男根をなぎ払った。なんともいえない悲鳴を残して、男根が消え失せた。終わったかと、大きく息を吐くと、まだ一人だけ裸の巨体を持つ男が残っていた。一段と大きい悪鬼だった。顔に見覚えがあった。

「大谷十郎太か！」

「俺たちの宴を邪魔するのは誰だ。」

残された、大谷十郎太の意識体の悪鬼の形相が、みるみる変化していった。いままで倒した男根のかけらを吸収しているかのように、いくつもの悪鬼の顔と男根が体中に浮かび上がり、己の逸物を握りしめながら近寄ってくる。

「失せろ！」

夢丸の光の剣が振り下ろされた。大谷十郎太のイメージが、光の剣を半身で受け流し、ニタリと笑うと、握りしめた逸物がもぞもぞと巨大化し始めた。男根の巨大化に連れ、手も足も身体も、とりついた悪鬼の顔も男根も、男根そのものとなった十郎太の中に吸い込まれてしまった。もう人としての妄想や悪霊ではない。完全にそれが象徴する獣欲だけの化け物になりはてていた。

巨大な蛇のようなそれが、鎌首を上げて、夢丸のイメージを狙っていた。亀頭の先が割れ、開いた口に鋭い牙が並んでいた。蛇のような赤い目が見つめている。おぞましい姿だった。

「それが、おまえの本性の姿か！」

十郎太の意識体が、答えるように一声うなり声を上げると、夢丸に咬みかかってきた。夢丸が飛び退きながら剣を払った。小さな手応えを感じ、大蛇の鼻先が割れた。

夢丸は体勢を立て直し正眼に構えた剣に意識を集中した。すると、光の剣の光が強くなり、剣が弓に変貌した。夢丸は、光の矢をつがえ、力一杯引くと矢を放った。矢は稲妻のような光を放ちながら、巨大な亀頭を射貫いた。巨大な蛇のような身体を反らせ、無言の悲鳴を辺りにまき散らしながらそれは消滅していった。

とたんに、暗黒であった周囲が黄昏時程度の明るさになった。多少は村娘の心を晴らす事が出来たのだろう。

しかし、悪夢の本体にはたどり着いていない。夢丸は、光り輝く村娘の前に立った。娘は神仏に祈っているように目を閉じ、合掌している。夢丸が娘の肩に手を置こうと右手を出した。

「うわっ！」

雷に打たれたように、夢丸の意識体がはね飛ばされた。すると、娘をスッポリと覆い尽くしていた赤黒い光が凝縮し、娘の姿を覆う赤鬼の姿となった。

「娘を離せ！」

夢丸が念を送る。赤鬼の嘲笑の声が還ってきた。

夢丸は両足を開いて体勢を整えると、赤鬼をにらむ目に力を込め、光の剣で横に一を引いた。

「臨！」

続いて線が重なるように縦に剣を引き、

「兵！」

同じ動作を続けながら、

「闘！者！皆！陣！列！在！前！」

と、九字を切った。

赤鬼のうなり声とともに赤鬼の身体にひびが走った。一部が欠け落ち、そこから光り輝く娘の右腕が姿を現した。夢丸はその手を両手で掴み、赤鬼から引き出そうとする。と、娘と手を握った瞬間、夢丸の頭に、娘の心が走り回って画像を見せた。

娘は善光寺前の呉服商山形屋の一人娘尾佐。今日は仕立て上がった呉服を届けに町外れの商家へ手代の者を連れて向かった。ほんの、一里ばかりの道のりだし、古府中の中である事は変わらなかった。武田の諸将が新府城に遷り、柄の悪い九一色衆が町にたむろしていても、信玄公のお膝元の治安がそれほど酷くはならないだろうと高をくくっていた。

しかし、届け物の帰り道、尾佐は一人の女性に声を掛けられた。妙に色気のあるその旅姿の女性は、不思議と警戒心を呼び覚ます事も無く、尾佐の連れとなっていた。

しかし、神社の脇を通りかかった折、急な腹痛を訴え座り込んでしまった。社の中に女を寝かせ、尾佐が看病で残り、手代の者を近くの農家に走らせた。尾佐は腹痛を訴える女の着物の帯を解かせ、少しでも楽になれればと、動き回っていた。と、急に足首を握られ、床に引き倒されてしまった。起き上がろうと上半身を上げたとき、女の着物の裾が割れ、股間が覗いている事に気づいた。女では無かった。女にないものが裾を割って突き出ていた。女に襲われている。尾佐の頭は混乱し、助けを呼ぶ声もか弱かった。

『美女丸。美女丸。大丈夫か。』

その時一瞬娘とは違った思考が夢丸の心をかすった。一瞬の風景だった。

躑躅ヶ崎を見下ろす丘の上、小さな東屋の床に小さなたき火を見つめて何やら呪文を呟く男とそれを見守るもう一人の男。小さな炎の中に尾佐の顔が浮かんでいる。

「重蔵。見付けたぞ。敵の本体だ。」

牢屋の中、尾佐の額に己の額をくっつけ、夢潜りを行っている夢丸が、側に立つ黒谷の重蔵に語りかけていた。

「躑躅が崎を見下ろす山の峰に建つ東屋だ。」

「嶺の東屋？愛宕山か？」

「そのようだ。」

「愛宕山だ！」

重蔵は、一声叫ぶと、牢を走り出ていった。牢の外で待機していた二人もその後を追った。

愛宕山。亭侯。

遊山で山歩きをするときの小さな東屋が、尾根に置かれていた。しかし、その脇には十尺ほどの物見櫓が建ててあり、東側の斜面には板塀と、簡単な掘り割りが掘られていた。躑躅が崎館の東の支城の代わりとなる守りであった。東の敵は、関東の北条。東からの攻撃はまず考えられないが、万が一の備えの砦だった。

その東屋の中央で小さな火をたいて、炎に見入る者がいた。着物は女物のようであった。しかし、尾佐の夢の中で尾佐を最初にいたぶっていた女男だった。獣の皮を纏ったもう一人の男が東屋に入ってきた。小さなたき火のチロチロした炎でもぼんやり東屋の中を照らし、漆黒の闇となっている山と、新月の空のなかでは、遠くからでも見える事だろう。

いままで無言の内に術に入り込んでいた術者であったが、少し前から、なにやら苦しげな声を発するようになってきた。獣の皮を纏った男が、肩に手を置き小さく揺すった。

「美女丸。美女丸。大丈夫か？時間がかかりすぎているぞ、戻れ。」

術者は、飛騨の美女丸。脇にいるのが、飛騨の十文字。

「ギャア！」

美女丸が急にのけぞった。十文字が後ろから支える。はだけた着物の胸元に刀傷が走っていた。一部血が吹き出ている。

「やられたのか、美女丸。」

美女丸の「忍法　夢傀儡」。自分の心を相手の心に同調させ、相手の心に忍び込み、相手の心に命令を埋め込み己の自在に操る術であった。しかし、あまりに長く深く相手の心に潜り込んでしまうと、相手の心の中に美女丸の実体化が進む。実体化が進むと、相手の夢と美女丸の現実が同調してしまう。それが強まると、夢の中で受けた傷が、現実になってしまうのだ。

「ん。」

突然、東屋が白いもやのような煙に包まれた。煙筒をたかれたようだった。

十文字は美女丸を東屋の奥に押し込むと、耳を澄ませながら東屋を出た。風上からしゅーっという煙を吹き出す音がしていた。

「一文字！」

十文字が叫び、右手を払うと、五つの十字手裏剣が、横一列に飛んだ。ザッ、ザッと草を薙ぐ音の後、キーンと金属に当たった音がした。刀ではじかれたのだろう。十文字は東屋の屋根に飛び上がりながら、金属音のしたあたりに、両手を振るった。左手を縦に、右手を横に払いながらそれぞれ五つの手裏剣を投げた。

「飛騨・十文字打ち。」

十文字は手応えを感じた。やったか？

「グッ。」

十文字の胸と腹に、十字手裏剣が食い込んだ。

「武田忍法　やまびこ。」

もやが薄れ、東屋の下に立つ、白い忍び装束の男が見えた。黒谷の重蔵だった。

「十文字！」

再び、十文字に広がった手裏剣が投げられた。重蔵は身体を横にずらし、横端の二つの手裏剣に身をさらした、と、手裏剣を受け止めたのかどうしたのか、手を振ると、今度は二枚の手裏剣は、屋根の上の十文字に戻ってきた。しかし、今度は十文字も身体を反らせ手裏剣を外した。

「グッ。」

いつの間に現れたのか、十文字の脇、屋根の上に、いま一人白い忍び装束の者が立ち、横に構えた刀を、十文字の脇腹に付き通していた。

「ちっ！」

十文字は忍び装束の首を左腕に抱えると、そのまま重蔵の立つ方へ屋根を飛び降りた。

何かを感じた重蔵は、その場を飛び退いて草むらに這いつくばった。と、突然大音響と共に東屋の屋根が吹き飛んだ。十文字ともう一人も跡形も無かった。

「微塵の術か…。」

「ウウウウ…。」

重蔵が立ち上がって東屋の名残をのぞき込むと、壁際の隅に、あでやかな商売女と言った風な出で立ちの女が横たわっていた。襟元に血が滲んでいた。身動きしようともがいているが、動けない傷を負っているのだろう。

「これ、娘、いかがいたした。」

重蔵は、東屋を回り、入り口から踏み込んだ。微塵となった二人分の身体が、そこら中に散っていた。その地獄のような有様の中で、美女といえるほどの女が唸っている姿が哀れだった。

「爆発にやられたか？」

重蔵は駆け寄って、起き上がろうとしている美女の肩に手を添えた。重蔵は夢丸の見た風景はみていなかった。

「わっ。」

瞬間、殺気を感じ、重蔵は身体を離そうとしたが遅かった。起き上がった美女の右手に握られたクナイが重蔵の脇腹に突き通っていた。

「貴様、飛騨者か？」

「飛騨の美女丸。ぬかったわ。ついつい、あの娘に深入りしすぎた。グワッ。」

美女丸の胸に新しい傷が走った。

「夢丸。やったな。」

美女丸が、再び倒れ込んだのを見て、

「だが、俺もやられたよ。毒が塗ってあったようだな。」

重蔵はしびれていく両手を見つめながら、美女丸の脇にたおれこんでいった。

八

松姫一行は、入明寺を早々に退いた。巫女達が周囲を偵察する中、出来るだけ古府中市街を離れ笛吹川近くを進んでいった。

松姫も止まらぬ涙を袖で隠しながら寺に別れを告げた。しかし、今回の逃避行に、しっかりとした目標を見据えた。兄様は、武田の武士を貫くという。なら、私は、武田の血脈を守り抜くために、武田の女を貫こう。幼い姫達の母となり育て上げてみせる。

巫女達の導きにより、古府中警備の者と顔を合わせる事も無く進めたが、数度迂回を繰り返したため、結局、古府中より東へ三里ほどの栗原の宿場まで来た頃には、夕闇も迫っていた。運良くこの宿の外れには、武田家と縁の深い「開桃寺」という尼寺があった。

この寺を永徳二年（一三八二）創建したのは、甲斐武田氏第十一代武田刑部大輔信成の四男栗原重郎武続と言われているが、彼の死後は、武田家の重臣の姫達が尼僧となって守ってきたと言われている。

所謂「清和源氏」は、清和天皇の孫『源経基』を発端とする。その三代後『源頼義』の嫡男（八幡太郎）義家が、鎌倉幕府を開いた『頼朝』へと続き、三男（新羅三郎）義光が武田信玄へと続く甲斐源氏の初代とされている。ちなみに勝頼が第二十代である。

そんな武田家に縁の深い、尼寺の門をくぐり案内を頼んだところに、爆発音が響いた。十兵衛が庭に戻り周囲を見渡すと善光寺の先に見える尾根に白い煙が広がっていた。小さな炎も見える。

「十兵衛！何事じゃ！」

松姫が、絹香に押さえられながらも身を乗り出して来た。

「躑躅が崎の愛宕山辺りで、何か爆薬が使われたようです。池谷殿達かも知れません。飛騨忍びとの闘いでしょう。」

「応援に行かなくて良いのか？」

「応援など行ったら、かえって池谷殿にしかられましょう。それに、こちらの居場所を教える事になってしまう恐れもあります。黒谷衆もついていますので、おくれはとりますまい。彼らを信じましょう。」


武田勝頼は、鳥居峠の闘いに敗れ、上野で北条に備えていた真田勢も呼び寄せた。到着すれば二万の軍勢となり、伊那街道を戦い抜いて諏訪にたどり着くであろう織田勢と互角に近い軍勢となるだろう。そのうえ、去る天正六年の越後内訌の折、大きな貸しを残した上杉景勝に後詰めの依頼も出した。上杉勢が加われば織田勢に負ける事はあるまい。そう信じて、諏訪上原城の陣中、朝晩の軍議を重ねていた。

そんな中、第一防衛戦と考えていた滝乃沢城の下条氏が城を開け放し、一戦も交える事無く織田軍を通してしまったという、とんでもない知らせが入った。そして、それを聞いた、松尾城の小笠原信嶺が木曽口の守りにつけた部隊を城に戻し、籠城の構えを見せた。そのため、三州街道を難なく北上してくる河尻秀隆の部隊と木曽口から回り込んできた森長可・団忠正の部隊が、飯田城を前に無傷で集結することとなった。それを見て、とても勝ち目のない事に気づき、十二日には、小笠原信嶺は信長に下った。大島城に入った武田信玄公の弟逍遥軒信綱の娘を正室としている信嶺が武田を裏切る事になろうとはまたも勝頼にとって信じられない事態だった。

勝頼は、伊那防衛戦に不安を抱き、増援部隊を送ろうと考えた。しかし、遠山・木曽軍が鳥居峠から経が岳を回り込み伊那谷に攻め込む気配を見せた。峠を下れば、春日河内守昌吉のこもる春日城に当たる。春日城は、天竜川の段丘の端に造られた城で、伊那街道側からの守りは堅いが、背にした山からの攻撃には弱い。春日城を落とせば目の前が高遠城。

高遠城は伊那街道最後の守りだった。もしここを落とされたら、伊那各城と武田本隊は分断され、作戦も何も無くなってしまう。そこで、後詰めの部隊は、木曽・遠山軍に当てられたが、木曽・遠山軍の動きは陽動作戦だった。しかし、後詰め部隊は先に進む事無く、高遠城の応援部隊となってしまった。

九

この陽動作戦の裏では、木曽谷の織田本隊ともいえる滝川一益の軍が木曽峠を越え、飯田城の背後を狙っていた。また、飯田周辺の村民は、長年にわたる勝頼の過酷な年貢の取り立てと、残虐な仕置きに嫌気がさし、村に火を放ち織田方に走ってしまった。周辺の百姓を敵に回しては戦えないと、飯田城の武田逍遥軒も高遠城へ逃げてしまい、城兵もちりぢりに逃げ散ってしまった。

栗原、開桃寺。

「十兵衛、済まぬのう。」

開桃寺の書院にかくまわれている松姫が、訪れた如月十兵衛に頭を下げた。松姫は尼の衣を着込み右足を投げ出して座っている。その右足首は痛々しく晒しを裂いた布で固定されていた。

「姫様、お気を使わぬよう。四・五日はゆっくりされ、足をお労りください。この先どれだけ歩く事になるかわからぬのですから。」

松姫は、杖突峠で襲撃を受けた際、掠われかけて馬から飛び降り、右足首をくじいていた。しかし、気丈な姫は痛さをこらえてその先の旅を続けていたが、古府中を通り抜ける道がきつかったようで、栗原の開桃寺にたどり着いて一安心すると歩けなくなってしまった。幸い同行していた望月千代にそのほうの心得が有り、手当は済んだが、五・六日の逗留をよぎなくされてしまった。

ただ、開桃寺は尼寺であったので、松姫と五人の子ども、望月千代と巫女達が残り、十兵衛と数名の男は近くの寺に泊まる事とした。

しかし、開桃寺の警備にぬかりはなかった。

廊下を走る小さな足音がした。十兵衛は気を探ったが、何の問題も無いと、松姫との話を続けた。

「とりあえず、於登志殿が、敵の目を引き寄せてくれているようです。」

十兵衛の後ろで襖が滑った。十兵衛は気にもとめない。

「じゅーべー。」

舌っ足らずな声を上げ、小さな影が、十兵衛の背中にとりついた。仁科盛信の息女督姫だった。貞姫・香具姫と三人の姫の中で督姫がなぜか妙に十兵衛になついている。子どもを持った事の無い十兵衛も、いやな顔一つせず、督姫がお気に入りのようですね。」

「督姫様は、十兵衛がお気に入りのようですね。」

松姫が楽しげに笑っていた。

「姫様、どういたしました？」

「兄上が木刀ばかり振り回していて、私と遊んでくれないの。」

「勝五郎様ですか。幼いとはいえ武士のお子ですから、それも、仁科盛信様のお子ですから、剣術の稽古は邪魔する訳にはいきませんのう。」

「でも：。」

「しかたありませんなあ。では、松姫様、のちほど。」

十兵衛は立ち上がり、すっと督姫を抱え上げた。

「それで、勝五郎様はどこにおられるのじゃ。」

「裏庭じゃ。」

督姫は十兵衛に抱えられ、キャッキャッとはしゃいでいる。十兵衛は、四歳の姫のあどけなさが、置かれている緊張した状況の中で不思議にここちよかった。廊下を尼姿の絹香がやってきた。

「まあ、十兵衛様、お似合いで。督姫様、良い遊び相手が出来てよろしいですね。」

「こら絹香、茶化すでない。」

すれ違いざまに、絹香の尻を叩き先を急ぐ。

絹香は小さく飛び跳ね、肩を振るわせていた。

十兵衛が本堂に近づくと、小さな気合いと、木を叩く音が響いてきた。本堂の濡れ縁を回り込むと、仁科勝五郎が枝振りの良い松の枝に薪を吊るし、気合いを上げて木刀を振っていた。

「勝五郎様。勝五郎様。この場所で剣術の稽古はおやめくだされ。」

十兵衛が少しきつめの口調で声を掛けた。えっという風に、勝五郎の動作が止まり、不満げに振り向いた。

「私は、武田二十四将の一人仁科盛信が嫡男仁科勝五郎にございます。いつ何時も、父に引けをとらぬ武将になるべく精進をしております。剣の稽古は、その一にございます。」

十兵衛は左手に督姫を抱えたまま、右手で頭を掻いた。

「勝五郎様、私たちは今、敵から身を隠しておるのです。それも、尼寺に。尼寺の本堂裏で気合いの声や木刀で薪を叩く音がするのはおかしいでしょう。誰かが耳にして、敵方に知られないとも限りませぬ。ここは、しばらくのご辛抱を。」

「解った。ただ十兵衛、このお家存亡の危機に、なぜ私は逃げ回らなくてはならぬのじゃ。なぜ戦場で父上と共に戦かえんのじゃ。」

「それは致し方がございません。」

「なぜじゃ。」

「まだ、元服前の幼子でありますゆえ。気力も体力も大人にかないませぬ。刀を振り回し何刻も何日も戦う事は出来ませせぬ。お急ぎめさるな。」

「刀を持つには早すぎるというか。十兵衛、刀を貸してみよ。みごと振り回してみせるぞ。」

「仕方ありませぬの。それでは、儂の刀を持ってみますか。」

十兵衛は、頭を掻き掻き抱えていた督姫を濡れ縁に降ろすと、庭に降り立った。そして、腰の大刀を鞘ごと抜き出すと、左手で鞘のまま、勝五郎に差し出した。勝五郎は、何でも無いと言うばかりに片手で刀を受け取ると、腰に手挟んだ。十兵衛はそれを見てスラリと脇差しを抜いた。

「刀をお抜きなされ。」

勝五郎は、やっと、という感じで白刃を抜いた。

「それでは、正眼に構えて。」

静かに声を掛けると、自分も脇差しを正眼に構えた。

「私は若を斬ったりはしませんが、若は真剣勝負と思ってかかってこられい。刀は鉄の塊、斬らぬと言っても、嶺で叩かれるだけでも骨の一本や二本折れるやも知れませせぬ。」

「わかっておる。」

十兵衛にしてみれば十一歳の子どもとの対決など遊びも同じ事だった。かといって、いい加減に対峙する訳にはいかない。下手に隙きを見せて怪我をする事は十分ありうる。打ちかからないとしても、本気で守らなければならないのだ。その本気が、切っ先から発せられた。

勝五郎は、実戦の経験は無かった。真剣を握っての稽古もした事は無い。初めて握る真剣の重さを両手に感じ、その刃に浮かぶ妖気にも似た不穏な感じと、十兵衛の無言に構えた刀の切っ先から感じるプレッシャーに身体を押さえつけられたようだった。十兵衛が切り返してくる事は無い。それは解っていた。しかし、勝五郎は動けなかった。相手の切っ先から目を離す事が出来ない。打ちかかるなどとんでもなかった。

これが、斬り合いかと思う。しかし、そう簡単に負けを認める事はできない。勝五郎も十一歳なりの意地をもっていた。

半時ばかり二人のにらみ合いは続いた。督姫は動きの無い試合に見飽きて、書院の方へ戻って行ってしまった。いつの間にか勝五郎の額には汗が浮かび、構えた太刀の切っ先が微妙にゆれている。勝五郎は、ずっしりと肩に掛かる太刀の重さを実感していた。太刀とはこのように重い物だったのかと、今さらのように実感していた。木刀を振るっての稽古では思いも寄らなかった。構えている太刀を支えているのがやっとだった。もう、振りかぶる事も出来ない。

「勝五郎殿、いかがですか。真剣とは、そのように重たい物でござる。また、合戦ともなれば・具足甲冑・兜と何貫も身に纏わなくてはなりませぬ。十五・六歳にもなれば、身体はできあがり、良き若武者となられるであろうが、今は、まだ無理とおあきらめください。」

十兵衛は、そっと脇差しを鞘に収めた。勝五郎もほっとしたように、切っ先を下げた。十兵衛が回り込んで太刀を受け取り、鞘に戻す。

開桃寺での休息は、特に何も無く過ぎていた。ただ、巫女達が代わる代わる持ち寄る情報は絶望的な物ばかりだった。

まず、飯田城・大島城が落ちた。いや、落ちたと言うより崩れたと言う表現が正しいのかも知れない。第一線で奮闘すべき「滝之沢城」「松尾城」が引き続いて寝返り、飯田城が織田軍に取り巻かれてしまった。しかし城を任されている保科正俊、正信親子は戦う気十分でいた。しかし、織田軍の前衛に繰り出してきたのは、寝返ったばかりの下条と小笠原の軍だった。寝返った者は先鋒。いずれの戦でも決まっている事だ。寝返りの真偽を見定めるためだが、今まで味方としていた者が攻め手となる。解っていてもそれなりの動揺が走った。ましてや飯田城の守りの一番手薄な背後を狙って、木曽峠を下ってくる滝川一益の軍勢を見ては、城中が浮き足立ってしまった。保科正俊、正信親子は、高遠城を目指し、城を捨ててしまった。残された兵達も山へ里へと雲散霧消してしまった。それを見ていた大島城でも、武田逍遥軒が高遠城へ逃げ兵達も散り散りに逃げ去ってしまった。

織田軍もあまりの快進撃に、後発の本隊から離れてしまい、今度こそ壮烈な闘いの予想される高遠城攻めにかかる前に、織田信忠本隊を待つ事とした。

開桃寺。

夕刻という時間だが、だいぶ昼も長くなり甲府盆地も東寄りの栗原はまだ日が差していた。勝五郎は本堂裏の濡れ縁に足を投げ出し山門の方から聞こえてくる、数人の童達の声を聞くともなしに聞いていた。たわいもない戯れ言できゃっきゃやっと笑い転げているようだった。勝五郎は、同い年くらいの子と遊んだ経験は無い。城の中で大人相手に遊んだ事しか無かった。楽しげな笑い声を聞いて、自分も一緒に遊んでみたい気はする。しかし、早く大人になって、父達と共に闘わねばという思いの方が大きかった。

「サチ・・・。」

ん、と勝五郎は耳を傾けた。知った名前を聞いたからだ。サチというのは、この開桃寺で養われている七歳の女の子だった。やはり武田家の家臣の娘で、父親を長篠の戦いで亡くし、母親も父の後を追うように他界し、天涯孤独となった幼子を開桃寺で預かり育てているのだ。隠遁の身の勝五郎も、よく話相手をしてもらっていた。勝五郎にも六つ離れた妹、督姫がいたが、歳の近い事、控えめで聞き上手な事などもあって気晴らしの話相手になってもらっていた。そんなサチの名前が出たので、勝五郎は耳をそばだてて話しを聞き始めた。サチは、用事を頼まれて宿場まで行った帰りのようだった。

「やい、小坊主！」

誰かが叫んだ。それに同調して何人かの声がはやし立てる。

「坊主ではない！この寺で面倒を見てもらってはいるが、元はれっきとした武家の家の者。不埒な雑言タダではおかぬぞ。」

不穏な事の成り行きに、勝五郎は本堂の影から首を出して覗き込んだ。山門を入ったところで、サチを三人の童が取り巻いていた。一人だけ身体の大きな子がいたが、その子が中心となってサチをからかっているようだった。

「武家の子て言ったたって。弱かったから殺されちゃったんだろう。弱虫侍の親なしっ子が。」

ビシッという音が響き、サチが図体のでかい子の頬をはたいていた。

「父上の悪口はゆるさん。」

「なにを！この小坊主が。」

はたかれた子が、サチを突き飛ばした。サチは勢いよく後ろに倒れ込んでしまった。勝五郎はそれを見てカッとして飛び出していた。左手に木刀をつかんでいる。

「まて！」

突然、本堂から躍り出た人影に子ども達はびっくりした。一瞬ひるんだが、子ども一人と見ると、いらついた表情で立ちふさがった。

「サチをいじめるな。」

「誰だ、おまえは。」

名を聞かれて、勝五郎は、はっとした。まずい。名乗るわけにはいかない。十兵衛や松姫様から町民達に顔を見せるなと、言い含められていた。

「誰でも無い。サチにかまうんじゃない。」

「ふん。おまえも戦で死んだ弱い侍の息子か、それで寺に貰われてきたんだろう。」

自分より一回りも二回りも小さい子とみて図体のでかい村の顔役の息子権太は鼻先であしらった。

「何を、私の父上までも愚弄するか、許さん。」

勝五郎は、木刀を持ち直し正眼に構えた。

「おっとグズリ、槍をよこしな。」

脇にいたヒョロリとした子どもが、担いでいた棒をゴンに渡した。槍と呼んだだけの事はあった。

黒光りするその棒は、確かに槍の柄のようだった。ただ四尺程度のその棒には穂先が付いてはいなかった。どこで手にいれたものやら、ただ柄の大きい権太が振り回せばそれなりの脅威にはなった。

勝五郎は、権太の槍柄を見て、ふとニヤリと笑い。

「お前の弱虫のててごが、戦場で死んだ足軽の得物を盗んできたか。」

「何を！小僧！もうゆるさん。」

権太は槍柄を振りかぶると、薪割りでもするようにたたきつけてきた。槍術も棒術も身につけていない者の戦い方だった。軍団の最前列を行く、かり出された農民のにわか雑兵は、初戦はこのように叩くのが普通のたたかいかたであった。大ぶりの槍柄をよけるのはそう難しくは無かった。最初の一振りをよけると、再び振りかぶるタイミングを見計らい勝五郎は、権太の胸元に飛び込んだ。権太の目の前に立つと胴に軽く木刀をたたき込んだ。

「ぐっ。」

権太が槍柄を離し、腹を押さえて座り込んでしまった。

「まあまあ、この子達は何をやっているの。」

尼の衣装を着けた絹香が、駆け寄ってきた。

様子をうかがっていたのかも知れない。権太に駆け寄ると着物の上から、打たれた腹の辺りをさすっていた。骨が折れてもいない、軽い打ち身程度と判断すると、勝五郎とサチを、

「庵主様がお呼びよ。」

と、還らせてしまった。

「あなたたちも、尼寺の境内で、幼い女の子をいじめるとは、何を考えているの。もう、家に帰って家の手伝いでもしていなさい。」

　権太達は、渋々退散するしか無かった。


　翌朝、開桃寺から不思議な一団が出立した。

　菅笠で顔を隠した武家のお嬢様風と木刀を腰に差した武家の若様。そしてその二人を囲むように進む護衛とみられる数名の侍と侍女と荷物を担いだ小者三名。数名の尼に見送られて街道を西へ向かった。栗原の宿を行き交う人々がいぶかしげに一行を眺めていた。

　一行の中の仁科勝五郎は、宿内を歩いているときは、シャンと背を伸ばし遠目から見ている権太たちの顔を見かけたときはフンと鼻で笑うような仕草を見せていたが、宿外れを過ぎると肩を落とし歩みに力がなくなってしまった。

「若殿、いかがされた。」

　菅笠の中から、絹香が優しく声を掛けた。

「まだ、昨日の事を悔やんでおられるのか？」

「私が自重していれば。」

「もう、過ぎた事です。それに、勝五郎殿はご立派でしたよ。いじめられていた女の子を助けたのですから。松姫様も褒めておいでてでしたでしょう。」

「でも：。」

「胸を張って堂々としなされ。あなたは武田の名将仁科五郎盛信様の御嫡男なのですから。」

「はい。」

昨日の事件の後、勝五郎と絹香は、松姫と如月十兵衛に事の顛末を報告した。叱られるものと思っていた勝五郎は、思いも掛けぬ松姫の言葉にあっけにとられた。

「そうか、女子を助けたか。さすが兄者の嫡男。武田武士の血を継いでおられる。なあ、十兵衛そうわ思わぬか？」

「おっしゃるとおりで。頼もしく思います。」

「まあ、開桃寺《ここ》を移る潮時という事なんでしょう。で、十兵衛どうする。」

「栗原の宿の者に、出立姿を見せねばなるまい。」

「では、岩殿城へ向かうのか。」

「いえ、それはまだ早いかと。もう少し戦況を見ましょう。」

「塩の山に、北条と関わりのあるお寺がございます。松姫様には、しばらくは、そちらで匿っていただきます。その代わり、絹香と勝五郎様はお顔を見せて出立していただきます。

開桃寺《ここ》に武家の者が逗留していた事が噂されても、早々に旅立ったと言う事を栗原の宿の者に見せつけ、街道を西に向かえば、古府中へ向かったと噂されましょう。」

「どこへいくのじゃ。」

「石和の油川まで。松姫様のお母君油川夫人の生家、武田源左衛門尉油川信友様の館まで。そこで一行には解散していただく。」

「解散？」

「いかにも、この先、戦況が悪化すれば、密かに山越えしなければならず、多人数では目立ってしまいます。また、戦況が好転すれば、古府中へ戻るだけのこと。大きな荷物を担いでの行列は必要ありませぬ。」

「私は、どうするのじゃ。」

「勝五郎殿は絹香と一緒に、遠回りして松姫様と合流していただきます。ご安心を。」

第四話　命を賭けた笹子峠

一

松姫と三人の幼姫、そして如月十兵衛は三人の巫女と共に、開桃寺より北へ向かった。一里半程で塩の山に着く。秩父山塊から少し離れてそびえると言うほどでは無いが、単独の里山があった。四方から眺められる山という意味で「四方の山」と呼ばれ、いつの間にか「塩の山」と呼ばれる事になったという。その塩の山の麓に臨済宗塩山向嶽寺があった。向嶽寺は南北朝時代の永和四年（一三七八）に、武蔵国八王子・横山から移ってきた抜隊得勝（ばっすい　とくしょう）が草庵を建て、武田氏により寺領を寄進され建立された寺であった。その抜隊得勝に師事し得度した峻翁令山（しゅんのう　れいざん）が開祖として明徳元年（一三九〇）に建立したのが八王子・山田の兜率山広園寺《こうおんじ》である。広園寺は南北朝時代を通じ、関東管領の座を巡る闘いの中で、領主はたびたび変わったが、それぞれの領主から手厚い保護を受け、北条氏が関東全域をほぼ押さえたこの時代では、滝山城主大石氏照（北条氏照）が保護していた。

向嶽寺と、末寺となっていた広園寺との関係は深く、そのため向嶽寺は、武田にも北条にも通ずるルートを持っていた。

松姫が向嶽寺に着いた日に、軽い地震があった。そして、北の山々の上に黒い噴煙がわき上がった。信濃の浅間山が噴火したのだ。此の噴火が、信濃に侵攻してきた織田軍に向かった山の神の怒りなのか、あまりに無残な武田の姿を怒ったものなのか、武田の兵の中でも意見が分かれていた。

三河・浜松城。

御主殿・広間に図面を広げ、その前にドッカと座り込んだ徳川家康は、腕組みをしながら絵地図を眺めていた。京から武蔵の国までを一望した地図であった。

岐阜城から出立した織田軍を表す四角い駒は、三州街道・遠州街道が交わる飯田の手前にいた。武田を表す、菱形の駒は飯田城から諏訪上原城まで転々と散らばっていた。また、北条勢を表す三角の駒は、小田原から北を目指し移動する部隊と、駿河を目指す部隊に分かれて二面作戦をとるようだった。

「で、儂は。」

自軍を表す丸い駒を、小山城・田中城・江尻城においた。

「家康様。」

開け放った襖の外に、服部半蔵がひれ伏していた。甲斐とは違い、三河はもう春の爽やかな風に鳥の声が流れていた。

「おう、半蔵か。いかがいたした。」

「ちと、面白き伝文を耳にいたしました。」

「ほう、今度の戦に関してか？」

「御意。」

「なんだ。話してみろ。」

「今回の戦、織田軍の総大将、織田信忠殿についての情報ですが。」

「ほう。」

「信忠殿がまだ、奇妙丸と呼ばれていた頃、信玄公の息女松姫との婚礼話が出た事がありました。」

「聞いておる。しかし、あの忌まわしい三方原の戦に織田軍が援軍を送ってくれた事で破談になったと聞いておるが。」

「そうなのですが。」

「信忠には、まだ未練があると‥。」

「そのようにございます。」

「あのガキ、女々しい奴とは思っていたが。」

「飛騨の忍びを使って、松姫を捕らえよと躍起になっているようです。」

「で、松姫の方はどうなんじゃや?」

「鼻にも掛けていないとか。女は冷たいものです。話が途切れればただの他人。信忠殿がかわいそうなくらいです。それに、松姫には武田の甲賀くノ一　歩き巫女が、逃亡の手先となっているようです。」

「甲賀者か、で伊賀者としてはどうしたいと思うておると。」

「脇から松姫様を掠め取ろううかと。」

「面白い。こちらで捕らえてあのガキめに献上してつかわそうか‥。」

二月十六日、本隊を上原城から塩尻峠に移した武田勝頼は木曽攻めを再開した。伊那街道口での下条・小笠原の裏切りは聞いていたが、まだ、飯田城の坂西織部・保科正直が前日城を放り出して逃れている最中とは夢にも思っていなかった。彼らの奮闘を信じている勝頼だった。

勝頼は逆転劇を夢見、今福筑前守昌和を大将として足軽部隊を鳥井峠に送った。しかし、鳥居峠を守る、木曽・遠山連合軍は、すでに中腹の薮原砦まで下って待ち構えていた。またも激戦となった。しかし織田勢から補充を受けていた多数の鉄砲を山の上から撃ちかけられ、再びの惨敗となってしまい、屈強の将四十騎、雑兵まで含めると五百七十以上の兵を失ってしまった。

塩尻峠の本陣に、伊那総崩れの知らせが入ったのが鳥居峠の惨敗の報せとほぼ同時だった。

勝頼は、今福筑前守昌和に命じ、急遽高遠城の増援部隊を組織して、高遠城へ向かわせた。それと共に、武田本隊は、塩尻峠から、上原城へ戻す事とした。杖突峠を通じて高遠城への後詰めの道を確保しておくつもりだった。

翌日二月十七日には、織田信忠が飯田城に入り、しばしの逗留を決めていた。快進撃過ぎた。敵のおびき寄せ策かも知れぬと注意を勧告していた。また、このまま侵攻できたとして、信長公出陣前にすべてを済ましてしまう訳にもいかなかった。

しかし、目と鼻の先の距離の飯田城に、敵の総大将が入城し、城の周辺を織田勢に取り囲まれた大島城では、ほとんどパニック状態であった。そのうえ、これまで過酷な年貢や賦役に苦しんできた伊那の領民が自分たちの村に火を放ち、信長勢に駆け込んでしまった。領民の支持も得られず、これだけの戦力差を見せつけられ、さすがの武田逍遥軒も城を捨て高遠城に逃げ込んでしまった。
そこで、信忠は空き城となった大島城に河尻秀隆・毛利長秀を駐留させ、森長可・団忠直そして松尾城を差し出した小笠原信嶺を先陣にさらに進軍させた。

織田軍は、一度も闘いを交える事無く、伊那街道を北上していった。舟山城・唐沢城・春日城・福与城ももぬけの空で、森長可は、諏訪入り口までたどり着いていた。

織田信忠は高遠城の三里ほど東の伊那街道沿いの春日城に本陣を移した。長篠の戦いにおいて快勝はしているが、天下の武田軍団との決戦と聞いて、只で済むはずが無いと思っていた諸将も、この総崩れには面食らっていた。しかし、目の前に構える高遠城は、そう言う訳にはいかない。仁科五郎盛信を総大将に小山田備中守昌辰を副将におき決戦の準備におこたりはなかった。

信忠は、鳥居峠の闘いで、深志城（松本城）まで引いた馬場美濃守昌房への侵攻を木曽勢の後詰めに出向いている織田長益（有楽斎）に命じ、木曽勢を動かした。武田側にとっては、上杉からの援軍を期待するには、重要な城であるし、馬場昌房を見殺しにするのも、また味方の士気をそぐ結果となるだろうから、本隊を松本へ向かわせるか？と、信忠にとっては、誘いの一手でもあった。武田本隊が深志へ向かえば、織田本隊を出して挟撃も出来る。また、武田本隊が動かぬなら、深志を落として、諏訪方面からも上原城に攻め寄せられる。どちらになっても織田勢には有利だった。

武田勝頼が頼みとした、伊那街道での織田消耗作戦は瓦解した。誰も武田家のために闘おうとはしてくれなかった。高遠城の闘いを最後の決戦に全軍で向かおうとも考えたが、これまで主戦派であった長坂釣閑齋や跡部大炊介らが慎重論で反対した。そんな中、深志城へ引いた馬場昌房から後詰めの要請が入った。鳥居峠を下った織田勢にとっては、深志城は目の上のたんこぶのような邪魔な存在であろう。深志城を取れば、何の憂いも無く諏訪平に入ってこられる。諏訪湖の茶臼山城は堅い城では無い。そうかといって、先日の鳥居峠の敗戦を考えれば、後詰めと言っても、次は本隊全体で当たらなければならぬだろう。上原城を開け深志へ向かうことは出来ない。諏訪の入り口まで信忠勢が入り込んでいるのでは、そのすきに上原城を取られ、前後を敵に取り巻かれる最悪の状況に陥る心配がある。といっても、中途半端な兵力を送ったとて、無駄に死なせるだけになってしまう。とても後詰めを送れる状態では無い。

そんな、思い悩んでいる武田勝頼の元により悪い報せが入ってきた。親戚衆筆頭の穴山梅雪が、古府中に残していた人質を強引に連れ去ったという報せだった。穴山梅雪が‥。またもや、信じられない事態だった。だが、木曽昌義の時の二の舞は踊れない。信じられないとしても、すでに離反したと考え対応策を練るようだった。甲斐の国が直接狙われているという状態と考え、新府城の護りを固める必要があった。勝頼は後ろ髪を引かれるような思いで、二月二十八日上原城の陣を新府城まで下げることとした。

この間、徳川家康は、浜松城を出陣し、二月十八日には、掛川城に入った。そして、二十日には、田中城を落とし、翌二十一日には駿府城を落とした。二十七日には朝比奈信置の護る持舟城が自落。

信置は久能城へ逃れるが、二十九日には、久能城も落城し、今福丹波守・前十郎親子と共に討ち死にしてしまう。頼みにしていた、江尻城の穴山梅雪からの後詰めは得られなかった。既に梅雪は家康に調略されていたのだった。

伊那・春日城。

広間の席に着き、高遠城周辺の絵図面を見つめている織田信忠。

「堅固な城だ。だが、この兵力差はなんともならんだろう。まあ半日か。しかし、我が方もそれなりの被害は覚悟すべきだろうな。」

「武田勝頼も、上原城を引き払いました。これで、諏訪口まで詰めている全軍を呼び戻しても支障はありません。」

信忠の正面から図面をのぞき込んでいた、滝川一益が泰然と声を掛けた。この年、還暦を迎える老兵だが、織田信長の信任は厚く、二十七歳の若い総大将の相談役となっていた。信長につけられたお目付役と言ってもいいのかも知れない。ちなみに織田信長は、二十六歳の時、桶狭間の戦いで今川義元の首を取っている。その時、信長に従ったのは騎馬六騎に雑兵二百足らず。対する今川義元は四万五千。それを考えれば、五万の兵で三千ほどの城を攻めるなど軽いもの。と考えながらも、逆に相手の必死さが信忠には気にもなっていた。

「お館様、駿河の徳川家康様より、お使者が参っております。」

「徳川殿の使者？今頃なんだ。使者の名前は？」

「は、服部石見守正成様と。」

「半蔵か。よし、通せ。」

馬を飛ばしてきたと言う姿のまま、服部半蔵が信忠御前に両手を付き礼をした。

「信忠様には、連日の快進撃、祝着至極に存じます。」

「家康殿は、いかがいたしておる。」

「家康様は、江尻城の穴山梅雪を調略し、梅雪を道案内に、甲府へ進軍を開始するところでございます。」

「それで、今回の用事はなんじゃ？」

「武田の松姫様についてでございます。」

「松姫殿の件？」

突然の名前に信忠の動揺が目に現れていた。

「信忠様は、松姫様の略奪を、飛騨者に命ぜられておると耳にしまして。」

「それがどうした。」

「どうも、飛騨者の手に余り、飛騨者は略奪から殺害に方針替えした模様。」

「・・・。」

「それが、信忠殿の望みと違っているならば、私が伊賀者を動かして、叶えて差し上げよ。と、家康様から仰せつかって参りました。」

二

要害城。

永正十六年（一五一九）武田信虎の時代、居館を石和の川田館から躑躅ヶ崎館に移した折、詰城として丸山に翌年築かれた砦である。同年今川氏の甲斐侵攻の折、信虎正室の大井夫人をここに避難させるまで迫られた事があった。また、その避難の最中大井夫人が出産したのが、信虎嫡男、武田晴信だった。

今、この砦には、松姫の影を務める於登志と原半左衛門・池谷庄三郎。そして、四人の黒谷衆が隠遁していた。砦は当番の駒井政直が五十騎を引き連れて、砦の警備及び戦の準備に当たっていた。とりあえず、いくらかの籠城戦には備えてあった。しかし、今回の甲府侵攻が二十万もの大軍になると噂に聞き、この砦でとても守り切れるものでは無いと、駒井政直は感じていた。

物見櫓に上っていた池谷庄三郎が、櫓の下で目の前に広がる甲府盆地を見やっている原半左衛門と駒井政直に声を掛けた。

「政直殿・半左殿、躑躅ヶ崎館の動きがおかしい。」

庄三郎の声に、二人はすぐにはしごを登って麓を見下ろした。確かに館の中で人の動きが激しくなっていた。大手門に兵を集めているように見えた。同時に、山道を駆け上ってくる黒装束の者も見えた。

「黒谷の源三のようだが。」

池谷庄三郎、原半左衛門が素早くはしごを下った。

「しっかり見張っておれ、何か変化が起きたらすぐに伝えろ。」

駒井政直は見張りの者に一声掛け、二人に続いた。

駆け上ってくる黒谷の源三を、残り三人の黒谷の衆とともに池谷庄三郎・原半左衛門が、迎えに出た。門を開き、駆け上ってきた霞の源三を招き入れた。

「駿河の穴山梅雪が、徳川に寝返りました。」

「ばかな、穴山様が：。」

駒井政直が絶句した。穴山梅雪の母は武田信虎の妹君、正室は武田信玄公の娘と武田家とは深い関わりが有り、親戚衆の筆頭だった。それだけでは無い、穴山梅雪が押さえている江尻城は、駿河から甲斐に通じる入り口に位置し、梅雪の裏切りは、徳川勢に対し古府中への道を開いた事になってしまうのだ。

「それを知った九一色衆も、梅雪に呼応する気配を見せております。」

「躑躅ヶ崎館の騒ぎはそれか。ここを襲う準備だな。」

「原殿、池谷殿、松姫様をお連れになって早うお逃れください。九一色ごときこの砦で十分戦えましょう。それに、梅雪謀反となればお館様も躑躅ヶ崎館に戻られる事でしょう。そうすれば後詰めも出来ます。」

「すでに逃げ道は探ってあります。この丸山を回って塩山方面に逃れる事が出来ます。奴らはこんなに素早く城を出たとは思わんでしょうから、追っ手もかかりますまい。すぐに出立いたしましょう。」

塩山・向嶽寺。

鬱蒼とした杉林が山の中腹にある庵を覆い隠していた。向嶽寺の裏山、四方の山だった。小さな庵に松姫と幼い姫が隠れていた。皆、衣は尼の衣を着ている。万が一林の中に人の姿が透けたとしても法衣を付けていれば不審がられる事も無いだろう。

木陰から垣間見られる富士山の頭に雪を頂いた姿が神々しく、毎日松姫は武田家の安泰を祈っていた。幼い頃、躑躅ヶ崎館から見ていた富士山とその頃の生活が思い起こされた。織田信忠殿と文をやりとりした楽しい思い出もある。しかし、それも昔の事。今は、あくまでも敵と味方であった。それを、未だに追いかけようとする武士にあるまじき女々しさ。すっぱりと気持ちを入れ替えた松姫にとって襲撃を受けるごとに、毛嫌いする相手に変わっていた。

三

信州・黒谷。

編み笠をかぶった武芸者風の男がぶらっと村の入り口に現れた。当然のように殺気だった門番が槍を構えた。

「別に、喧嘩しにこんな山奥まで出向いた訳では無いのだが？剣呑な出迎えだな。」

「何者だ。この村によそ者は入れねえ。どこかよその村に行きな。」

「冷たい事をいうねえ。」

男は編み笠を脱いだ。服部半蔵だった。並んだ穂先を見てもひるむ事も無かった。

「それ！」

半蔵は、手にした編み笠を門の中へ投げ込んだ。編み笠はくるくると回転しながら、並んだ門番達の上を飛び越した。門番の目が一瞬編み笠を追う。編み笠は地面に落ちるように見えた。

「ほいよ。」

編み笠が地面に付く前に、誰かがそれを受け止めた。にやにやと笑みを浮かべた服部半蔵だった。いつの間に移ったのか、門番達も前後をきょろきょろ見回し、改めて半蔵に穂先を向けてきた。

「やっ！」

半蔵が、村の奥に向けて再度編み笠を投げた。その瞬間に半蔵の姿が消え、編み笠の落ちる先でそれを受け止めた。門番達が一斉に半蔵を追う。村は村を捨てて逃げる準備なのか、家々で、家財道具を荷車に積み上げていた。

門番達が迫ると半蔵はもう一度編み笠を投げた。編み笠は黒谷の頭ヌイの家の前に飛び、半蔵が受け取った。と、村の騒ぎを聞きつけて大柄なヌイが引き戸を開けて出てきた。とっさに半蔵は、編み笠を左脇に抱え、片膝を突いて礼をとった。

「黒谷の頭、ヌイ殿とお見受けいたす。拙者徳川家康公にお仕えする服部半蔵と申す者にござる。ヌイ殿に家康公からのお話を伝えに駿河より参った。」

「徳川殿と言えば、我が武田家と長年にわたっての宿敵。その敵が、いったい何用じゃ。」

「我が武田家とおっしゃいましたが、黒谷の衆は武田の家臣ではないはず。信玄公御生存の頃はともかく、勝頼公の時代になって、武田家の乱波《らっぱ》・透波《すっぱ》としての仕事はされていないとお聞きしておるが？」

「そうでもないが‥。」

「こんな、道の真ん中で、大声で話す内容でも無いので、家に入れてはくれぬか？」

「服部半蔵殿といえば、伊賀者と聞いておるが。」

「そのとおり、お主らと変わらぬ忍び働きで家康公に使えておる。」

「まあ、わざわざ儂を殺しに来る理由もあるまい。中で話そうか。」

ヌイが背中を見せ家に入ると、その後に服部半蔵が続いた。ヌイはそのまま炉端に座り込み、半蔵を誘った。ヌイは囲炉裏につるされた鍋のふたを取り、ひしゃくで一合枡に白湯をつぎ、半蔵の前に置いた。

「忍びに酒でも無いだろうから、白湯で良ければ身体をあたためてくれ。」

「ありがたく頂こう。で、先ほどの話だが、家康公は黒谷衆をお抱えになりたいと申されておる。儂の率いる伊賀者と共に働いて欲しいとおっしゃっておるのじゃ。今回の甲州攻めは、徹底的に武田を踏みつぶす織田信長公の作戦。先年の伊賀攻めでも解るように信長公は忍びを嫌っておる。お主もそれを恐れて村ごとどこかへ隠れるつもりのようだが。行き先の当てはあるのか？家康公に使えれば、温暖な三河の国に移れるぞ。」

「ほう、なかなかいい話じゃが、当然只でとは言わぬじゃろう。何を目論んでおる。」

「家康様は、手土産を所望じゃや。」

「手土産・・・とは。」

「武田の松姫様じゃ。」

「松姫様？はていかな理由で。」

「松姫様の逃亡に黒谷衆が関わっている事は存じておる。飛騨者と争っているだろう。」

「ようご存じじゃのう。」

「家康様は、松姫様を手に入れ、織田信忠様に献上する気でおる。」

「飛騨者は松姫様のお命を狙っているとか。」

「そのようだが。もう飛騨者は襲ってはこん。織田信忠様にお会いして、飛騨者には手を引かさせた。あとは、走り巫女から奪うだけ。」

「しかし、松姫様を護っているのは、武田のくノ一だけではござらぬ。小田原の風魔も関わってござる。」

「何、風魔が武田に荷担しておると。」

「北の方様をお救いに来て、お方様の依頼で松姫様たちを北条方に届けるとか。一人だけでござる。」

四

伊那・春日城。

二月二十八日には、武田勝頼が上原城を引き払い、高遠城は織田勢の中に取り残されてしまった。仁科盛信は当然の事として高遠城に尻を据えていた。そしてもう一城、諏訪湖畔の茶臼山に構える茶臼山城も取り残されていた。大島城を捨ててここに逃げ込んだ安中左近太夫久繁がこの城にいた。

そして春日城には、織田信長本隊の先遣隊として明智光秀が到着し、高遠城攻略の準備にかかるよう信長からの指示を伝えた。

それを受け翌三月一日、織田信忠は、先日来滝川一益らと詰めてきた包囲作戦を敢行した。まず春日城と周辺の城に駐留していた軍を天竜川を越し、高遠城と三峰川を挟んで対岸の貝沼原に集結させた。小笠原信嶺を道案内に、河尻秀隆・毛利長秀・団忠直と足軽部隊を先発させ、信忠は母衣衆十人を引き連れ、高遠城を展望できる白山に駆け上がった。

高遠城は、南側が三峰川と崖により、そして藤沢川が北から西側に流れて、三方を要害で守られていた。また周囲を高山に囲まれ背後は山の尾続きであった。城下の村より城の大手に出る道は、三町程の間、片側は高山、片側は大川と言う崖道で一騎がやっと通れるほどの幅しか無かった。

織田軍は総勢五万という大軍で信濃に向かったが、木曽を抜け松本方面を押さえている部隊も有り、伊那街道を来たのは四万強というところだったが、織田方に下った武田勢約三千名を加え、四万五千の規模を維持したまま城を取り巻いた。迎える高遠勢は城将仁科盛信、副将小山田昌辰のもと、二千五百程度だった。

「では、坊主を呼べ。」

織田信忠の前に一人の僧侶が呼ばれた。高遠城下乾福寺の住職であった。

「そこもとの寺は、武田勝頼と縁があるとか？」

「はい、当寺は康元元年（一二五六）、大覚禅師により開山されました。四百年の歴史の中でひっそりとしておりましたが、武田勝頼様がまだ八歳の折に亡くなられた御母堂諏訪御寮人を弔うため、城下にある私どもの乾福寺に墓を建てられ、寺にも手厚い保護を頂いております。」

「お主、仁科盛信殿とは顔見知りか？」

「いえ、仁科様は、まだ高遠城に遷って日が浅く、お目にかかる機会もございませぬにて。」

「お主に頼みじゃ。いかに堅城とて、高遠城の兵と婦女子三千の命、救うてくれぬか。今、我が軍は五万の将兵で城を囲んでおる。この兵力の差はなんともしがたい。闘えば城にこもる者全員が討ち取られよう。我が軍とてそれなりの死者が出る。仁科盛信殿を説得し、我が方に下るようにしてもらえぬか。儂とて無駄な闘いは好まぬし、無為に死人を出す事もあるまい。」

「は、それで、条件は？」

「闘う事無くこちらへ下れば仁科氏の旧領地は安堵しよう。」

しかし、この説得はうまくいかなかった。玉砕覚悟の盛信達に、諏訪御寮人の菩提寺の和尚とはいえ説得することはできなかったのである。この失敗に、信忠は別の和尚を呼び寄せた。伊那街道の寂れた妙照寺という寺の住職だった。その寂れ様から、武田に恩顧のないものと判断したのだ。

仁科盛信は、再度信忠の使者がやってきたというので、多少のイライラを隠し、会う事にした。再び諏訪御寮人の菩提寺の和尚かと出てみれば、全くの別人だった。

法衣の汚れからも、寂れた寺の和尚と察しが付いた。しかも、先ほどの人の良さそうな温和な和尚とは真逆な、ギスギスした身体に変に眼光の鋭い目が不遜な面構えに光っていた。

「なんだ、この坊主。」というのが第一印象だった。

「武田はもう滅ぶのじゃ。」

座りながらも首を後ろへ傾け、見下すような目つきで話し始めた。

「無駄な強がり、悪あがきをやめ、とっとと降参するが良い。それがお前達のためじゃ。」

それを聞いて、盛信の怒りが爆発した。

「なんたる事を言う坊主か。武田の恩顧に報いることを喜び、玉砕を覚悟している我らを愚弄しに来たか！誰か、こやつの耳と鼻をそいで信忠へ叩き返せ！」

顔を血だらけにして戻ってきた坊主を見て、織田信忠はニヤリと笑った。数日前に見かけ、人の痛に障る奴だと承知していた。こやつなら盛信の癇癪を引き起こすと思った。これで、皆が納得する。織田方は誠意を見せて説得したが、仁科盛信がこのような残酷な仕打ちで説得を断ったと。高遠城皆殺しとあいなっても非は盛信の方だと。

この日は貝沼原に陣を引いて一泊することになったが、小笠原信嶺の案内により少し川下の浅瀬になっているところから森忠長・河尻秀隆・毛利長秀が押し渡り、大手へ詰め寄った。

また、森長可の軍が、月蔵山の麓を回り搦め手口を押さえた。高遠城攻めの準備が整った。

五

高遠城。

ザアーッ、ザアーッと、深夜の城内に、水の音が響いた。城内は各所に焚かれたかがり火に照らされている。その薄明かりの庭の一角で白装束を着て水垢離する者の姿があった。仁科盛信と正室咲の二人だった。全身水浸しになった二人が寄り添って近くのかがり火に近づいた。かがり火の熱で二人の全身から湯気が立ち上った。

「共に死ぬ戦に連れ込んでしまった。済まぬな咲。」

「いいえ、殿に最期までご一緒でき、咲は幸せ者です。」

「心残りとなる二人の子供達も、殿の配慮で、すでに遠くへ逃れていることでしょう。」

「松姫のこと、たまたまサスケ殿がおられたこと。全てが御仏のご配慮のようだ。」

「そのようですね。あとは、殿と二人で御仏の元へ。」

かがり火の炎が、心をも温めてくれるような一時だった。

二人は部屋に戻ると、濡れた着物を脱ぎ捨て、従者に身体を拭かせると真新しい着物に着替えた。具足を付け、髷を結い直して貰うと気分もすっきりと闘う心が落ち着いた。


三月二日払暁、高遠の山と谷間にホラ貝が吹き渡った。山々に谺する響きが、高遠城内にも響き渡り、大広間の仁科盛信と正室咲の耳にも届いた。

「いよいよだ、咲。」

大広間の床の間に並んで座した二人が目を合わせる。咲がコクッと視線を下げた。

「では、行ってくる。」

「ここでお待ちしております。」

咲は脇に置いた長刀を握って見せた。

盛信が走り出した。

高遠城側は、攻め寄る敵勢に鉄砲・弓矢を射かけ、ある程度敵が近づいたところで門を開け騎馬隊が突撃し、適度に敵を倒して城に駆け戻る。このような闘いが繰り返され、二時間あまり続いた。白山から、闘いの様子を見ていた織田信忠も、まだ木戸の一つも破れぬ闘いに業を煮やし、本陣に残した手勢千人を引き連れ、強引に川を押し渡ると搦め手口に一斉攻撃を掛けた。

既に多くの将兵を死なせ、疲れ切っていた城兵も、この新たな敵勢の勢いに押されてしまい、木戸を破られてしまった。信忠も我を忘れ、搦め手門前の高台に上って、必死で軍配を振っていた。それを見付けた仁科盛信は、なんとか近づいて一矢報いようとしたが、手傷を負い引き下がらざるを得なかった。

大手門・南門もそれぞれ破られ、怒濤のように織田勢がなだれ込んできた。城兵はだんだんと本丸に追い込まれていった。本丸に逃げ込んでいた女子どもの悲鳴が各所に響いた。城を守る将兵は、それぞれ自分の妻子の元へ走っては、妻子を刺し殺し、自分は敵方に切り込んでいった。

その頃になると、咲の方が座した床の間の大広間にも、城兵が下がってきた。敵兵の姿も見えだす。

と、一人の敵兵が咲の方を目にした。

「奥方がいるぞ！」

数人の敵兵が、その声に呼応し、広間を走り寄ってきた。

「ええい無礼な。」

咲の方は長刀を掴むと走り寄る敵兵に切りつけた。意表を突かれた最初の兵が右袈裟に断ち切られた。その男を突き飛ばすように現れた男には、蛇尾返しに逆袈裟で切り上げた。一瞬のうちに二人を斬られ、三番目の敵兵は一瞬躊躇した。敵兵はその背中を斬られ、大きくのけぞって倒れた。

「咲！還ってきたぞ。」

右足から血を流し、大広間に戻ってきた仁科盛信が、床の間で長刀を握りしめて立っている咲の方に走り寄った。周囲では、押し戻された城兵が大広間一間に、集まってきたようだった。部屋の内外で修羅場を繰り広げていた。

「待たせたな、咲！」

盛信は後ろから斬りかかってきた敵兵を切り捨てた。と、次の者が続いて斬りかかる。

「うっ！」

盛信の左二の腕の篭手が割れ、血しぶきが上がった。

「咲、これまでのようじゃ。」

盛信は、周りを見回し、近くで闘っている曽根原十左衛門・三十郎親子を見付けると、

「十左衛門、時間を！」

「お引き受け申した！」

盛信が振り向くと、既に床の間に咲が座り込んで懐剣を出していた。

「殿、お待ち申しておりました。それでは、お先に逝かさせて頂きます。うっ。」

咲の方が懐剣を首に突き刺した。

「咲！」

盛信は脇差しを抜くと、咲の心の臓にとどめを刺した。脇差しを引き抜くと血しぶきが盛信の胸を

染め、咲の方は、右手を盛信に差し出すように倒れ込んだ。

盛信はすぐに咲の方の脇に座り、咲の方の血にまみれた脇差しを首に当てた。切腹して意地を見せたいところだが、甲冑姿ではそうも出来なかった。

「十左衛門、礼を申す、うっ。」

首から血しぶきが上がり、盛信は、うつぶせに倒れ込んだ。左手が床を探り、咲の手を掴むと、盛信が笑みを浮かべながら息絶えた。

「殿!」

曽根原十左衛門が振り向きざまに叫んだ。自分も後を追おうと、太刀を持ち替えた瞬間、

「うわっ。」

繰り出された槍が鎧の胸板を貫いた。

「父上!」

曽根原三十郎が槍を繰り出した男に切りつけた。ガキッと音がして、三十郎の太刀が折れた。三十郎は慌てて手にした柄を相手に投げつけ、脇差しに手をやった。その時、もう一本の槍が繰り出され、三十郎の脇腹に突き刺さった。

「えっ。」

三十郎の目に、繰り出される数本の槍の穂先が一瞬見えた。

高遠城は落ちた。織田方が討ち取った首は、仁科盛信・原正栄・春日河内守・渡辺金太夫・畑野源

左衛門・飛志越後守・神林十兵衛・今福又右左衛門・小山田昌行・小山田昌貞・小幡因幡守・小幡五郎兵衛・小幡清左衛門・諏訪勝右衛門・飯島民部丞・飯島小太郎・今福昌和。その他首総数四百あったという。仁科盛信の首は、信長の元に送られた。ただ、大島城から逃げ込んだはずの武田逍遥軒、飯田城から逃げ込んだはずの保科正直の名前は見られない。高遠城からも逃げおおせたようだった。

三月三日には、織田信忠は上諏訪まで進軍し、諏訪大社を焼き払ってしまった。それを見ていた茶臼山城の安中久繁は、守り切れないと悟り、織田軍の織田勝長に城を明け渡した。

六

新府城。

高遠城が落城したと言う報せは、やはりという思いと共に、これで信濃は取られた、新府城が最前線となってしまった、という思いを皆に抱かせた。

新府城の造作はまだ未完成であった。堀も土塁も逆茂木も出来上がってはおらず、戦は出来ない状態だった。新府城《ここ》で闘うのは、まだ先の事と時間を見誤っていた。まさか、伊那衆が総崩れになる事態など考えてもいなかったのである。

軍議は紛糾した。血気盛んな勝頼の一子信勝は、新府城《ここ》で戦い抜き玉砕も辞さぬ覚悟を見せた。信勝は永禄十年（一五六七）、奇しくも松姫・奇妙丸婚約の整った年に生まれた。天正十年のこの時、十八歳。

しかし、やはりここで武田家を滅ぼすのでは無く、甲斐の国を明け渡す形でも、いったんどこかに避難して再起の時を待とうとの考えに傾いてきた。それができなくともちゃんと戦える城に遷るべきだと。なら、どこへ？躑躅ヶ崎館でも、要害城でも五万・六万という敵と戦う事は出来ない…。

真田安房守昌幸が上野吾妻の岩櫃城を提案し、小山田越前守信茂は郡内の岩殿城を提案した。しかし、長坂釣閑齋・跡部大炊介らの意見で、まず岩櫃城は遠い事。女子どもを連れての歩き旅で噴火している浅間山の脇を抜けるコースは、歩くだけでも危険だろうし、松本からも諏訪からも近く信忠軍に道中を襲われる恐れもある事。また、真田昌幸は、父幸綱から武田に仕えまだ二代であるが、小山田家は代々武田家家臣で有り安心できる。とされ、郡内・岩殿城に向かう事に決まった。

その頃、岩殿城では、一つの事件がわき起こっていた。穴山梅雪からの使者が訪れていたのだ。対応は城代の小山田八左衛門があたった。使者は穴山家家臣川原弥太郎と名乗った。用件はこうだった。

主、穴山梅雪は、思うところ有り徳川家康殿に荷担する事となった。

武田家は、織田信長の侵攻に際し、なすすべも無く信濃の国を奪われてしまった。新府城に戻ったが、これから立て直して戦えるわけも無い。たとえ小山田様が御出陣なされても武田家と共に滅びるだけ。ここは、ひとつ穴山家と道を同じゅうして徳川殿に付くのが一番と考えるが、いかが。

そして、穴山梅雪の兵が郡内に向かっている事を伝えた。小山田氏の本拠地谷村の城も館も、ほとんどの兵を岩殿城に集め、対北条戦に備えている今では、護りようも無い。他からの後詰めも期待できない中では、穴山梅雪に付くしか方法が無かった。

武田勝頼を岩殿城へ誘った小山田信茂は、穴山梅雪による調略を知らなかった。そこで、御館様を迎えての籠城の準備に先に岩殿城へ走る事となった。その際、勝頼から感謝の印として、伊勢光忠という腰物と奥州黒という愛馬を賜った。

「折り返しお迎えに参ります。」

小山田信茂は、一言言い終えると東を指して馬を走らせた。

於登志・原半左衛門・池谷庄三郎達は、黒谷の衆の案内で、要害山の北側斜面を巡り、塩山の奥、恵林寺にたどり着いた。獣道のような荒れた道で、先に探索していてくれた黒谷衆の案内が無ければ、たどり着くのは難しかっただろう。恵林寺の快川国師は原半左衛門と顔見知りで有り、匿って貰う事に問題は無かった。

武田勝頼の兵は、木曽義昌の謀反を聞いて上原城に入城した時一万八千の数をそろえていた。しかし鳥居峠の敗北あたりから、勝手に隊を離れ領地に戻ってしまう者が多数発生し、上原城を離れる際には、三千あまりに減っていた。それが、新府城に実際入城した際には千にまでなっていたと言われる。そして、新府城を離れて岩殿城に向かう中、長坂釣閑齋が、隊を離れた。

長坂釣閑齋の隊列が、岩殿城を目指す隊列から離れ、佐久へ向かう道にそれたのを他の将兵も見ていた。隊列から離れていく者がいっそう増えていく事になった。甲府には見向きもせず、走り抜け、勝沼当たりまで付いたときには、百名ほどの小さな列となっていた。

黒谷のカガリ、武田巫女の楓も、本隊から離れていく釣閑齋の一隊を街道沿いの林の中から見ていた。

七

「とうとう、やったな。」

「これで、奴を殺せる。」

二人が、軽々と木の枝に飛び乗った。そして枝から枝へと飛び移り、釣閑齋の後を追った。

長坂釣閑齋は自分の屋敷を目指し馬を走らせていた。沈む寸前の泥船のような、武田にかまってなどいられるか。信玄公には不興を買い、冷や飯食いを続けていたが、信玄公に反発しながら、信玄公の跡を継ごうとしている勝頼にすり寄って、しばらくはいい思いをさせて貰った。だからといって心中するいわれは無い。松姫さえ掠えておれば、ここで、織田信忠と駆け引きが出来たのに、残念だった。

釣閑斎は物思いにふけりながら、馬をとばし、他の者にかなり先行していた。

行く手に煙の上がっているのが見えた。あれは、自分の屋敷のあたりかと見当が付く。もう、信長勢がそこまで来ているのか。畜生、これではこちら側の立場が悪くなるが、武田軍の離反者として織田勢に加えて頂こう。

「ままよ！」

釣閑斎は、馬を再び走らせた。と、百姓女が両手を広げて道に立ちふさがった。釣閑斎は再び手綱を引き、

「何やつ、行く手を阻むと斬り捨てるぞ。」

釣閑斎が、右手で左腰に吊った太刀を掴んだ。その一瞬、百姓女が背中から竹槍をすりだし、飛び上がって、空いた右脇の下に突き通した。

「ぎゃー！」

釣閑斎は、そのまま体勢を崩し、馬からころげおちそうになるが、なんとか持ち直し、馬の首にかじりつくようにして馬を走らせた。遅れて走っていた一隊もそれを見て、あわてて馬を鞭打った。

「殿！」

郵便はがき

料金受取人払郵便

八王子局承認

203

差出有効期間
2024年6月30日
まで

1928790

056

〔受取人〕
東京都八王子市
追分町一〇—四—一〇一

揺籃社 行

●お買い求めの動機
1, 広告を見て（新聞・雑誌名　　　　　　　　　　）2, 書店で見て
3, 書評を見て（新聞・雑誌名　　　　　　　　　　）4, 人に薦められて
5, 当社チラシを見て　6, 当社ホームページを見て
7, その他（　　　　　　　　　　　　　　　　　　　）

●お買い求めの書店名
【　　　　　　　　　　　　　　　　　　　　　　　】

●当社の刊行図書で既読の本がありましたらお教えください。

読者カード

今後の出版企画の参考にいたしたく存じますので、
ご協力お願いします。

書名〔　　　　　　　　　　　　　　　　　〕

お名前《ふりがな》　　　　　　　　　　年齢（　　歳）
　　　　　　　　　　　　　　　　　　　性別（男・女）

ご住所　〒

TEL　（　　）

E-mail

ご職業

本書についてのご感想・お気づきの点があればお教えください。

書籍購入申込書

当社刊行図書のご注文があれば、下記の申込書をご利用下さい。郵送でご自宅まで1週間前後でお届けいたします。書籍代金のほかに、送料が別途かかりますので予めご了承ください。

書　　名	定　価	部　数
	円	部
	円	部
	円	部

※収集した個人情報は当社からのお知らせ以外の目的で許可なく使用することはいたしません。

百姓女は道脇の林に飛び込み姿を消した。街道の反対側から、武士の一団がやってくるのが見えた。信長勢が姿をあらわしたようだった。

林の木の枝に、カガリと楓が百姓姿のまま座っていた。街道の様子を窺っている。釣閑斎の馬が織田の兵に止められ、釣閑斎は馬から転げ落ちた。

「百姓の落ち武者狩りにでもあったか。」

刺さった竹槍を見て織田兵はあまり興味を示さなかった。しかし、そこに、釣閑斎の兵が追いついてきた。

「殿！」

「釣閑斎殿！」

兵の叫び声に織田の兵が騒然となった。

「何！こいつは、長坂釣閑斎か。大将首だ。」

双方の兵がぶつかり合った。

乱戦の中で、倒れた釣閑斎を馬の蹄が押しつぶしていった。

「終わったな、楓。」

「ああ、やっと帰れるな。みんなどこまで行っただろうか。」

「とりあえず笹子峠に行ってみるか。」

二人の姿が林の中に消えていった。

八

小山田信茂の早馬は、その日の夕刻には岩殿城に到着した。

「御館様を、ここにご案内する。お迎えする準備と、籠城戦の準備を急げ！儂はお迎えにすぐに引き返す！二百ばかりついてこい！」

本丸の廊下を足早に歩きながら叫ぶ。

「腹が減った、誰か、湯漬けを持て！」

「殿。」

奥殿から、正室の菊が小走りでやってきた。

「ようご無事で。」

「御館様が危うい、すぐに兵をまとめてお迎えに出る。」

「それはなりませぬ。」

脇の廊下から城代を務める、従兄弟の小山田八左衛門が現れた。信茂より一回り身体の大きな男だった。

「なんじゃ八左衛門。」

「信茂様には、岩殿城に留まっていて頂きたい。」

「そんな事は出来ん。お館様の危機と言っておるであろう。」

「だからでございます。」

「どういうことだ。」

「穴山梅雪殿が、徳川殿に通じられました。その上で谷村の城まで進軍してきております。お館様をお迎えに兵を出せば、その後をとって、笹子峠を押さえられます。殿と兵は、郡内に戻れなくなり、古府中側の敵と挟み撃ちになります。そのうえ兵の足りなくなった岩殿城を落とされます。」

「なんということだ！」

「梅雪殿はそつがございませぬ。この状態では、なにもできぬのでございます。」


武田勝頼は、小山田信茂が新府城を立った翌三月三日新府城を後にした。木曽義昌の謀反の種と成り、領民からの反発を招く事になった新府城であったが、半造作の状況、また兵力の不足で守り切れる筈も無く、捨てなくてはならなくなったが、敵に明け渡すわけにも行かず、城の各所に火を放っての出立となった。実質一ヶ月ほどしか勝頼は住まわなかった事になる。

勝頼と運命を共にすると決めた桂姫も燃え上がる新府城を振り返り振り返り歩いていた。他にも侍女や将兵の妻子なども加わっているので、さほど早くは進めなかったが、穴山梅雪の寝返りにより、梅雪軍・徳川勢を心配しながらの急ぎ旅となった。新府城から甲府には寄らず通り過ぎたが、八里ほどの大善寺で宿泊する事になった。

大善寺は勝沼の柏尾にある奈良時代創建と言われる古刹だった。また、ここには、武田信玄のいとこで、勝頼の乳母でもあった理慶尼が居住していた。理慶尼は武田家の流れをくむ勝沼今井家の出で名を松の葉といい、武田家家臣雨宮織部良晴に嫁いでいたが、実の兄が上杉の調略にのり武田家に刃向かおうとした事が発覚し、誅殺されてしまった。その際、雨宮家に累の及ぶのを恐れ、離縁して出家し、大善寺の一隅に庵を建てて居住していたのだ。勝頼達は、この寺の本尊薬師如来に戦勝祈願をし、この夜は、理慶尼の庵で桂姫・信勝と共に四人で休んだとされている。

塩の山から茂った枝越しに甲府盆地を見下ろしていた松姫が、おやっと目をこらした。笛吹川の当たりを進む、軍団のような隊列が見えたのだ。もしや兄上様…。しかし、旗印が見えるわけでも無く、第一人数が少なすぎた。武田本隊なら一万を超す兵列になる筈だった。だから、百人程度の隊列では偵察部隊か先発隊かそのような者だろう。と、一人納得してしまった。伊那街道総崩れの報せは聞いていた。しかしまさか、武田本隊が百名程しか残っていないなどとは夢にも思わなかった。

「松姫様。」

如月十兵衛が、一声掛けて近づいてきた。神妙な面持ちが、松姫を不安な心地にさせた。悪い報せだと直感した。

「十兵衛、いかがいたした。」

「詳しい話はまだですが、昨日高遠城が、落城いたしました。」

「兄様は。」

「全員討ち死にされたとのことです。」

武田勝頼一行は、柏尾の大善寺から鶴瀬宿・駒飼宿へと進んだ。距離にすれば、大善寺より一里半程しか無い。そこから先は、笹子峠への山道となって郡内に入るのだが、勝頼は小山田信茂を信じ、言われるままここで待つ事とした。しかし駒飼に宿泊して二日後、もしや小山田信茂が裏切ったのではなどと、噂が立ち始めたころに、岩殿城から小山田八左衛門行村がやってきた。八左衛門は信茂の従兄弟に当たり、勝頼も寵愛していた。その八左衛門に今しばらくと言われ、その日も馬飼宿に留まる事となった一行であったが、夜半八左衛門と一行の中にいた勝頼の従兄弟武田信堯《のぶたか》の二人が共謀し、人質であった小山田信茂の母を連れ出してしまった。

武田信堯とは武田信玄の弟武田伸基の嫡男で、御宿《みしゅく》友綱という武田信玄の侍医の二人の娘を小山田信茂とそれぞれ嫁に貰っている相婿の関係にあった。

やはり謀反か、と勝頼一行は笹子峠に向かったが、道の途中に柵と木戸が設けられ、郡内入りを遮断されてしまった。そのうえ柵に近づこうとすると鉄砲を射かけられ、道を引き返さざるを得なかった。三月九日になっていた。

九

この間、やっと三月五日、織田信長が安土城を出陣した。その日は近江柏原の上菩提院に泊まり、翌日揖斐川呂久の渡しで高遠城より送られた仁科盛信の首を見分した。首は岐阜に送られ、長良川の川岸に晒された。翌七日は雨降りのため信長は岐阜城に滞在している。

織田信忠は三月六日には、甲府に入城し、一条蔵人の私邸に陣を構えた。そして、武田の一門・親戚衆・家老の者を探索し捕らえさせた。既に戦後処理のようであった。

清野美作守・朝比奈摂津守・諏訪越中守・武田上総介・今福昌和・小山田信有・武田逍遥軒・山形三郎兵衛の子・武田信親らは捕らえられ、打ち首となった。

また、織田勝長・団忠直・森長可に足軽部隊を率いらせ、上野国へ、残党狩りに派遣した。上野では先方衆であった小幡信真《のぶざね》がいち早く信忠方に人質を差し出し恭順の姿勢を見せた。続いて甲斐・信濃・駿河・上野の各国衆は、こぞって信忠の元へそれぞれの縁故を頼り帰服の挨拶に集まってきた。既に闘いの決着は付き、甲斐・信濃・上野・駿河は織田信長の手中に握られてしまった。

織田信長は、三月八日岐阜から犬山へ、九日は金山へ、十日には高野に陣を張り、十一日にやっと岩村城に到着した。


同じ三月十一日、滝川一益が、武田勝頼一行の消息を掴んだ。穴山梅雪を通じ、岩殿城の情報が流れたのだ。それまで、勝頼は岩殿城での最期の決戦を準備しているものと思い込んでいた。それが、馬飼宿から笹子峠を登るところを小山田信茂の兵に追い返されたという。その知らせを聞いて滝川一益は顔をしかめた。勝頼の消息が分かったのは良かったが、小山田の裏切り方が気に入らなかったのだ。同じ武士としては、主君を護り岩殿城で最期の闘いを挑んで欲しかった。きっと、誰もがそう感じるはず。たとえ小山田氏が生き残ったとしても、末代までの汚名を残した事となるだろう。

ともかく笹子から追い返されたとするとそれほど逃げ道は無い。甲府方面には戻れぬだろうから、鶴瀬から先へ進むだろう。滝川一益の脳裏には天目山棲雲寺という名前が浮かんだ。あそこは、武田家にとって特別な場所だった。二百年あまり昔の南北朝時代。関東は関東管領の座を巡って戦乱が絶えなかった。そんな中上杉禅秀が反乱を起こし、関東を二分する闘いとなったが、京の室町幕府からの援軍なども来て、禅秀は敗れてしまう。このとき甲斐武田氏の武田信満も禅秀に荷担していたため、関東を逃れたが、天目山に追い詰められ切腹。このとき武田氏は一度滅びている。しかし、その後再興され、武田信玄・勝頼の時代まで続いたのだ。

逃れる当ての無くなった勝頼がその故事に習い、武田家の再興を夢見て、天目山で腹を召してもおかしくない、と思ったのだ。

滝川一益はそれを念頭におき、近辺の険阻な山道を探索させた。すると、天目山に向かう山道の田子という山村に勝頼一行が急作りの陣を造ってとどまっているという事が解った。早速、滝川益重・篠岡平右衛門を先陣に、包囲網を引いた。

「桂、お主だけは生きて欲しかった。」

「まだ、お言いですか。桂は勝頼様に嫁いで以来武田の女になったのでございます。武田を捨てて小田原に戻る事など考えもいたしません。最期までご一緒できる事がとても幸せと感じております。また、あの時貞姫を松姫様にお預けして本当に良かった。私たち二人の分も貞姫が良い人生を生きてくれる事を祈ります。」

「そうだな、貞姫は、松姫はもう八王子の地を踏んだかな？」

勝頼は、脳裏に我が子貞姫の屈託の無い笑顔を思い浮かべ、小さく微笑んだ。

細く険しい山道の片側は急な山がのし掛かるようにそびえ立ち、もう片側には小さな崖の下に日川の流れ。その向こう岸はまた急な山肌、遠くを見回しても山また山。この道は山奥の棲雲寺へと続く道。できれば、そこで最期を迎えたかったが、付いてきてくれた女子供には、もうそこまで登るだけの体力はない。ここまでで十分と考えるべきだ。これが最期までこの儂に付いてきてくれた家臣へのせめてもの心遣いかと思う。勝頼の瞳にうっすらと涙がにじんだ。勝頼は涙を振り払うように強く思った。儂は、どこを間違ったのだろう。そんなことしか出来ない不甲斐ない主君であった。今はそんな時ではない。不甲斐ない主君であろうが、死ぬときくらい、皆が誇れるような死に様を見せなくてはならない。

山道が若干広がった広場に、掘っ立て小屋といった方が早い農家が建っていた。鶴瀬から笹子への道では無く、山道に入り込んでとりあえずここまでは来た。しかし、女子供の旅慣れない足が血と泥にまみれ、その疲れ切った表情からはもう絞れる体力も無い事が見て取れた。これ以上は進めないと勝頼は思った。昨夜この農家に着き、幾ばくかの金子を与えこの家を借りたが、ここが死に場所だと思う。急ごしらえの竹矢来で道を塞いではみたが、子供だましにしか過ぎない。敵が来れば簡単に蹴散らされてしまう事だろう。

周りを見回して見る。男四十名女五十名ほどの人数でしか無い。その中には、勝頼の正室桂姫・勝頼の叔母、そして武田一門、親戚衆の婦人やお付きの者達、普段城の奥殿で大勢の者にかしづかれているような女性達が多く見られた。旅慣れぬ足で良くここまで付いて来てくれた。と勝頼は感謝した。それなのに、武田家の重役と呼ばれるような身内や親戚衆の武将の姿は見えなかった。伊那の城々から逃げ出し消えていった者達、新府城からここまでの間でも、長坂釣閑齋はいつの間にか消え、古府中に入る頃には入明寺の竜宝を助けると言って抜けた長延寺実了。そしてその時跡部大炊介も離れていった。今になって思えば、釣閑齋と大炊介の二人を信玄公が嫌って遠ざけていた理由が分かる。信玄公が亡くなられて孤立していた勝頼に近づいてきた二人を重用しすぎた。また、結果から見れば、勝頼を自分の後継者に指名しなかった信玄公は正しかったのかも知れない。勝頼の思いは反省ばかりであった。

武田勝頼、正室桂姫の二人は、白装束で家の脇にある梅の木の前に座り、自刃の構えを取っていた。ここまで来て敵の刃にかかるより、見事詰め腹掻き切って武田武士の意地を見せてやる。

その脇に具足姿の信勝が立っていた。信勝は、亡き信玄公から指名を受けた武田家継承者として、家祖新羅三郎義光より伝わる大鎧、小桜韋威鎧兜、大袖付「楯無」を着け、十文字槍を立てて、時を待っていた。戦働きの少ない信勝には、最期の勇名をあげさせたかった。その後ろでは御旗がそよ風に揺らめき、日章旗を見せていた。また、勝頼の前には命を預けて付いてきてくれた女達が姿勢を正して座していた。彼女たちは二人ずつ向かい合い、手には懐剣を握りしめていた。

農家の前の道には四十人ほどの家臣が道の前後に意識をとがらせていた。刀・槍・弓とそれぞれの得物を手にしている。譜代家老であった土谷昌恒は自慢の弓を手に矢筒を背負っていた。

勝頼は、数秒瞑目し、目を開くと懐紙に筆を走らせ、辞世の句を書き記した。

朧なる　月もほのかに　雲かすみ
　　　晴れて行くへの　西の山の端

書き終えると、筆と懐紙を桂姫に渡した。桂姫も一瞬笑顔を見せると懐紙に向かった。

黒髪の　乱れたる世ぞ　はてしなき
　　　思ひに消ゆる　露の玉の緒

「敵襲！」

見張りの声が響いた。土谷正恒が矢を射る。遠くで悲鳴が起きるのが聞こえた。と同時ににわか作りの竹矢来に敵兵が襲いかかってきた。

「御館様とお方様に敵の刃を振れさすでないぞ！」

「おーっ！」

信勝は、色白で端正な顔を少しこわばらせながら叫び、皆を鼓舞した。

武田勝頼は立ち上がり、谷に響くような大声で叫んだ。

「武田家の最期じゃ。皆の者この世での忠節、勝頼心より礼を申す。」

勝頼は、梅の木の下に座り直すと、隣の桂姫と目を合わせ、

「逝くか。」

「はい。」

勝頼は白装束の前を寛げ、周りを一瞥すると、左脇腹に脇差しを差し込んだ。力一杯右に引き、一度引き抜くと今度は下腹に突き刺し、見事十文字に腹を切り裂いた。

桂姫は、勝頼が脇差しを刺すと同時に左胸の上に懐剣の切っ先を付け、一気に突き刺した。桂姫は胸に柄まで刺さった懐剣を抱えるように前に倒れ込んだ。

それに続いて周りに座した女達が互いに懐剣を差し合い、倒れていった。

「父上様！母上様！」

信勝の悲痛な叫びが火を付けたように、皆が敵に向かって走り出した。土谷正恒は、弓をひいては放ち、ひいては放ち、矢が尽きるまで射続け、矢が尽きると弓を放り捨て、太刀を抜いて乱戦に飛び込んでいった。しかし、たかだか四十程の兵力に過ぎず、一時の闘いで決着は付いた。

武田勝頼・信勝親子の首は、滝川一益により古府中の織田信忠に送られ、検分の後、関可平次、桑原助六の二人に持たせ信長の元へ届けさせた。

三月十三日、信長は岩村城から根羽へ陣を移し、十四日平谷から浪合に陣を進めた。この時、武田親子の首を検分する事となった。

『十五日、午の刻から雨が強く降った。この日、飯田に陣を構え、勝頼父子の首は飯田に掛け晒した。上下の者が、これを見物した。』と、「信長公記」に記されている。

十

カガリと楓が、笹子峠に近づいたとき、滝川一益の一隊が峠とは反対の山に分け入っていくのを見かけた。もしや松姫様がと後を付けてみると、彼らが囲んだのは武田勝頼一行だった。

これが、松姫一行なら、命がけでも飛び込んでいかなくてはならぬが、勝頼公に命を賭ける義理はなかった。杉の木立の上から、高見の見物と決め込んだ。

闘いは、あっという間に終わってしまった。勝頼公は、ここを終焉の地と決めていた様子だった。夫婦で死に装束を着込み自刃していった。

倅信勝はめざましい活躍だった。十文字槍を自由に操り、群がる敵をなぎ倒していった。しかし、深手を負ってしまい、これが最期と、同じく重傷を負っていた大龍寺麟岳と差し違えて自害した。大龍寺麟岳は武田逍遥軒信廉の息子であった。


崖っぷちに広がった、小さな広場は、死体の山だった。短い戦闘の後、滝川一益の軍は、武田勝頼・信勝二人の首を取ると、引き上げていった。カガリと楓は、武田家と関わりのある者として、武田勝頼・北の方様・信勝の三人を梅の木の下に仮埋葬した。

信勝を埋葬する段になって、カガリはふとその大鎧に気がついた。

「これは、武田の『楯無』ではないのか？」

「そのようですね。」

「ちょっと手伝ってくれ。」

「どうするつもり。」

「鎧をはぐ。」

「戦場荒らしをするつもり。」

「何を馬鹿な。これは、武田家の先祖伝来の家宝だろう。このままにしておいて、百姓の戦場荒らしにでも取られて古物屋にでも売られたら、殿様も死に切れねぇだろうよ。どこか武田ゆかりのお寺にでも納めるのさ。供養と思え。」

農家の中に残っていた甲冑櫃に楯無一式を納めると、血しぶきの飛び散った日章旗と、二人の辞世の句を書いた懐紙を畳み、これも櫃に納めた。その頃になると、村人が恐る恐る広場の入り口辺りに顔をみせるようになった。そのうち、武具の争奪戦になるのだろう。

「行くか。」

カガリは甲冑櫃を担ぐと、山奥への道へ足を向けた。棲雲寺へ向かうつもりだった。勝頼様も出来れば棲雲寺まで行きたかったのでは、とふと思った。

「武田勝頼様が討ち取られた。」

笹子峠の物見の者が、岩殿城に報せをもたらした。

書院の小山田信茂の元にも報せは聞こえてきた。信茂はここ数日、書架台に向かって読書にふけっているように見せていた。しかし、頁をめくった様子は無い。股の上に固く握りしめられた拳があった。

「儂は何をしたのだ。なんと言う事をしてしまったのだ。」

その言葉だけが頭の中を駆け巡っていた。

信茂の握った拳に涙が落ちる。脳裏には、別れしな、腰の物を差し出してくれた勝頼様の笑顔が残っている。あの笑顔を裏切るなんて。

城で討ち死にするために戻ってきたのでは無いか。なら、城を空にしても全軍を動かせば良かったのではないか？城も領地も放り出すべきだった・・・。

「殿。殿！」

襖は開け放してあった。もうじき春とはいえ、岩殿山の上は風もまだ冷たい。お館様が寒い思いをされているのに、自分だけ暖かくぬくぬくしてはいられないと自分を罰するような気持ちだった。そこに取り次ぎの者が来たようだったが、声に反応するのに時間がかかったらしい。目を堅くつむり俯いて泣いている城主を見て、取り次ぎの声に困惑の色が見えた。

「殿、八左衛門様が広間でお待ちです。」

「うむ、今行く。」

取り次ぎの者がほっとした様子で下がっていった。信茂は懐から懐紙を出すと、顔をぬぐい、立ち上がった。ここ数日まともな食事もとっていない信茂は、数日でげっそりと痩せ、風貌もとげとげしさのようなものが出ていた。そんな信茂を見て、広間に座していた八左衛門が声を掛けてきた。

「信茂殿具合でもお悪いのか？」

「いや、食がのどを通らぬのじゃ。」

「無理にでも何か食べなくては、体が参ってしまう。」

「食べられるはずがなかろう！」

信茂は、自分自身に怒りをぶつけるように、目を血走らせ、怒鳴ってしまった。

「もう、御館様の事は考えるな。済んでしまったことじゃ。」

広間には、穴山梅雪の使者川原弥太郎も来ていた。

「先ほど武田勝頼様が滝川一益様に討たれたとの報告を受けました。」

「それが何か？」

「武田が滅び、織田が勝利した。あとは、領地の分配や恩賞などの戦後処理が始まりましょう。」

「それに参列せよと。」

「勝頼を討つきっかけを滝川殿に差し上げた訳ですが、まずは織田様に恭順の意を示してご挨拶に行かねばならないでしょう。」

「主君を裏切った褒美を貰いに行けと。」

「そうです。忠義者という名を捨てて郡内の兵と民を護った恩賞とお思いくだされ。それには、まずは領地の安堵を。」


「殿！殿！」

廊下をドタドタと走る足音がして、初鹿野伝右衛門が周囲の制止を振り切るように、広間に入ってきた。

「どうした、伝右衛門。」

振り向いた信茂の容貌の変化に、勢いきって走り込んできた伝右衛門も、うっと声を詰まらせた。

「殿。香具姫はどうなされた？」

「香具姫：。」

「お忘れか、私の家から娘の香を、ぜひにと養女にお迎えなされ、小山田家の証人（人質）として府中に送られたことを。」

信茂の顔がいっそうに曇った。伝右衛門の直視する目を避けるように横を向いた。それを見て脇から八左衛門が口を出した。

「なんじゃ今頃。」

「香具姫は、私の香はどうされた、とお聞きしておるのです。」

「私の香では無い。養女として頂いたからには、小山田家の香具姫じゃ。」

「その香具姫はどうされたのじゃ。武田家を裏切りなさって、人質に出していたご自分の御母堂様だけをお救いになられ、わざわざ私の家から取り上げた香を養女に仕立て、人質にお出しになって、その香具姫を見殺しにされたのですか？」

伝右衛門が語気も強く、信茂に詰め寄った。

「すまぬ。」

信茂にはその一言しか言えなかった。

「伝右衛門、口が過ぎよう。殿は岩殿城と郡内を救うために、泣く泣く武田を見限ったのじゃ。そのための犠牲と思って貰えば、養女の一人くらい。」

八左衛門が、信茂に助け船を出した。が、かえって伝右衛門に火をつけてしまった。

「一人くらいですと。私の一人娘を、必ず殿のお子としてそれなりの嫁ぎ先を見付けるとお約束頂いたのに！一人くらいの犠牲とはなんと言う事を！もう、このお家にはおられません。殿が武田家を見限りなされたように、それがしもこの小山田家を見限らせていただきます。こんなお家など潰れてしまえばよろしい。」

「なんと言う事を、伝右衛門、そこに直れ！」

八左衛門が腰の物に手を添えた。

「八左衛門！伝右衛門の言う通りじゃ。好きにさせてやるがいい。」

「しかし、それでは示しが付きませぬ。」

「もういい。儂のした事が、一番示しが付かぬことなのだから。」

「失礼！」

初鹿野伝右衛門が一礼すると、大股に廊下を去って行った。


向嶽寺。

武田勝頼の最期は、すぐに松姫の元にも流れてきた。小山田信茂の酷い裏切りも野火のように噂が広がっていた。松姫にとっても小山田信茂は躑躅ヶ崎館の頃に良く見知っている漢だった。あの実直な男が：記憶の中の信茂との違和感を覚えたが、その酷い仕打ちには怒りがこみ上げてきた。

「十兵衛殿、兄上様が亡くなったのでは、もう甲州に残る意味がありませぬ。一刻も早く、武蔵国に渡りましょう。」

如月十兵衛は、少し考えてから静かに言った。

「今少し、お待ちください。まだ、世間の耳目がこちらを向いております。織田勢も古府中中心に広がっております。今出ては、目立って、すぐ捕らえられてしまうでしょう。織田信長は飯田城におり、この上何万という兵を連れて、甲斐の国には来ますまい。兵糧も費用も無駄遣いになります。」

「そうか。」

「この闘いの恩賞は、信長が直接決め、下されるでしょう。ならば、織田勢は信長の陣、伊那に戻らなくてはならぬでしょう。その時が一番の手薄。逃げ時でしょう。」

春の風に、ウグイスの鳴き声が聞こえてきた。

躑躅ヶ崎館の東の守り愛宕山から、東へ半里あまりの甲斐善光寺、そこを北へ谷沿いに二里ばかり山を登った辺りに、簡素な湯治場があった。地元の猟師や農閑期の百姓などが時折訪れる程度の湯治場で、今の時期では農作業の準備に追われ尋ねる人もいない。最も熊が冬眠から覚め、腹を空かしている頃でも有り、怖くて来られないと言うのもある。

そんな湯治場の湯煙の中に、洗い髪を垂らし、白く張りのある肌を見せて、湯につかっている者がいた。一目見て女と見間違えるような容貌だが、男であった。飛騨の忍び美女丸だった。

吹きさらしの露天の湯の脇に、掘っ立て小屋が一棟、中は土間と板の間で、板の間には薄い夜具がのべてあった。美女丸は、愛宕山での「夢傀儡」の術中に飛ばした意識体を斬られ、実体にもその影響が現れていた。深手では無いが、戦える身体では無かった。折良く、寒月齋からの指令を持った使いのナガレが古府中に着いたところで、愛宕山の爆発を見て様子を見に立ち寄ってくれたのだ。破壊された東屋の中で、倒れていた美女丸を見付け、近くの寺に担ぎ込み手当をすませてからこの湯治場を訪れた。ナガレは自分も過去、この湯治場を利用した事があるようだった。

ナガレは、熊皮を纏った四十過ぎの忍びだった。左腕の肘から先は無かった。忍びで四十を過ぎたというのは珍しかった。俊敏力・跳躍力・持続力などの体力が年齢と共に落ち、使い捨てのような仕事を与えられ殺されてしまうのが常だった。だから、この年で生きているというのは、それなりの術者である証であった。

寒月齋からの指令は、松姫の一件から手を引けとのことであった。どうしてかは、伝えられない。ただ、手を引けだった。

この仕事は、織田信忠様からの命と聞いていた。掠って来い。来ないようなら殺してしまえ。それを中途でやめろとは。既に、狐火・畜生丸・幽鬼・十文字と四人も犠牲者が出ておる。やめろといわれて、はいとはいえない現状だった。

三月十七日、織田信長は飯田から飯島へ、十八日には高遠城に入った。そして十九日には上諏訪の鷲峰山《しゅうほうざん》法花寺に入った。以後この寺で戦後処理を指揮する事となる。

二十日には、この闘いの流れを決めた木曽義昌が、馬二頭を信長に献上しに陣を訪ねた。信長は、刀と黄金百枚、そして領地の安堵と信濃の内二郡を知行の追加とした。

夕刻には、穴山梅雪も馬を献上に上がり、脇差しと小刀に鞘袋と燧袋《ひうち》を付けて与え、本領を安堵した。小笠原信嶺も駮《ぶち》の名馬を送り、信長がその馬をたいそう気に入り本領安堵となった。

小山田信茂は城にこもって、信長への挨拶には伺候しなかったが、二十四日、古府中の織田信忠より召し出された。謀反を起こした事は、木曽義昌・穴山梅雪らと同じであるが、織田方に先んじて繋がっていなかった事。木曽・穴山氏がそれぞれ地方の国衆と受け取られていたのに、小山田信茂は、武田の家老と受け取られていた事で、扱いは大きな違いを見せる。

十一

初鹿野伝右衛門は、岩殿城を退去し、笹子峠を越え、勝頼一行が最期を迎えたという田野を目指した。現場はすでに片付けられ清められていた。伝右衛門は村人に幼女の遺体がなかったか聞いて回った。しかし、十騎の家臣を連れ訪れた伝右衛門に村人は冷たかった。侍の争いに巻き込まれ、家や畑を荒らされ、残された死体の山を片付けなければならなかったのだ。いい顔はできない。

初鹿野伝右衛門は、さらに山を登り、棲雲寺までいってみた。着いて見ると、南北朝時代、二百年ほど前に創建されたという本堂も見事に焼け落ちていた。境内の端に「摩利支天」を祭った祠だけが残されていた。さすがに織田の兵も武運を祈る摩利支天には火をかけられなかったようだった。

焼け跡から、焼け焦げた仏像らしきものを見つけ出し、大事そうに抱えている住職に尋ねてみたが、香の消息はつかめなかった。

伝右衛門たちは、山を下り、初鹿野の館にもどった。

屋敷に戻っても、数日間伝右衛門は生気なく暮らしていた。そんな毎日の中で、日課としていたのが、街道脇にある六地蔵参りと一里ほど甲府に向かった大善寺の薬師如来を詣でることだった。ただ、一人娘「香」の無事を祈っていた。

この日も、大善寺の薬師堂で薬師如来に対面し、香の無事を祈っていた。中央の須弥壇に安座された薬師如来、その左右に日光菩薩・月光菩薩、お堂の四隅を守るように十二神将がにらみをきかせていた。祈りも一段落したところへ、大善寺の住職理慶尼がやってきた。

「毎日、お励みで…きっとその祈り、仏様がかなえてくれますでしょう。」

理慶尼が笑みをたたえた顔でそういった。

「ならよいのですが。」

「伝右衛門どの、おのどが乾かれたことでしょう。庵で茶など進ぜよう。」

そういうと、薬師像に手を合わせ、さっさと薬師堂を後にしてしまった。伝右衛門も仕方なく同行することとした。

理慶尼に案内されて通された、こじんまりとした庵の一間には、後に茶道で使われるようになる炉が切ってあった。その炉に鉄瓶を乗せ、茶を煎じている娘が一人座していた。

初鹿野伝右衛門は理慶尼に促されるまま炉の近くに腰を据えた。娘が鉄瓶を持つと、腕に茶を入れ、膝元に差し出した。その時になって、初めて娘が伝右衛門と目を合わせた。

「絹香ともうします。」

「儂は、初鹿野伝右衛門と申すものにござる。」

「はは、伝右衛門殿、そうしゃちこばらず。ま、茶を一服。」

理慶尼が、楽しげに二人を見ていた。

「ありがとうござる。」

伝右衛門は理慶尼に促され、茶の温度を確かめるようにそろそろと口にした。

茶の道として固まっていくのはまだ少し先だが、この茶は奈良・平安の昔に中国より伝来し、寺や公家等の間ではある程度定着していた。ただし、抹茶のようなものではなく、ウーロン茶に近いだんご状の葉を煎じて飲む、茶色をしたお茶だった。

「初鹿野様、お一つお聞きいたしたいことがございます。」

絹香が話し始めた。

「なんでしょう。」

「小山田信茂様が、武田家に証人としてお出しになられた香具姫様のことについてでございます。」

「なに、香のこと?」

「ではやはり、香具姫様は、初鹿野様の娘御を養女に出されたということですか？」

「その通りじゃ。香のことを知っておるのか？」

「ご安心をめされい。香具姫様は、信玄公ご息女松姫様とご一緒です。」

「で、どこにおるのじゃ。」

「それは、今は申せませんが、安全に私どもがお守りしております。」

「おぬしは？」

「信玄公にお仕えしていた『くノ一』でございます。」

「すぐにでも娘に合わせてくれ。」

「それについて、一つお願いがございます。」

「なんだ、申してみよ。」

「その前にまず、経緯をお話いたしましょう。松姫様は、高遠城より仁科盛信様の幼子勝五郎様と督姫様お二人を預かり、戦いを逃れて新府城へ移られました。しかし、戦線が芳しくなく、北の方様より勝頼様のご息女貞姫様と、証人として預かっておられました小山田信茂様ご養女香具姫様お二人もお預かりし、まずは古府中までさがることとなりました。このとき、北条方より、北の方様を救いに風魔のものがお方様の元に見えておりました。北の方様は勝頼様と運命をともにしたいと小田原行きをお断りになられましたが、松姫様一行が万一甲斐に居場所がなくなるような場合には、武蔵国の北条氏照様を頼るように風魔の者に命じておったのでございます。

私どもは、最悪でも岩殿城へ入れば安全と考えておりましたが、このような事態となり、行く先は武蔵国八王子しかなくなりました。

しかし、小山田信茂殿の裏切りにより笹子峠を越えることができなくなりました。甲州道は織田勢が封鎖しておることでしょう。この状況では、山を抜けなくてはならぬでしょう。しかしむやみに山に入り込む事もできず、道を知っている道案内の方を探しておるのです。誰か山に詳しい山の民を紹介してくれませぬか。」

「なんのその案内、私にお任せください。で、ご一行は何人で。」

「松姫様に、香具姫様、それに仁科盛信様のお子様二名と勝頼様の姫の五名、加えて護衛の忍び五名の十人です。」

「初鹿野家の郎党十騎で道案内と護衛をさせていただきます。」


カガリと楓は、武田家伝来の家宝『御旗・楯無』を担ぎ棲雲寺に向かったが、着いたときには織田勢が火をかけた後で、この家宝を納めることはできなかった。しかたなく、織田勢とは反対に日川に沿って山を登り、大菩薩嶺の裾を巡って、甲州道上日川峠に出、甲州道を塩山方面に下り、裂石の雲峰寺にたどり着き、『御旗・楯無』を納めることができた。また、雲峰寺は黒谷衆の繋ぎの寺でもあった。何かの時の集合場所であり、通知を残せる寺であった。

カガリはそこで、首領ヌイからの指令書を手にした。

「松姫を拉致しろ。どういうつもりだ。」

「どういう事だ?」

カガリの言葉に、楓が反射的に身構えた。

「首領からだ。今度は松姫を拉致しろと…二日前のものだ。」

「なぜだ？」

「知らん。風魔より高い値を払うという奴が出たって事だろうな。まあ、今となっては、武田の家臣にしたって、どいつが裏切ってもおかしいことはないがな。」

「で、カガリはどうするつもりじゃ。」

「ま、俺はただの下忍じゃからな。上忍からの指令は絶対じゃ。」

「私と殺し合いになってもか？」

「それは、したくないのぉ。」

「では、どうする。」

「抱き合うってのは、どうかな？」

「カガリ！はっ。」

二人はそれぞれ後ろへ飛びすさった。ドスッと音を立てて、目の前の芝生に、十字手裏剣が突き刺さった。

「誰だ！」

二人がそれぞれ刀を抜いて構えながら寺の屋根を見上げた。

「忍の掟は守ってもらわぬとな。」

屋根の上に、深編み笠をかぶった武士風の男が立っていた。

「何奴！」

カガリがそう叫ぶと、自分もまた、屋根に飛び上がった。楓は境内を走りながら手裏剣を投げた。手裏剣は、何の手応えもなく、武士姿を突き抜けた。屋根に乗ったカガリは、相手を見失っていた。

「伊賀忍法　オボロ影。」

ボソっという声が聞こえ、カガリは見下ろし楓は振り返った。二人が今まで立っていた場所に武士姿が立っていた。

「伊賀忍法だと！おまえ伊賀者か？」

「伊賀者…里を焼かれた伊賀者が、織田にすり寄ろうてか。」

楓が挑発的に笑い飛ばした。

「ふっ。そんな訳はあるまい。」

武芸者風は、ゆっくりとあごひもを解き深編笠を外して、貌を見せた。

「おまえは…服部半蔵。」

楓がつぶやいた。

「ほーっ、拙者を知っておるか。」

「三方ヶ原の戦いの前に、浜松城で見た。」

「すると、徳川の差し金か？」

「まー、いろいろ考えてみるのも面白いだろう。しかし、忍びの掟は伊賀も黒谷もそうは変わらんじゃろう。道を誤るなよ。」

一言言うと半蔵が、深編み笠を境内の反対側に投げた。クルクル回りながら深編み笠が飛び、落ちる先で半蔵が受け止めた。

「じゃあな。忍びは忍びさ。」

半蔵の深編み笠が山門のある石段に向かって再びなげられた。半蔵が消えた。


「如月様、大変でございます。」

向嶽寺の書院を間借りしている如月十兵衛の元に雲祥和尚がやってきた。織田信忠が、武田残党狩りと称して、寺院の立ち入り捜査を始めたというのだ。で、中には気に入らないと言って火をかけるような蛮行も行われているという。そこで向嶽寺では、大切なご本尊様を運び出し、山中に避難しようという話になったとのこと。周囲の村人も累を恐れ一緒に隠れるという。

「如月様たちは、どうされます?」

「別に逃げましょう。ご一緒して見つかればあなた方にも迷惑をおかけすることとなりますゆえ。」

「それでは、ご無事に武蔵国へお渡りなされることをお祈りしております。」

「長い間、お世話になりました。」

十兵衛は運祥に一礼すると書院を辞した。庭に降り裏山に向かう。春を思わせる柔らかい風が頬に心地よかった。

「十兵衛様。」

くノ一の真城が足早に近づいてきた。真城は、古府中へ織田の情勢を探りに出ていたのだった。

「明日、小山田信茂が、古府中に呼び出されます。」

「そうか、早く松姫様のところへ。」

十兵衛が真城を促して走り始めた。


塩山から大善寺まで二里半ほどであろうか、しかし、昼日中、街道を突っ走って行く訳にも行かなかった。絹香は近くの山道に飛び込むと、枝から枝へ飛び移るように林の中を飛んでいた。真田十忍衆サスケの得意とする猿飛の術を習得しているようだった。この時間なら、初鹿野伝右衛門に大善寺で会えると思っていた。

半時あまりで、絹香は、大善寺の裏庭から境内に降り立った。そのまま、薬師殿へ入ってゆく。案の定、薬師像に伝右衛門が祈っていた。絹香は気配を消さないで、伝右衛門に近づいていった。さすがに祈りの声が止み、伝右衛門の顔が、絹香に向かった。

「おお、絹香殿。それでは、いよいよ。」

「はい、いよいよです。」

絹香は伝右衛門の脇に座り込んだ。

「で、香も連れて行くのか？」

「香様も、もう香具姫となられては、小山田信茂と一蓮托生。明日信茂殿は、古府中の織田信忠殿に召し出されます。今回最終的に織田の加勢とはなりましたが、恩あるお館様に対しなされた、だまし討ちのような裏切りは、味方どころか敵方でも顔をしかめる様なやり口。また、そんな信用のおけない者を、陣に入れたいと思う者もいはしないでしょう。となれば、武田方として処刑されましょう。その時は、本人にとどまらず、一族もろともになるでしょうから香具姫も同じ事。」

「香も見つかれば殺されるとおっしゃるか。」

「そうです。ご一緒に八王子へ渡っていただきます。」

「生きていてくれさえすれば、それでよい。」

「で、先日は山越えをお願いいたしたのですが、先ほども申したように、明日、小山田信茂のほか八左衛門・織田信堯らも古府中に呼び出されています。彼らが出向いたその後は、郡内は手薄ということになります。信茂と入れ違いに笹子峠を越える計画です。そこで、今夜半この寺で待ち合わせをして、初鹿野様のお屋敷に泊まらせていただき、信茂の過ぎたのを確認してすぐ笹子峠に入る。という予定にしたのですが、ご助力いただけますか？」

「もちろんでございます。……しかし、屋敷はやめておきましょう。」

「なぜじゃ。母御もおられように。」

「だからでございます。身内の恥を申すようですが。香は我が家の一人娘でした。妻の山吹にとっては、難産の末授かった掛け買いのない一人娘でした。可愛がりようも尋常ではないほどのものでした。それが、小山田家への養女の話が出て、人質のための養女などといって強く反対しておりました。しかし、領主様の頼みとあって、受けざるを得なくなり、何年か後にはそれなりの嫁ぎ先を与え幸せに暮らせることをお約束いただき、泣く泣く分かれた娘です。この騒ぎで死んでしまったと聞き及び、再び養女に出した事への悔恨の情に泣き暮らしております。」

「ならなおさら。」

「いえ、生きていたと知り、再び合う事ができればどれだけ喜びいたすことでしょう。しかし、すぐにまた別れねばならないと言っても承知はしないでしょう。何が起ころうとも我が子を自分で守ろうとするはずです。」

「…。」

「一度その手に抱かせたら、二度と手放すことはしないでしょう。その危険をいくら説いたとて、理解はできないことでしょう。安全なところに生きて着いて、一段落ついてから知らせてやるのが一番でしょう。」

伝右衛門は目に涙を浮かべながらそういった。絹香には伝える言葉もなく、

「それでは…。」

とだけ言うのがやっとだった。


乾徳山恵林寺。

鎌倉時代　元徳二年（一三三〇年）夢想疎石（むそう　そせき）により開山された臨済宗妙心寺派の寺院である。後、永禄七年（一五六四年）、武田信玄が美濃から快川紹喜（かいせん　しょうき）を招いていた。快川和尚は美濃がまだ斎藤道三の支配下だった頃には、斉藤家の外交僧もしていた。今は、その道三も信玄も亡くなり、武田家の菩提寺として、寺を守っていた。

松姫の影として動いている於登志と、原半左衛門・池谷庄三郎は、要害山城を逃げ出して後、この

恵林寺に隠遁していた。しかし、この寺に隠遁しているのは彼らだけではなかった。六角次郎義貞（佐々木次郎）もまた、隠遁生活をしていた。過ぐる年、足利義昭をたて浅井・朝倉らとともに織田包囲網をしいて、信長をたたこうとして破れた六角氏の生き残りであった。恵林寺の開祖夢想疎石が六角氏の流れをくむ者であり、その関係からここに隠遁していたようであった。織田領から遠く離れた武田家の領内として、安心して暮らしていたが、今やとてもそんな状態ではなくなってしまった。かといって近江周辺でしか生きてこなかった六角にとって、他に逃げ場所も浮かばなかった。

この後、四月に入ってから、六角次郎が潜んでいることが織田方にばれ、引き渡しを要求されるが、快川紹喜が頑なにその言いつけに背いたため、快川和尚をはじめ名のある高僧十五名を含む老若・上下百五十人の僧が寺もろとも火炎地獄に焼かれた。このとき快川和尚は『安禅必ずしも山水を用いず、心頭滅却すれば火も亦た涼し。』と、辞世を残したと言われている。ただ、『信長公記』にも、六角次郎を討ち果たしたとは記載がなく、後の関ヶ原の戦いの頃、豊臣秀頼の家臣として登場する佐々木次郎が義貞であるという説もあるが、定かではない。

三月二十三日に、くノ一三日月により、松姫様一行が周辺の寺社、農民たちの避難の騒ぎに乗じて、武蔵国を目指す事が伝えられ、於登志たちも恵林寺を出ることとした。しかし、恵林寺の住職たちは、避難も何も考えず、どっかと腰を据えていた。

向嶽寺。

それぞれの僧が、避難準備に追われていた。

持って行ける仏像を布団でくるみ、仏典を風呂敷に包み、いつも静かな境内が喧噪に覆われていた。松姫一行も旅支度を整え、山を下りてきた。寺の周囲にも牛が引く荷車の音や避難民の押し殺したような声が聞こえていた。

「雲祥和尚様、長い間お世話になりました。これで、お別れです。」

「気をつけていきなされ。きっと御仏のお導きがあることでしょう。八王子はこの寺とも何かとつながりのある地、この寺で修行した卜山というものが心源院という寺におります故、そちらを訪ねてみると良いでしょう。」

短い言葉に万感の思いを込め、見つめ合った瞳はすべてを理解しているかのようだった。松姫と雲祥和尚は、それぞれの向かい先に顔を向け、振り返ることもなく静かに別れていった。

村人たちの流れは、北へ、北へと向かって流れていた。松姫一行は、その流れを横切るように、東へと進んだ。督姫・貞姫・香具姫はそれぞれ、三日月・真城・雪乃の三人のくノ一に抱かれ、人波に巻き込まれないよう守られていた。先頭の絹香を道案内に松姫・勝五郎・三姫、そして殿に如月十兵衛が着いていた。

この日、中天には新月を二日後に控えた細い爪のような月が薄曇りの中に浮かんでいた。大善寺の庭に、ザッザッと砂利を踏む音が聞こえ、初鹿野伝右衛門と十人の郎党が入ってきた。周りを探るように木陰を回り、薬師堂の脇にまでやってきた。伝右衛門の手の合図で、木陰に音もなくうずくまる。寺の者には絹香が理慶尼を通じて、顔を出さぬよう伝えてあった。

しばらくして、寺の裏山に人の気配がしてきた。草を踏み分ける音や、子供の小さな声も聞こえる。だんだんと近づいた音は、境内の影となって現れた。数えると大小七人の影が境内の砂利を踏んだ。伝右衛門が一人薬師堂前に歩み出た。影の一人が駆け寄ってくる。

「初鹿野伝右衛門殿か？」

「絹香殿。」

聞き覚えのある女性の声だった。

絹香が後ろの影を手招きした。男が一人、少年が一人、後は三人の娘。

「香は…。」

すると、娘の背中から待ちわびていた声が聞こえた。

「父上様？」

一人の娘の肩から懐かしい貌が現れた。三人の娘がそろって腰をかがめ、背負っていた子供を下ろした。とたんに一人の幼女が走りだした。

「父上！」

「香！」

二人は駆け寄り、娘が父の胸に飛び込んだ。

「香、よう生きていてくれた。」

伝右衛門の厳つい地侍の貌に涙が流れた。

「父上様。」

「悪かった。おまえを養女になど、たとえ、殿の頼みであっても、受けるべきではなかった。」

伝右衛門の郎党の者も木陰から姿を現し、無言で親子を見つめていた。みな一様に目頭を熱くしていた。香様が生まれてからこれまで、伝右衛門がいかに可愛がってきたか知っている者達ばかりだった。

如月十兵衛は、親子の姿を静かに見つめていた。と、十兵衛の左手を強く握る小さな手にふっと目をやった。督姫が目に涙をためて、十兵衛を見上げていた。

「じゅーべー。」

「……。これはこれは、督姫様。いかがいたしました。」

督姫とてまだ幼き四歳。親恋しい頃であった。十兵衛はかがんで、督姫を抱き上げた。胸に抱き、頬をつけると、姫の頬を伝う涙が愛しく感じられる。

「督姫様の父上様、母上様は、高遠のお城で織田軍と戦い、武田の一族の意地を見せつけてお亡くなりになられました。さすが武田家の勇将と敵からも称えられております。仁科盛信様・咲のお方様が生きた証は、今や督姫様と勝五郎様お二人だけ。お二人は立派に生きて仁科の血を守ってゆかねばなりませぬ。そのために、お二人を松姫様にお預けなさったのです。まずは、此の地をのがれ、安心できる土地へ渡り、それからお二人を弔って涙を差し上げましょう。」

「じゅーべー。」

督姫が、より強く十兵衛にしがみついた。十兵衛はたまらない愛しさを感じ、督姫を強く抱きしめた。

「この十兵衛めにお任せあれ。」

十兵衛がそう言いながら松姫の方を見やると、松姫も同様に貞姫を抱きしめていた。幼い命の重さを胸に感じているのは、松姫も同じなのだろう。

しばらくの時間をおいて、初鹿野伝右衛門の案内で松姫一行は、笹子峠方面へ向かった。日川沿いに、初鹿野の宿を抜け、武田勝頼の跡をたどるように鶴瀬から、笹子峠の道から外れ棲雲寺への道へと入り込んだ。

第五話　見返り峠、案下路《あんげみち》

一

三月二十四日。早暁。

笹子街道鶴瀬の宿はずれ、日川にかかる橋のたもとに小さな地蔵が置いてあった。風雪に晒され、貌もはっきりわからないような地蔵だった。いつ置かれ、誰のために彫られたのか、由緒も言い伝えもない地蔵だった。ただ「顔無し地蔵」と地元の者が呼んでいる小さな地蔵だった。

その地蔵を参りにやってきたのだろうか、髪を手ぬぐいで覆った村娘が一人、小さな花束を竹を切って作った花差しに入れて近づいてきた。先ほど日川の岸で摘んでいた小さな花だった。

娘が地蔵に近づくと、静かな山道に馬の蹄の音が近づいてくるのが聞こえた。しかし娘は、そちらを見ようともしなかった。地蔵の前に跪き、花を供え、手を合わせて頭を垂れた。

蹄の音が大きくなり、橋の板をたたく音に変わった。娘は、はっとして顔を上げた。騎馬武者と一瞬目が合ったが、騎馬武者は、気にとめることもなく走り去っていった。きらびやかな鎧を身につけた者五、六人と三十騎ばかりの騎馬隊といったところだった。

騎馬隊が走り去ると、そのまま蹄の音が遠ざかり消えていった。村娘は、頭にかぶった手ぬぐいを外し、しゃんと立ち上がると騎馬隊と反対方向へ走り出した。武田のくノ一絹香だった。

しばらくして、初鹿野伝右衛門の騎馬隊がやってきた。どうそろえたものか、松姫、十兵衛、勝五郎、くノ一四人も、騎馬姿だった。

幼い姫は、くノ一の背中に負われていた。蹄をならし、先ほどの小山田一行とは逆に山道を駒飼宿へ向かった。

駒飼宿でも、早暁に走り抜けた騎馬隊に驚いていたが、すでに織田との戦は終わったことを知っていて、織田の略奪部隊かと一瞬ざわついたが、笹子峠を下りてきたので、一安心したところへ、今度は峠道を上ってくる騎馬隊に恐れを抱いた。しかし、先頭の初鹿野伝右衛門は、知られた貌であり、何事もなく宿場を走り去っていった。

駒飼宿を過ぎてしばらくすると、急ごしらえの関所についた。

関所と言っても、にわか作りのちゃちなものだった。山道を塞ぐ木戸と竹矢来。勝頼一行を通さないという意思表示だけで作ったもので、実際の戦闘に耐えるようなものではなかった。甲斐と郡内は武田の領地であり、関所の必要性などなかったからだ。しかし、今は、竹矢来の隙間から三本の鉄砲の筒が覗いており、髭面の甲冑姿の男が居丈高に腕組みをしてすごんでいた。

「初鹿野伝右衛門！何用じゃ！」

「谷村の身内を訪ねるところじゃ。木戸を開けい！」

「殿に暴言を吐いて逐電した者と聞いておる。今更郡内に入れると思うてか！」

「何を、この雑兵が！」

馬列の先頭でのやりとりを聞いていた殿《しんがり》の如月十兵衛と絹香が貌を見合わせ、にやっとすると、二人の姿が、馬上から消えた。

初鹿野伝右衛門が、イライラしながら説得を続けていると、髭面の後ろから、十兵衛と絹香が現れた。押し黙ってしまった伝右衛門に、勝ったと一瞬思った髭面の組んだ腕の、空いた左脇の下に十兵衛のクナイが差し込まれた。異変を感じ、振り向いた鉄砲衆も十兵衛と絹香に切り伏せられ、木戸が開けられた。

忍びの早業に、内心ドキッとしながら、伝右衛門は馬を進めた。後の者もそれに続いた。ついてきた空馬に、十兵衛と絹香が飛び乗った。

そんな頃、小山田信茂たちは、古府中へ入り、新府城に武田家の本拠を替えた折、取り壊された屋敷の中にいくらか残っている屋敷の一つ、一条蔵人の私邸に構えた織田信忠の陣に入った。一条蔵人は一条右衛門信竜といい武田信玄の異母弟に当たる。その勇猛さは知れ渡っているが、戦功が詳しく述べられてはいない。信玄公の親衛隊として身辺で活躍していたらしい。信竜の本拠地は、甲斐の上野にあり、駿河から古府中への途上にあった。勝頼一行が新府城を離れた際、一条信竜は息子上野介信就とともに本隊を離れ、急遽上野城に戻り徳川家康と籠城戦を戦った。しかし戦力差は激しく、戦に敗れ自刃してしまった。

その一条蔵人の私邸で待ち構える織田信忠の前に小山田信茂は一族とともに出頭した。貢ぎ物として、先日武田勝頼よりいただいた奥州黒という名馬を献上した。しかし、その先は穴山梅雪の使い川原弥太郎に言われたような流れにはならなかった。使者の話では、武田勝頼を討ち取る最期の決め手が信茂の反旗であったのだから、報償は思うがまま、というような事であった。しかし、信忠の前に出て、その貌を一目見たとたん、これは違うと気がついた。

信忠は、まるで汚れた物を見るような、さげすんだ目で信茂を見下ろしてきた。

「そちが、裏切り者小山田信茂か？」

「いえ、裏切り者などでは…。織田信忠様のために働かせていただいたのです。お味方させていただいたのです。」

「そちは、武田家が家老職であろう。」

「いえ、家老ではありませぬ。郡内の国衆として武田家とは同盟関係のようなもの。」

「そんな戯れ言、誰が信じるか。主家たる武田勝頼を自らの城に誘っておきながら、締め出し行き先を奪い、己だけ助かろうなど、武家の風上にも置けぬ、鬼畜の所業。一族郎党打ち首に処す！」


松姫一行は、笹子峠を越え、黒野田宿で休みを取った。笹子峠は音に聞く急峻な峠であり、大変な峠越えだった。黒野田では、街道から笹子川の河原に馬を下ろし水を飲ませた。乗り手も一時体を伸ばした。峠越えは緊張の連続だった。この笹子川が桂川となり、相模国へ入って相模川、相模の海へ流れ込むと思うと一歩進んだという思いが如月十兵衛の胸にわいた。しかし、まだ敵地であった。主立った武将が出払っているとはいえ、危険は危険であった。

これから先、郡内に入れば早駆けという訳にもゆかぬであろう。

なるべく、目立たぬように動く必要があった。

初鹿野伝右衛門は二人の家臣を様子見に走らせてみた。しばらくして帰っていた彼らは町の騒然とした姿を伝えた。城将の出払った城から城兵がそれぞれの領地、家に帰り始めているようだった。小山田家は無事では済まないと皆が決めつけているようだった。これでは、どこで誰に会うのか知れたものではない。松姫一行は黒野田の一つ先の宿場、阿弥陀海道まで進み、この日はここで一泊することとした。

二

於登志たち一行も、松姫と同じ二十三日の夜、恵林寺を抜け出した。荷車を引く者、荷物を担ぐ者、こどもをかかえる者、様々な人の波が恵林寺の横を通りすぎて行った。恵林寺を北に登った三富村方面を目指しているようだった。しかし於登志一行としては、道は違えど松姫一行と同じく、東の武蔵国を目指していたのだ。そこで、しばらくの間民衆を掻き分けて塩山まで下がり、甲州道を大菩薩嶺方面へ向かって歩いた。松姫一行と比べ、子供がいない分だけ自由に動けた。原半左衛門と池谷庄三郎は、甲冑等はつけず薄汚れた着物に袴、深編み笠という、旅の武芸者を装っていた。於登志は地味ではあるが、布も仕立ても見る者が見れば高級品とわかるような着物の裾をはしょり赤い蹴出しを見せている。旅姿の良い家のお嬢様風な出で立ちで、菅笠で顔を隠していた。隠れながらも存在を主張しているような服装だった。黒谷衆は、それぞれ別行動でつかず離れずに側にいるはずだった。天闇に紛れ、恵林寺から脇道やあぜ道を抜け甲州道へ入ると一里半ほどで裂石《さけいし》の湯治場に着いた。

平時代から知られた湯治場であった。開けた甲府盆地が山襞に隠れ始めたあたりで、この辺から山道になるのだろうが、この街道は、武田信玄が北条攻めの際幾度となく利用した道で、兵站線としてそれなりに整備されていた。そんな、湯治場を控え山間に湯気が見えるような場所で、池谷庄三郎が足を止めた。

「待て。」

於登志と原半左衛門が足を止めた。半左衛門はとっさに腰の刀に手をかけていた。

「どうされました。」

於登志が不安げに池谷庄三郎を見た。

「落ち武者狩りだろうな。」

庄三郎がそう言った矢先に十間ほど前の林から、手に手に竹槍や鎌、鍬など持った十人ほどの百姓が姿を現した。

「ちょっと待ってくださいやし。」

「待たせて何がしたい。」

貌も体もこわばらせて、百姓達が路上に現れてきた。細かく足を震わせている奴もいた。

「路銀と身ぐるみすべて置いていってもらいたいのさ。」

「相手を見て、物を言うのだな。」

池谷庄三郎は、肩にかけていた長柄巻を下ろすと、さやを払い、於登志に差し出した。

「ちょっと持っていてくれぬか。」

「はい。」

鞘を渡すと庄三郎は数歩前に出た。槍かと思っていた柄の先に、抜き身の刀身がヌメっと光るのを見て、百姓達の腰が引けた。庄三郎は一度頭の上で長柄巻をぶん回すと、半身に構えた。

「おまえら甲斐国の百姓だろう。長巻の庄三の名を聞いたことはないのか？」

「ひぇっ、長巻の庄三様！…相手が悪すぎる、みんなひけひけ。」

年長者の男がそう言うなり林に駆け込んでしまった。

「何を権爺が、たかが柄が長いだけの話じゃねえか。」

先頭の若い男が、怖い物なしという風に一歩前に出た。

「六助！やめておけ！手をだすんじゃねえ。」

「何を怖じ気づいてる！」

「その言い様だと、もうすでに何人もやっているという風だな。同じ武田の家臣として許してはおけんな。」

池谷庄三郎が突然走りだした。走りながら長柄巻を右に左にと降り続けた。六助と呼ばれた若者の首が飛んだ。続く後の者は、刃を回し刀の峰を振ったのだが、鋼鉄の棒には違いなく、庄三郎の走り抜けた後には、腕を折られた者、足を折られた者、肋骨を折られた者と、地面に這いつくばってうなっていた。権爺一人が無傷で震えていた。

「村の者を呼んで、手当てしてやるが良い。もう、落人狩りはよすんだな。」

池谷庄三郎は六助の汚れた着物で長巻の刃を拭うと、於登志から鞘を受け取り、何もなかったかのように歩き出した。

湯治場を過ぎて少し登ると、天平十七年（七四五）に大僧正行基により開かれたという裂石山雲峰寺があった。黒谷衆が先駆けして、山門でカガリ・楓と共に三人を出迎えていた。真夜中を過ぎていたが、この日はこの寺で一泊することとした。

カガリは原半左衛門、池谷庄三郎の二人に武田勝頼、北の方様の最期を語った。二人の辞世の句が書かれた懐紙を渡すと、原、池谷の二人は涙をこらえきれず、歯をかみしめ慟哭を押さえるようにぼろぼろと涙を流していた。

しばらくして、半左衛門が寺の和尚に筆と短冊を所望し、辞世を短冊に書き写した。

「この懐紙は、『御旗・楯無』と共に甲冑櫃に納め、短冊は松姫様にお会いした際にお渡しするように。」

と、油紙で包んでカガリに渡した。

三

雲峰寺の一隅で、黒谷衆五人が顔をそろえていた。中央の燭台がたよりない一本のろうそくの炎を揺らめかせていた。黒谷からの指令書を回し読みしていた。

「で、どうするんだ？」

一番年配の源三がカガリに聞いてきた。

「オレは、無視する。」

「頭の命令は絶対だぞ！」

「しかし、松姫様達を無事に守り届けろというのもお頭の命令だった。」

「都合が変わったのだろう。」

「一つの仕事が、途中から正反対になるなど、あってはならぬ事。一回請け負った仕事を、金を積まれて転ぶなどとんでもない。今回の織田の武田攻めを考えてみるが良い。武田は北条と組んで甲相同盟を結んでいた。北条は上杉と相越同盟を組んでいた。甲相越三国同盟が目の前にあったのじゃ。それが上杉謙信の死後対立した二人の養子、景勝と三郎景虎との争いになった折、勝頼様は、甲相同盟を守り、北条から上杉謙信の養子となっていた、上杉三郎景虎殿にお味方すればよかったのじゃ。それを、一万両という金に目がくらんでしまい、相手側の景勝殿に味方してしまった。そのため甲相同盟を武田から破った形となり、三国同盟の夢は破られた。景勝との繋がりをより強固にするため景勝に勝頼殿の妹御菊姫様を嫁がせたところで、今回のような危機に際して援軍の要請にも応じない。裏切りで得たものは、裏切りで返されるという良い例だ。」

「それがどうした。」

「ここで武田を裏切ってみても、黒谷にとっていいことはないということだ。」

「では、命令に背くということか」

「そうだな。背きたくは無いが、松姫様を掠って信忠に献上したところで、そうたやすく転ぶ忍びなど、根切りにあうのが関の山。」

「それでも、掟は掟。」

「伊賀の里のように、妻子を無残に殺されても掟の方が大切と言うのか。」

「カガリは独り身だから好き勝手言えるのじゃ。妻子持ちは、村に人質を置いているようなもの。自由は出来ん。」

源三が立ち上がった。話はこれで打ち切りといったキッパリさがあった。

「行くのか？」

「これから、敵味方になるというのに同行は出来まい。」

「そうか、次は敵味方か？」

「夢丸・ヤマセ、フツおまえたちはどうするんだ。」

「池谷殿も原殿も、於登志殿も、苦楽をともにこれまでやってきた方々、急に敵にする訳にも参らぬ。それに、信長・信忠親子は、信用するに足りませぬ。」

「オレは、松姫様の男顔負けのいさぎよさに惚れてるよ。」

ヤマセは、そんな自分の言葉に笑っていた。

「私も同じ考えで…。」

「では、お別れか。」

霞の源三は、みんなを離れ、静かに山門に向かって歩いて行った。

阿弥陀海道で一夜を過ごした松姫一行は朝の出立の準備に忙しく働いていた。本道から一段高くなった名主の家で、初鹿野伝右衛門となにがしかの関係のある家だそうだった。背にも眼前にも深い山々が連なり、その狭間を笹子川と街道が抜けていた。右手に続く道の遙か彼方には武蔵国があるのだろうが、ここからでは、岩殿城さえ見えない。静かな山里の風景だった。

その静寂を破る、多数の騎馬の蹄の音が狭い谷間に木霊した。十兵衛・伝右衛門が庭の端まで行って、下を見下ろすと、百騎ばかりの騎馬隊が街道を駆け抜けて岩殿城方面に向かった。滝川一益の麾下の者が、小山田一族の縁者の者を捕らえに岩殿城へ向かうところだったが、十兵衛達には何の騒ぎかは不明であった。ともかく岩殿城は空城同然と思われていたのが、これで形勢は変わり、岩殿城をなるべく避けた道を選ぶこととなった。

松姫一行は、街道に降りると、とりあえず東へ向かい初狩の宿を抜けたあたりで北上し、真木の集落を目指した。上真木の入り口の辻に六地蔵があり、初鹿野伝右衛門は旅の無事を馬から下りて祈った。その辻を右に折れ橋倉林道に入った。道は橋倉峠を越え、そこから西奥山へ、金山林道を抜けると小さな湯治場があった。今は廃坑となっているが、一時期は金山の発掘で賑わっていたのだろう。思えば金山の枯渇が、武田の財政悪化を招き、義理よりも金を選ばせた元凶だったのだろう。金鉱跡を先に進み、トズラ峠に出ると視界が開け、東に、百蔵山《ももくらやま》とその影に隠れるように扇山が薄く見えた。山を下り日影、東奥山、下瀬戸へと山道を回った。岩殿城とそれに続いた山々を迂回し、小菅道に出た形となる。この日は名も無いような廃寺を見つけ一夜の宿とした。

松姫一行が目の前にした小菅道。その道を北上すると甲州道小菅の宿にぶち当たる。塩山からの甲州道をたどれば小菅の川久保・大久保・白沢・余沢となり、余沢が甲斐国と武蔵国の境となり口止め番所が設けられていた。また、川久保には、小山田信茂の家臣小菅兵衛尉忠元がいるはずだった。しかし、ここをすでに上州の武田勢をたたくための織田勢が抜けた後であるから、今誰がどう治めているかは不明だった。

また、昨夜の落ち武者狩りを撃退したことが織田方に知れれば、すわ松姫の一行か、と織田勢が、後を追ってくるだろう。でなくては、奴らを生かしておいた意味が無い。影は人目についてこその影だ。しかし、このまま小菅に向かう訳にもいかなかった。

裂石山雲峰寺を出立した於登志一行は甲州道を東進し芦倉沢から上日川峠を抜け石丸峠へと出た。右手に砥山、左手にはそびえ立つ大菩薩嶺があった。大菩薩嶺は針葉樹の原生林に覆われ黒々とした姿を見せていた。その色合いからその昔は大黒重山《おおぐろもやま》と呼ばれていたらしい。

石丸峠から南へ下ると小金沢山があるが、街道は東北の峰伝いに大《おお》マティ山に向かっている。なぜか、ヘブライ語が語源とされている不思議な山だった。於登志一行は、街道をはずれ、あえて、東南に延びる峰道に入った。主要街道ではないが、近隣住民がそれなりに使っている道であるので、草を踏み分けというような道ではなかった。この峰道は小菅道の上和田という集落に抜け、再び佐野峠に抜ける山道に入ると、奈良倉山の稜線を越え、武蔵国へと入った。最初の集落が長作で、そこで一泊した。

その日の朝、カガリは黒谷の首領からの指令と霞の源三の事を池谷庄三郎、原半左衛門に伝えた。

「掟やらを破っても良いのか。」

「命令に従うのが掟なら、頼まれた仕事をやり通すのも掟。」

「源三は、こちらではなく、本物の松姫を襲うつもりだろう。だが、どこにいるものやら。」

「目的地が八王子ですから、道はいくつかに限られるでしょう。」

松姫一行は、下瀬戸から浅川に沿って山を登り、半里ほどで浅川という集落に出た。浅川を抜け山道を登ると、浅川峠となる。南に扇山、北に権現山への尾根道が続いている。しかし、松姫一行は、今ひとつの東へ下る道を選んだ。尾根道に比べ道も狭く、馬から下りて引く場面もいく回かあった。棚頭に出、しばらくいくと野田尻宿につく。そして、また半里ほどで鶴川宿についた。上野原宿の目の前だった。

四

上野原宿には武田の忠臣加藤丹後守景忠がここを領地として城を作っていた。小山田信茂の逆心を聞いて、勝頼救助に向かった景忠だったが、信茂軍に阻まれ、上野原に押し戻されてしまった。しかし、上野原城は東の北条勢に対する構えであり、西方の守りは薄かった。景忠は城を落ち延びたが後を追われ討たれてしまった。

景忠が打たれた後、信茂軍は猿橋次郎の一隊を残して城に引き上げてしまった。その後主立った者は織田信忠に呼び出され、上野原城も忘れられた存在と化していた。

そんな折り、上野原城に五人の武士がやってきて、猿橋次郎との面会を望んだ。徳川家康家臣服部半蔵と名乗った。

半蔵は、武田信玄息女松姫を追って新府からやってきたと話した。途中見失ってしまったが、この上野原を抜ける公算が大きいので、検問を敷きたいと申し出た。

郡内を徳川が押さえていることを知っていた猿橋次郎は、当然のように服部半蔵に助力することとなった。

「鶴川にそれらしい一行が宿泊したようです」

半蔵配下の伊賀者が、情報をつかんできた。

「やはり来たか。」

服部半蔵は、自分の読みの正しさににやりと笑っていた。さっそく猿橋次郎に命じ、松姫一行を泊めたという名主の家を二十人の足軽で囲んだ。宿外れの大きめな建物で、このあたりの名主の家であった。昨日までポカポカとした春日和であったのが、急に冬に戻った様な冷たい風が吹く朝であった。空は、どんよりと黒い雲が下がっていた。

「頼もう！武田の松姫様をお迎えに参った！」

名主の質素な板塀の門に向かって、猿橋次郎が叫んだ。何も応答がないので再び声をあげると、木戸が開かれた。

「何を朝っぱらから騒いでおる。おう、猿橋氏か。」

初鹿野伝右衛門が門から馬を引きながら、一歩歩み出た。

「何だ、伝右衛門ではないか。」

伝右衛門の顔を見て、猿橋次郎の緊張が一気に解けた。

「お主、今、松姫様をお迎えに参ったと言ったが。」

「おう、言ったとも。」

「いったい、誰からのお迎えじゃ？」

「徳川殿の使いと申す、服部半蔵殿じゃ。」

「何！徳川殿じゃと。武田家の敵ではないか？小山田信茂殿はたしかに武田家に反旗を翻し、織田方についた。しかし、その織田方に一族もろとも誅殺されたのを知らぬのか？」

「知らぬ！穴山様の使いの話では、勝頼様を討つ事が出来た最終的功労者として、織田でも厚く迎えられるだろうとの話じゃったが。」

「戦う力を失った武田勝頼様が、最期の地として選んだ岩殿城への道を閉ざし、野ざらしのような死に方をさせた不忠者として、お味方衆はもちろん、敵方の将も貌をしかめている。すでに信忠によって切腹も許されず首をはねられたわ。そのうち新しい城主の名前も流れてこよう。それを、今更家康に媚びを売ってどうするつもりじゃ。」

そういうと、初鹿野伝右衛門は馬の鞍にまたがった。

「我らは、甲斐国を離れるため旅立つが、どうしても引き留めるとお言いならお相手つかまつろう。」

そう聞いて、猿橋次郎が一瞬戸惑い、後ろに向かって声をかけた。

「半蔵殿、今の話は本当か、我が殿は織田に殺されたのか？」

少し離れた木の陰に隠れるようにしていた男が前に出てきた。

「本当だ！あんな汚いやり方、誰が褒め称えるものか。」

「なら、話は違ってくる。おまえは、我が殿の敵の手先。伝右衛門すまぬ、行ってくれ、こいつらは拙者達が片付ける。取り囲め！」

猿橋次郎配下の者が、服部半蔵と四人の手下を取り囲んだ。鑓の穂と真剣が向けられている。

「次郎。礼を言う！」

初鹿野伝右衛門が馬を走らす。その後を郎党と松姫達が続く。殿《しんがり》は十兵衛と絹香だった。


「やれ！」

服部半蔵が叫んだ。すると五人の忍者が身をこごめ、低い位置からそれぞれ手裏剣を投げた。取り囲んだ二十人の内、一角の五人に集中していた。と、その手裏剣を追って走りだす。慌てて手裏剣をよけたところへ忍者が飛びかかってきた。一瞬のうちに囲みの一角が崩れ、乱戦状態となってしまった。その後も、忍びの素早い動きについて行けず、一人、二人と倒されていく。

二十対五という数の差に気を抜いていたところに、一気に逆転された驚きに戸惑う中、集団としての強みは失せていた。前の敵と戦っていたらいつの間にか背中を切られてしまうというような闘いだった。猿橋次郎が最後に残ったが、十字手裏剣を首に受け、ばったりと倒れた。闘いと言うよりただの虐殺だった。

服部半蔵と四人の忍びは、そのまま近くに止めてあった馬に飛び乗り、松姫達の後を追って走りだした。

服部半蔵は馬を走らせた。松姫一行を追う。

かなり先を行っているようで、もう姿は見えない。道は二つ。どちらの道を行ったか。上野原を抜け小仏峠を目指すか。那須部《なすぶ》を通り案下峠を目指すか？人通りの多い上野原は通るまい。ととっさに判断した。小仏峠ではなく、案下峠を選ぶだろう。鶴川宿を出、鶴川の流れを渡ると、途中から左に折れて那須部《なすぶ》へ向かう大越路という峠道がある。峠を越せば那須部は目の前だし、那須部には境川という小さな流れがあるが、これが甲斐と相模の国境であった。笹子を回るより、国境が近い道のりだった。川の向こうは相模の佐野川の下岩だった。甲斐国を出れば安心と思うかもしれない。武将なら同盟国とはいえ他国に勝手に踏み込む訳にはゆかないだろう。しかし、忍びは別物、と半蔵は不敵な笑みを浮かべていた。

朝から風が冷たいとは思っていたが、気がつくとなにやら白い物が舞っていた。桜も咲きかけているこんな季節にと半蔵は思った。急に冬に戻った様な気候であった。

信長公記にも翌三月二十八日の事として、「諏訪に到着した。一時的な大雨があり、風もあって、非常な寒さだった。多くの人が凍死した。」と記されている。

舞う雪に目を細めながら、服部半蔵は、馬を走らせた。宿場も過ぎ、民家もまばらになっていき道は狭まっていった。と、突然馬の足が止まった。忍びの一人はこの時点で馬から転げ落ちていたが、半蔵はなんとか持ちこたえた。しかし、馬そのものが倒れ、転げる前に半蔵は飛び降りた。三頭の馬が転げていた。

「半蔵殿、道にこのような物が。」

一人の忍びが、なにやら手のひらを指しだした。

「撒き菱か。道は間違いなかった。ん！」

突然の気配に半蔵は刀を払った。手応えがして一本の矢が道に落ちた。同時に、耳の脇を走る風の音を聞いた。

「うわっ。」

忍びの一人が首に矢を立ててのけぞった。

「敵だ！」

服部半蔵と三人の忍びが道脇に伏せ、辺りを窺った。

「服部半蔵とやら、儂は武田勝頼公が家臣初鹿野伝右衛門。家臣として御館様ご息女貞姫さまご一行をお守りするため、お主達をここから通す訳にはいかぬ。」

道の先の草むらから伝右衛門が立ち上がって叫んだ。同時に五人の侍が立ち上がる。

半蔵と三人の忍びが立ち上がると、三本の矢が放たれた。瞬間、四人は飛び上がり、矢をよけた。と、その着地点めがけて、二本の矢が飛んだ。半蔵は刀で払ったが、今一人は左腿を射貫かれてしまった。それを見て半蔵が走った。伝右衛門達が迎え撃つ。半蔵の前に五人の侍が立ちふさがり、斬りかかってきた。半蔵は飛び上がり、五人の中央に飛び込んだ。そこへ五人が飛びかかる。突然爆発が起こった。五人の侍が吹き飛ばされる。唖然とする伝右衛門に手裏剣が飛んできた。見ると爆発が起きた場所の向こう側から半蔵が走ってくる。

「くそ！まやかしか！」

「微塵の術よ！」

見ると半蔵が刀を貌の前に立て、伝右衛門めがけて走ってきた。しかし体が微妙に左右にぶれて見えた。これでは、左右どちらに交わしても切りつけられる。また、飛び上がれば下から突かれる。下か！伝右衛門は滑り込むように体を沈め、半蔵の足を狙った。と同時に半蔵が飛び上がり手裏剣を投げてきた。

伝右衛門すれすれに手裏剣が地面に刺さった。両者位置を変えて対峙する形となった。遅ればせながら、他の者も半蔵を取り囲んだ。それを見た半蔵はニヤリと笑みを浮かべ、何かを地面にたたきつけた。とたんに黒煙がわき上がった。伝右衛門はとっさに地面に伏せた。と、今まで伝右衛門の立っていた場所を手裏剣が飛び抜けていった。

煙が晴れると半蔵の姿は消えていた。気がつくと左腿を矢で射貫かれた忍びも消えていた。

服部半蔵と伊賀者、初鹿野伝右衛門とその郎党が闘った草原の外れ、山の斜面の林の中から、その闘いを見つめている者がいた。黒谷の源三だった。黒谷のお頭からの指令を忠実に守るため、カガリ達と袂を分かち、松姫を求めて武蔵国への道を探してここへ来たのだった。影をつとめている於登志たちが、大菩薩方面から檜原あたりを巡って八王子へ向かっているのはわかっていた。とすれば、本物は、小仏峠か案下峠を越すと見当をつけての上野原だった。読みが当たった訳だ。あとは、風魔の如月十兵衛と五人の巫女が守る松姫をどのように掠うかが問題だった。

「どうする？」

源三が自問自答する。

「半蔵はこのままでは終わらぬだろう。なれば、そのどさくさを利用する手だな。」

源三の姿が掻き消すように消え、林の梢が一瞬ざわついた。

その頃松姫一行は、那須部の境川を超えていた。大越路の峠道から、遙かにクラコ峠の向こうに陣馬山が見えていた。あの山の向こうが八王子だった。あと少しであった。しかし服部半蔵がいまだ後を追っているだろう事はわかっていた。どう切り抜けるか。それだけが、十兵衛の頭の中を巡り続けていた。

上野原で降り出した雪は、山に入るに従って強い降りとなっていった。春の雪は、水気の多い雪だった。体に吹き付けた雪がすぐに氷水になって体の熱を奪っていった。手綱を握る手にもしびれが出るような冷たさだった。

宿場を離れ、しばらく走ったところに人家が見えてきた。如月十兵衛が、あの家で一休みさせていただくか、と手綱を引いたところ、雪の中を殺気が走った。思わず振った十兵衛の刀が一本の矢をへし折り、今一本の矢が、くノ一三日月の馬の尻に突き刺さった。驚いた馬が立ち上がり一声鳴いて走り始めた。三日月は手綱を引いて馬を落ち着かせようとした。三日月の背中には、香具姫が強くしがみつき、落ちるのを必死でふせいでいた。

しかし、暴れ馬が小川を飛び越し、着地したときの反動を、その小さな手は押さえきれなかった。

「きゃーっ！」

小さな悲鳴を上げて、香具姫は、背中から小川に落ちてしまった。

「冷たい！」

香具姫は、膝ほどの流れの中でばたついていた。

「絹香！姫を頼む！」

一言叫ぶと、十兵衛は矢が飛んできた方角を目指す。吹き付ける雪越しに、山際の林に黒い影が見えていた。次の瞬間には黒い影は消えていた。殺意も消えていた。

十兵衛は馬をとめ、あたりを見回した。怪しい音もせず、気配もなかった。しかたなく、馬の首を巡らし一行の方へ馬を向けた。

香具姫は、と首を巡らすと、姫を抱えた絹香が近くの農家に走っていた。他の者も後を追っている。十兵衛も後を追おうとした。と、遠くから馬の蹄の音が聞こえて来た。追っ手か、と元来た道を見晴るかす。降る雪の彼方で視界が効かなかった。十兵衛は馬を山側に寄せ、様子をうかがった。蹄の音は近づいているはずなのに、そう大きくは鳴ってこなかった。雪の上を走っているようだった。雪の中に黒い影が浮かぶ。五、六騎のようだった。先頭を走る甲冑に覚えがあった。十兵衛が指笛をピーっとならした。馬列が止まった。十兵衛は馬を進めた。

「伝右衛門殿、ご苦労であった。」

「皆は無事か？」

「伝右衛門殿済まぬ。今し方族に馬を射られて、香具姫様がそこの川に落ちてしまった。」

「香が！で、大丈夫なのか？」

「そこの農家に皆で飛び込んだ故、大丈夫とは思うが。」

「香！」

伝右衛門が叫びながら馬を農家に走らせた。

「そんな次第だが、お主らもご苦労であった。五人やられたか。」

五人に減った伝右衛門の家の者に声をかけた。

「半蔵めの爆薬でやられました。」

四

狭い農家に人があふれていた。いろりでは火が強く焚かれ、いろり端で絹香が香具姫を己の着物の中に抱え込みを火に当たっていた。香具姫は、衣服をすべて脱いだ後体を拭かれ、自分も裸になった絹香に抱きついているのだ。となりでは、着物をはだけて肌を温めている三日月がいた。交代で暖めるつもりのようだった。残りのいろり端に松姫と子供達が座っていた。初鹿野伝右衛門が絹香の背中から娘に声をかけながら娘の背中をさすっていた。

「静かに。」

土間床に耳をつけて何かを聞いていた、伝右衛門の家の者が周りを制した。

「数人の足音がやってきます。」

「服部半蔵と伊賀者だ。」

「雪乃。やってくれるか。」

絹香がくノ一の一人に声をかけた。

「はい、お任せを。」

と、一人で戸外に出て行った。絹香も三日月、真城も当然のように見送った。

「良いのか。」

十兵衛が不審がると、

「雪乃は名前の通り、雪の中で闘うくノ一ですゆえ。心配なされるな。」

雪乃は、さっと白い雪装束に着替えた。全身白でかためた雪乃は小屋の外に出、強く吹き初めた雪の中に紛れていった。雪の草原の中央付近に立って相手を待った。黒い衣装の伝右衛門の家の者が五間ほど離れた後ろに並んだ。背中に吹き付ける雪が、背中にこびりついていく。前方に黒い影が見えてきた。足を引き摺っている様に見えた。服部半蔵ではない。配下の者をおとりに使ったか。

雪乃は懐から出した二本の筒に種火から火をつけ自分の両脇の積雪に突き刺した。筒から白煙が吹き出した。目を刺すような吹き付ける雪に白煙が足され、半蔵と三人の伊賀者は上下の感覚さえ失いがちになってしまった。

「源吾・秋・与七！気をつけろ！。」

服部半蔵の声が数歩後から聞こえた。と肌を刺すような雪に交じって、与七の顔にチクチクと刺さるものがあった。一瞬目を閉じると、その瞼にも何かが刺さった。手で触ってみると、無数の針が刺さっていた。急いでその場に伏せ、顔の針を抜いた。

「半蔵殿、針が飛んできます。」

「毒針か？」

「そのようです。顔がしびれています。」

「下がるようだな。」

雪乃は、筒針を吹くと前方に倒れ込み雪に紛れ混んだ。しかし、白煙が収まったときには、服部半蔵も伊賀者も姿を消していた。しばらく様子をうかがっていたが、いないのを確認すると雪乃が白い布を払って立ち上がった。

香具姫の元気も戻らず、火にかざした衣装も乾かない。この夜は、このまま和田のこの農家を借りるしかなかった。しかし、老夫婦二人の住んでいるこの農家は狭く全員は入れなかった。初鹿野伝右衛門の家の者五人は納屋に泊まることとなった。伝右衛門だけは娘に付き添った。これまでの疲れが一挙に出た様に、伝右衛門は、炉端に香具姫を抱きしめるように抱え横になっていた。

「済まなかった。いくら殿の命とあっても、おまえを養女になど出すのではなかった。おまえの安穏を祈っていたこの儂が、おまえを地獄に突き落としたも同然だ。香。父を許してくれ。」

一方於登志一行は、ことさら目立つように一夜の宿を借りた。さもささやくような声で松姫の名前を連呼したりしていた。これで、武田の落ち武者の話が、明日には川久保の誰かに届くことだろう。しかし、川久保から追っ手の来ることはないとそれぞれが思っていた。すでに北条の領地に入っているからである。近くの檜原城には、平山伊豆守が入っている。織田との同盟関係から、檜原城へ取り押さえるよう要求があることだろうが、その間には八王子へ行けるだろう。

長作を出た一行は、森上・牛飼と南下し、西原宿で左に折れ、西原峠・笛吹峠《うずしき》（大日峠）へと進み、笛吹峠の無人の番屋を見つけここに泊まる事となった。この二日間の急ぎ旅は於登志の体力の限界まで搾り取っていたようだった。疲れが激しく、翌日は動けないほどになっていた。仕方なくもう一日ここに留まる事となった。

二日後には、於登志も十分休養を取ったこと、また黒谷衆の準備してくれた猪鍋で体力も戻り番屋を後にした。急変した天気は、春の雪を降らせてきたが、この日は丸山・熊倉山・生藤山と峰を渡り、醍醐山までなんとか到達した。山頂付近に張り出した岩場が天然の屋根を形作り、雪をしのげる場所を提供してくれた。この二、三日中に、松姫一行と陣馬山頂で落ち合う計画になっていた。

五

三月二十八日の夜が明けた。

まだ、雪は降り続いていたが、夜とは違う明るさはあった。

松姫一行は積もった雪を見て出発を躊躇していた。深い雪を踏みしめての登山は、動きを制限されるし、足跡がはっきりと残ってしまう。少し天候を見定める必要があった。

そこで、皆に先駆けて、くノ一雪乃が陣馬山頂へ出てみることとなった。

雪乃は雪を利用しての術を得意とし、ほかの者より雪の中での自由がきいた。

しかし、雪乃が山頂に達する頃には雪雲が通り過ぎたようで、雪は止み、青空が覗き日の光が差すようになってきた。

周りの山々が見えるようになったところで雪乃は、懐から二本の筒を取り出すと頂上近くの雪に突き刺し、準備した穂口から火をつけた。たちまち二つの筒から、それぞれ濃い黒と薄い黒色の煙がたなびいた。雪乃は林に戻って様子を見ることにした。陣馬山頂の狼煙は、味方も敵も同様に引きつけるだろう。

陣馬山のほど近く、尾根づたいの醍醐山では、降り止んだ雪に、岩ノ下から這い出たヤマセが岩の上に乗り周囲を見回し、そこで黒い狼煙を見つけた。

「狼煙が上がりました。」

岩ノ下の皆に声をかけた。

山麓の林の中に炭焼き小屋を見つけた服部半蔵と三人の伊賀者は雪の収まりを見て林を出たところで狼煙を見つけた。しかし、昨夜雪乃の吹きバリを顔に受けた与七は顔が腫れ上がり、目も見えない状態なので炭焼き小屋においていかれることとなった。伊賀者の中に、一人霞の源三が加わっていた。昨夜合流したが、半蔵が快く仲間と認めてくれていた。

そして陣馬山の麓、案下の郷でも、狼煙は見て取れた。

「武田の狼煙だ！八郎兵衛様にお知らせしろ！」

若い者が走りだし、郷の中央に建つ、ちょっとした砦風の黒塀に囲われた家に飛び込んでいった。


山頂に最初に現れたのは、服部半蔵だった。配下の源吾、秋、それに黒谷衆の源三が混じっていた。雪乃も源三の顔は知っていた。しかし、半蔵と組んでいる意味は不明だった。半蔵と二人の伊賀者が山頂を囲むように林に隠れ、源三が山頂で人待ち顔に周囲を見渡していた。

雪乃は雪に貼りついたまま、ジリジリと位置をずらし、源吾と呼ばれた伊賀者に近づいていった。

しばらくして、源三が緊張したのが見て取れた。予定通り和田方面から登ってくる松姫一行が見えたのだ。しかし、北の尾根沿いにも人影が見えてきた。北から来るのは、於登志一行。源三の離反を知っている者たちだった。源三はとっさに伏せ、於登志一行から見えない位置に隠れた。理由を知らない雪乃はその意味するところがわからなかった。源三が半蔵達に手振りで信号を送ってきた。伊賀者が源三に注意を集中したそのとき、雪の中から雪乃がクナイを投げた。クナイは伊賀者源吾の首を刺し貫き、源吾は音もなく雪に突っ伏した。雪乃は出来るだけ早くその場を離れた。

その時、雪乃は、林の中をやってくる人の気配を感じた。これも黒谷衆だった。フツと呼ばれていた若者だった。まだ未熟者のようだった。気配を消せていない。雪乃から見るとまるで素人だった。近くに伊賀者秋が潜んでいるのも気がつかないようだった。今一人半蔵も隠れているはずだが、こちらの場所は、雪乃からは見えなかった。

雪乃がフツを見守っている中、於登志たちは山頂に近づいていた。先頭を原半左衛門がのぼってきた。雪に潜んでいた源三が原半左衛門に斬りかかった。

「うわっ！」

原半左衛門が、左腹を切り裂かれ転倒した。少し遅れて歩いていた池谷庄三郎は長柄巻の柄で源三を跳ねのけた。

「原様！」

於登志が駆け寄る。

山頂での斬り合いに林の中のフツの意識がそちらへ飛んだ。それを見計らうように秋がフツの首を狙って刀を刺そうと構えた。とっさに雪乃がクナイを投げていた。

「うっ。」

刀を掴んだ秋の右手首が、クナイで木の幹に縫い付けられてしまった。刀が手首から雪の上に落ちた。

焦って振り向いたフツの目の前に、杉の幹に手裏剣で縫われた秋の腕があった。フツは素早く刀を抜いて、秋の腹を刺し貫いた。

雪乃は、手裏剣を投げると共に近くの木の枝に飛び乗った。やはり、今いた場所に手裏剣が二つ飛んできた。手裏剣の飛んできた方角を見ると木の幹に隠れて服部半蔵がいた。雪乃は枝をいくつか飛び回り、枝に積もった雪を落とさせた。半蔵は一瞬幹の裏に回って身を隠した。雪乃の姿は、もう樹上にはなかった。落雪と共に地上に降り、雪に紛れてしまっていた。と、服部半蔵もまた雪の中に姿を消していた。雪乃は半蔵を見失い、身動きできなくなってしまった。しかし、雪乃の視界にフツが現れた。伊賀者秋を倒した後、雪乃と半蔵の闘いを見ていたようだ。半蔵の潜んだ場所を見ていたのかもしれなかった。しかし、気配を消せていなかった。当然半蔵もフツの気配を察知しているだろう。フツはクナイを握り、投げる準備をしていた。雪乃もいつでも投げられるようにクナイを握った。

「やめろ！源三！もういい！十分掟には従っただろう！」

カガリが源三と刀を交えながら叫んでいた。掟を守り、松姫を狙う方に回り、一働き済んだのだから、もうやめても良いだろうとカガリは言っていた。

「よせ！カガリ！そやつはすでに原半左衛門を殺しておる。もう遅い、仲間に戻すのはもう遅いのだ。」

「だまれ！」

源三が体勢をととのえないまま、池谷庄三郎に斬りかかって行った。反射的に庄三郎の長柄巻がうなった。源三の頭頂から下腹まで一直線に赤い筋が入り、血が噴き出すと前のめりにバタンと倒れた。

フツがクナイを投げた。雪乃の近くに飛んだ。ザッと音がして半蔵が雪の中から立ち上がった。半蔵がかぶっていた白布の端が地面に縫い付けられている。雪乃もクナイを投げつけ立ち上がった。

半蔵は簡単にクナイをよけると刀を抜いてフツに向かって走った。フツの防衛体勢が一瞬遅れた。木の陰から踏み出した足が、枝からの落雪で雪だまりになっていたところを踏んでしまったのだ。足が抜けないと、焦ったフツの隙きを突いて半蔵はフツの頭上を飛び越し着地しなに、フツに斬りかかった。その振り上げた腕に鈎縄が飛んだ。腕に絡まった鈎縄は、先に付いてる鈎が手の甲に刺さった。その端を雪乃が掴んでいる。半蔵は雪乃に向かって走りながらたるんだ縄を刀で斬り放した。

「武田の巫女か。武田は滅びた。おまえらのいくところはどこにもない。我に味方し、松姫を連れ立って浜松に行けば、伊賀者として私が面倒見よう。」

「馬鹿な。松姫様方がご健在であれば、武田は滅んではおらぬ。そんな姫様を、徳川ごときに手渡してなるものか。」

そう言いながら雪乃は林を出た。あとから服部半蔵が手から血を流しながら出てきた。

そのとき二人の中間点付近に矢が飛んできて刺さった。

気がつくと案下峠を八王子側から登ってきたような人々であったが、一人の若者を除いて他は百姓が刀を持っているというような出で立ちだった。

「武田の狼煙を上げ、我らを呼んだは、どちらじゃ。」

「狼煙を焚いたのは私でございます。」

体勢を立て直した雪乃が半蔵を見つめたまま答えた。

「私たちは、武田の松姫様に使える、甲州巫女でございます。で、あやつは徳川家康が家臣伊賀者の服部半蔵。」

「何！徳川の犬か！」

矢継ぎ早に数本の矢が半蔵に飛んだ。半蔵は横に転がり込むように矢を避けた。

「まてぃ！八王子衆。拙者松姫様の護衛をして参った如月十兵衛と申す者。しばしご観覧あれ。絹香！姫様達を八王子衆の方へ。伝右衛門殿達も姫達の守りを。」

姫達が峠から現れた。八王子衆の歓声がきこえた。山頂では十兵衛・庄三郎・カガリ・ヤマセ・雪乃・三日月が、服部半蔵、一人と対峙していた。

「この人数差では、いかんとも出来まい。ここは、尻尾を丸めて浜松に帰るが良い。」

十兵衛がそう言い渡すと峠の方から呼び子の笛が響いてきた。それに遅れてばらばらと黒い影が現れた。黒装束の伊賀者らしき者が二十人ばかり頂上を包んだ。

「十兵衛とやら、残念だな。こちらの応援部隊が到着したようだ。形勢逆転だな。」

半蔵は大声を上げて今にも笑い出しそうな様子だった。

「そうでもないようだぜ。」

如月十兵衛が、これも笑い出しそうな顔で峠とは反対の林を振り返った。

武家姿の者、熊や狐の毛皮を身にまとった者などてんでバラバラの衣装を身につけた五十人ほどの人影が林から現れた。

「何やつ！」

服部半蔵が形相を変えて叫んだ。林から出てきたひときわ体躯のでかい男が面白そうに話しかけてきた。

「十兵衛遅くなったな。服部半蔵とやら、ここをどこだと思っておる。ここは武蔵国。この東国は、北条が領地じゃ。徳川の犬などが踏み込める場所ではない。風魔の名においてお主らをたたき出す。」

「風魔！……ふっ。確かに今日は分が悪いようだな。今日のところは、おとなしく引き上げるとしよう。次は、こうはいかぬぞ風魔。引け！」

と、叫びながら、黒い一握りばかりの玉を、十兵衛達の頭の上に放り投げた。

「火薬だ！伏せろ！」

十兵衛が叫び、皆を伏せさせた。

そのとき、黒い玉に、一本の矢が突き刺さり、反動で半蔵の近くに落下した。小さな破裂音がして黒煙が吹き出した。

一瞬の騒ぎの中、半蔵と伊賀者の姿が消えていた。振り向くと、八王子衆の若者が弓を高く掲げて得意そうにしていた。

「小猿、むささび。行き先を確かめてこい。」

林の中から小柄な二人が飛び出して、半蔵達を追い山を和田方面に下っていった。

松姫が、原半左衛門の遺骸の前に両膝を突いて、手を合わせていた。止めどなく目から涙があふれ出す。

「半左衛門。半左衛門。」

松姫が幼少時代よりそばに付いていてくれた爺の思い出が頭の中を巡っていた。織田との婚約が破棄され、ほかの者から冷たい視線を浴びるようになった時も、爺だけはいつも味方でいてくれた。仁科盛信の兄様の元へ移るときも付いてきてくれた。松姫にとっては本当の爺でもあるように甘い半左衛門だった。

「松姫様、原半左衛門殿を死なせてしまい、誠にもうしわけございません。これも、この池谷庄三郎の不徳とするところ。今ひとつ気をつけていれば避けられた事と無念で仕方ありませぬ。この一命を持ってお詫びいたします。」

池谷庄三郎は、やにわに座り込むと着物をくつろげ、切腹しようとしだした。

「なにを、馬鹿なことをしておる。半左衛門の死を、自分の死で償うとは、なんたる愚か者！自らの命を粗末にするではない！この一月《ひとつき》幾人、幾百の人の命が失われたことか。武田の兄様達臣下達、老いた者も幼き者も。もう、人が死ぬのは見たくない。庄三郎、おまえも死んではならぬ！この、幼い姫達と逃げてきたのは、死ぬためではない。生きて武田の血をつなぐこと。信玄公や勝頼様、盛信様達が生きていたということを次の世にも、また次の世にも伝え残すため。そのために、生き残った私たちは、必死で生き延びなくてはならないのじゃ！それが解らぬか庄三郎！」

脇に立って聞いているくノ一達に幼い姫達がかじりついて泣いていた。その中で一人香具姫が、初鹿野伝右衛門に抱きついて泣いていた。しばし、時がとまったようであった。

静かに、八王子衆が、松姫の後ろに跪いた。

「松姫様、よく八王子までおいでなされた。それがし渡辺八郎兵衛と申す者。もとは武田家家臣でありましたが、過ぐる長篠の戦いの折、倒れた渡辺刑部介が一子。当時は幼年であったため家を継げず八王子まで流れてきた者。しかし、いまでも武田家の家臣の心は変わってはおりませぬ。この武田家の危機に際して姫様方をお迎えできるとは感激にたえません。」

見ればまだ仁科勝五郎殿とおなじような年齢のようだが、一族を引き連れているという責任感と自信が大人に見せているようだった。

八王子衆に続き、風摩衆も、松姫に挨拶を行った。

「松姫様、それがし共は、小田原の氏政様に使える風魔一族。私が頭の小太郎と申します。そこの十兵衛は、我が弟にございます。本日は十兵衛に呼ばれお迎えに参上いたしました。」

「十兵衛殿の兄上様か。十兵衛には世話になった。」

「長旅でさぞお疲れでしょう。今日は山を下りて、渡辺殿のお屋敷をお借りして体を休めるのが良いでしょう。半蔵めを追わせた者が安全と見極めてくるまで、私どもが近隣の山で警護いたしますゆえ、安心してお休みなされまし。十兵衛はいかがいたす。」

「私は、とりあえず滝山の殿に、桂姫様からの手紙をお渡しし、桂姫様をお守りできなかったことをお詫びせねばなりませぬ。全てが一段落してから、松姫様をお城にお連れいたそうと思います。姫にお会いしていなければ、織田が何を言うてこようが、知らぬ存ぜぬで済みますからの。」

皆が一段落とほっとした気分になったころ、香具姫の嗚咽が一段と大きくなった。

「香、わかっておくれ。父は八王子へは行けないのだよ。初鹿野の母上のところに帰らねばならない。母上はまだ、香が生きていることさえ知らないで悲しんでいるのだ。早くそれを伝えて安心させてやらねばならぬのじゃ。この戦の後片付けも残っていることだろう。しかも、香は郡内には戻れないのだよ。小山田信茂の養女香具姫となられては、見つかったら殺されてしまうだろう。」

「父上さま」

香具姫は伝右衛門にかじりついて泣き声を上げた。

最後は敵になってしまったが、黒谷衆として長年つきあいのある源三は、残りの黒谷衆の手によって、フツと共に峠の一隅に葬られた。懐かしい甲斐の山々を遠く見据える山の上に。

原半左衛門は、死してなお松姫様をお守り続けられるように八王子の寺に葬ることとした。

生き残った者は、遠く望まれる山波を飽くことなく見つめていた。

「それでは、ご案内つかまつる。」

渡辺八郎兵衛が一礼して先頭に立った。

松姫が、督姫が、貞姫が、勝五郎が、巫女達が、それぞれの思いで甲斐の国を振り返っていた。

「さようなら甲斐の山々。兄上様。武田の方々。」

香具姫は、遠くの山々ではなく、山を下っていく父親の背中を見送っていた。今生の別れに涙が尽きなかった。初鹿野伝右衛門は振り返り振り返り、五人となった郎等を引き連れ、初鹿野の地へと帰って行った。香具姫の戻ることの出来ない家族の待つふるさとの地へ。

「父上さまー。」

香具姫の精一杯の叫びが、山々に谺を残して山々に吸い込まれるように消えていった。

結

亀岡城奥殿。

長廊下をいそいそと歩く奥女中。奥まった部屋の障子の前に正座すると、部屋の中に声をかけた。

「於美津の方様。」

部屋の中からか弱そうな声が返答した。

「お殿様が仏間でお待ちです。」

「仏間で？」

「はい、明日からの戦の必勝祈願と申されておりました。」

障子を開けて於美津が、打掛け姿で現れた。瓜実顔の華奢な体つきをしていた。寵愛は受けているものの、まだ正式な側室でもなく立場の不安定な私を、仏間に呼ぶとは、何事だろうか。といぶかしがりながらも、正式に側室と認めての呼び出しなのだろうかと、期待と不安の入り交じった思いで先に立って仏間を目指した。後ろから、奥女中が静かに付いてきていた。

奥女中は、面識がなかった。名前も聞いていない。人目を引く美しさというのではないが、男好きのする妖艶さを持った二十歳ほどの年増の女だった。若さが色気に微妙に変化しているようだった。しかし、まだ時間も早いというのに、静かな城内であった。

仏間に到着した。すべての燭台にろうそくが立てられ、中央の大日如来像に神々しい影を揺らめかしていた。

「殿は？」

「さて、どこにいらっしゃるやら。」

奥女中がすっと近づくと、於美津の方に当て身を入れ、気絶させてしまった。

於美津の方が気がつくと、腕を縛められ、仏間の床に転がされていた。猿ぐつわをされ声も上げられない。

「お目覚めか、於美津の方。」

脇に立っている奥女中が、楽しげに於美津に声をかけた。すると、於美津に見せつけるように自らの帯を解き、衣装を脱ぎ始めた。ゆらめく炎の明かりの中で、その脱ぐ様が異様に妖艶に見え、於美津の方の目を釘付けにさせていた。しかし、肌襦袢姿となり腰の物を取ると、そこには男の物がそそり立っていた。

「ひっ、男！」

猿ぐつわの中で悲痛な悲鳴がこもって聞こえた。奥女中になっていた男、飛騨忍者美女丸だった。

美女丸は、二月にわたる古府中奥の湯治場での治療を終え、五月半ばになって、ふるさと飛騨に戻った。途中で反故にされた中途半端な仕事で四人の仲間を失っての帰還であった。畜生丸・狐火・幽鬼・十文字。惜しい仲間だった。

帰国早速、頭領寒月齋に報告に参った。

「ご苦労であった。」

寒月齋は、近頃の情勢について語った。武田の仕事を中途で契約解除したこと、報酬も成功報酬だったためほとんどもらえなかった事。その仕打ちに腹を立て、以後織田を離れようとした事。しかし、武田征伐を終え、信長はその座を信忠に譲り、自分は何かより大きいことを目指しているようだとの情報に触れ、寒月齋は考えを変えた。飛騨衆が織田を見限り敵に回るようなことになれば、信忠も安心できなくなる。なら、信長が伊賀を根切りにしたように、飛騨の里が狙われるは必定。そこでとりあえずは信忠には納得した風を見せ、機会を狙って反対に消してやろうと考えをあらためたとの事。そして、その見せかけの影で、新しい寄り樹（雇い主）を見つけたとのこと。

その謀事には是非とも美女丸の『夢傀儡』が必要なこと。時が来るまで、飛騨の湯治場で体と術の調整をしていろとの事だった。

そして、五月も末になって、美女丸は呼び出された。準備が整ったということだった。その晩の内に飛騨を出立し、畿内亀山城を目指した。そして、見事側室の於美津の方に『夢傀儡』をかけることに成功した。あとは、於美津の方を明智光秀の閨に入れること。

六月一日。明智光秀勢一万三千が出陣した。

申の刻（午後四時）より、準備の整った隊より逐次出陣し、亀山の東柴野に集結した。酉の刻（午後六時）には、総勢がそろい西に向かって行軍した。亀山から西国へは南の三草山を越えてゆくのだが、光秀は老いの山から沓掛に出て休息し、夜中に兵糧を取らせた。京の森成利（蘭丸）より信長が隊列の検分をしたいとの通知があったとのことで、京を回ると皆には伝えてあった。

桂川に到達すると、足軽に新しいわらじに履き替えさせたりと火縄を用意させたりと戦支度を指示、六月二日未明、目指すは織田信長と伝え、出世は手柄次第とし、それを聞いて皆が喜び勇んだ。

「敵は本能寺にあり。」

光秀の軍配と共に桂川を越え、本能寺の森を目印に部隊ごとに分散して町に入り、午前四時頃には、本能寺を包囲していた。光秀が経でも唱えるように、低い声でつぶやいていた。

「信長を殺せ。信忠を殺せ」

本能寺が火に包まれたのを見て、飛騨忍者の一人が、備中高松へ走った。飛騨忍者の新しい雇い主の下へ。

完

参考文献

「現代語訳　信長公記」　太田牛市・中川太古　訳　中経出版

「武田信玄息女　松姫さま」　北島藤次郎　著　講談社出版サービスセンター

「中世武士選書　郡内小山田氏」　丸島　和宏　著　戎光祥出版

「檜原・歴史と伝説」　小泉輝三朗　著　武蔵野郷土史刊行会

「古道　古甲州道　古富士道」　府川公広・丸岡啓之　著　揺籃社

「武田勝頼」　新田次郎・横山光輝　著　講談社

「武田家滅亡」・「北天蒼星」　伊東　潤　著　角川書店

「北条氏照」　伊東　潤　著　ＰＨＰ研究所

「武州多摩郡上恩方村　渡辺家の記録」　鈴木樹造　著　ガリ版刷り資料

「ウィキペディア」城・人物・戦い等調査　ネット上フリー百科事典

あとがき

六十の定年後も、働かないといけないかな、と再雇用を申し出たところ、「人工透析を受けているような身体障害者は、みんなの迷惑になるからうちの市役所ではいりません。」と、職員課長・総務部長・生涯学習部長との三対一の面接で冷たく断られ、では小説家になりますといって出てきたのですが、断られたおかげで、自由時間が出来、作品をじっくり書くことが出来ました。

当初SF小説の予定だったのですが、「大久保長安の会」にかかわって、歴史も面白そうだなとなり、父方のご先祖（恩方の渡辺家）と関わりのある『松姫』を選んで見ました。

ということで、SFばかり書いていた私の初めての「時代小説」です。あくまでも私の個人的解釈によるフィクションですので、「松姫＝悲恋もの」としているファンの方にはお叱りを受けるかもしれません。ご容赦を。

「時代小説」は好きでかなり読んでいるのですが、実際に書いてみると、子供の頃に夢中になった横山光輝氏「伊賀の影丸」、白土三平氏「忍者武芸帳」「カムイ伝」「サスケ」、さいとうたかを氏「無用の介」、山田風太郎氏「忍法帳シリーズ」などの影響が大きいのかなと思います。

楽しんで読んでいただければ幸いです。

２０１６．３．２６

著者プロフィール

鈴木晴樹（すずきはるき）

1951年（昭和26年）生まれ
東京都出身
立正大学文学部哲学科卒
八王子市役所に38年勤務
ＳＦ同人誌「星群の会」同人
「大久保長安の会」会員
「永井豪ファンクラブ」会員
八王子市在住

松姫街道《まつひめかいどう》　高遠《たかとお》〜八王子《はちおうじ》

2016年４月１日　印刷
2016年４月16日　発行

著　者　鈴　木　晴　樹

発　行　揺　　籃　　社
〒192－0056　東京都八王子市追分町10－4－101
㈱清水工房内　電話　042－620－2615
http://www.simizukobo.com/
印刷・製本／㈱清水工房

ISBN 978－4－89708－365－0 C0093　乱丁本はお取り替えします。